韓少功 —

日夜書

1

那一天我記得很清楚。我去學校查看升學名單的公告，然後在雙槓上閒坐了一會兒，準備回家做煤球。我知道，政策規定不滿十六週歲的可繼續升學，父母身邊也可留下一名子女，我是兩條都合得上，不必下鄉當知青，被不少同學羨慕。

我似乎還能繼續坐雙槓，投射紙飛機，在上學的路上盤帶小石塊，去學校後門外的小店裡吃米粉，把酸辣湯喝得一如既往。

下雨了，我一時回不去，便在大樓裡閒逛。這時候的學校都成了旅客散盡的月臺，一本本沒有字跡的白頁書。全國大亂結束了，中學生幾乎都被趕下鄉去。到處空空蕩蕩，在走廊裡咳嗽一聲竟然回聲四起，讓人禁不住心裡發毛。白牆上到處是紅衛兵的標語殘痕。窗戶玻璃在武鬥的石塊和槍彈下所剩無幾。樓梯上的一個大窟窿標記出這裡曾為戰場——不久前的那一次，一個冒失鬼出於派爭之恨，覺得自己沒罵贏，打架也沒占上風，居然把一個手榴彈扔上教學樓。幸虧當時周圍沒人，只是把幾塊樓板炸塌了，嚇出了樓板下一窩逃命的老鼠。

我推開二〇二房，我們不久前的紅衛兵司令部，但這裡已沒有大旗橫挑在窗外，沒有我熟悉的鋼板、蠟紙、油印機、漿糊桶，只剩下幾張蒙塵的桌椅，完全是匪軍潰逃後的一片狼藉。「唯有犧牲多壯志，敢叫日月換新天」——不知是誰臨走前在牆上塗抹下這樣的筆墨悲壯。忍不住，我又習慣性地走進二〇八、二〇九、三一一……門吱吱呀呀地開了，但這些地方更冷清，一張床是空的，另一張床是空的，另一張床還是空的。所有的床都只剩下裸露的床板，用木板結束一切。破窗紙在風中叭叭響。

我踢到了一個空紙盒，呼吸到夥伴們的氣息，包括女孩子們身上似香若甜的氣息——那些喜歡做鬼臉和發尖聲的姐們。

親愛的，我被你們拋棄了。

我有一種充滿了風聲和雨聲的痛感，於是回家寫詩，寫下了一些誇張的句子，決定放棄自己的升學。

是那山谷的風，
吹動了我們的紅旗；
是那狂暴的雨，
洗刷了我們的帳篷……

這是當時一首流行歌。一代少年對遠方的想像，幾乎就是由這一類作品逐漸打造成形。遠方是什麼？遠方是手風琴聲中飄忽的草原，是油畫框中的墾荒者夕陽下歸來，是篝火與帳篷的鏡頭特寫，是雕塑般的人體側影，是慢鏡頭搖出的地平線，是高位旋轉拍攝下的兩隻白鷗滑飛，是沉默男人斜靠一臺拖拉機時的憂傷遠望……哦憂傷，憂傷太好了，太揪心了，男人的憂傷簡直就是青銅色的輝煌。

出校門時，雨還在下，仍在憂傷不已的我遇到了郭又軍，比我高五屆的紅衛兵頭。像我一樣，他有一位工傷臥床的父親，也有條件和理由不下鄉，但他還是去了，這一次是回城來接收和指導另一批同學。他忙得滿頭大汗，受人之託代購了諸多新毛巾、新面盆、新球鞋，裝了滿滿的兩個大網袋，清一色的光鮮亮眼，給我一種出門旅遊的氣氛。一對新羽毛球拍也掛在他肩頭。

「我跟你一起走。」我興沖沖地報名旅遊。

「你在那裡有女朋友？」

「沒有呵。」

「家裡沒出事吧？」

「沒有。」

「那你發什麼神經？」

「你們都走了，我一個人太沒意思。」

「該升學就升學，別亂來。下鄉不是下棋，戶口一轉就不能悔棋的。」他瞪大眼，「再說辦事還得講究個組織紀律。」

又軍似乎不明白，此時的學校過於淒冷和陌生，讓人沒法待。還能上什麼課呢？Long live Chairman Mao，英語課只會教這一類政治口號，笑死人了。代數課呢，不是算糧食就是算肥料，今天是牛糞一元方程式，明天是豬糞二元方程式，已經算得教室裡糞味瀰漫。學生們都驚呼人民公社的畜生也太能拉了。

「我已經向軍代表報名了。」我興奮地告訴軍哥。

像後來有些人說的，我就這樣自投羅網青春失足，揣上介紹信和戶口材料，跟隨軍哥一同乘火車，再轉汽車，再轉馬車，在路上昏昏沉沉顛了兩天多，在嘩嘩急退的風景裡心潮起伏。我們一路上同縣招待所裡的廚師吵過架，同另一夥知青下過館子和看過電影，直到那個傍晚才抵達白馬湖——山坡上的兩排土平房。

我把一口木箱和一個背包砸在這裡，未見歡迎儀式（幾天前已經開過了），未見朋友們前來激情地跳躍和擁抱（他們早來十幾天，已累得無精打采），更沒見到旅遊營地的手風琴和篝火，倒是被一缽冷飯堵得胸口冰涼。也許是淘米時太馬虎，飯裡夾了一些沙粒。更重要的是沒有菜，只有蓋在飯上的幾顆鹹黃豆，讓我目瞪口呆，東張西望，無法下嚥。更嚴重的情況還在後面。睡覺的土房裡油燈如豆，地面高低不平，新泥牆還潮乎乎的透水。木欄窗只蒙了一塊塑膠布，被風鼓成了風帆狀，叭啦叭啦的隨風拍打。外面呼呼下大雪，瓦縫裡就零星飄入小雪，以致帳頂上擋雪的一塊油布不堪其重，半夜裡被積雪壓垮了，嚇得同床的姚大甲跳起來大叫，把同室人都叫起來緊急救災。

還不到第二天挑湖泥，我就已經後悔不迭了，就明白農村戶口是怎麼回事了。我其實不是沒有奮鬥的準備，甚至在日記裡寫下過豪言壯語，寫過「你應該」、「你必須」、「你一定」、「你將要」一類。但挑湖泥算什麼？呱唧呱唧的臭泥水算怎麼回事？犧牲，也得身姿矯健一點吧，也得頂天立地或排山倒海一點吧？一屁股坐在泥漿裡算什麼？疑似半身不遂，我以為自己站直了，走穩了，但到頭來發現一隻腳早已出了套鞋踩在汙泥裡，踩出了腳趾間泥漿的冒濺，自己還渾然不覺——這算什麼？

身子一晃，像被誰重重地推了一把，我四腳朝天倒下去，引來幾個本地農民的哈哈大笑。

「有牛肉吃囉！」

「有牛肉吃囉！」

……

我聽不懂這些話。正像他們剛才衝著我說「三個腦袋」，叫喊「補鍋的快來」，都不知是什麼意思。

我差一點哭了起來。我是最後一個完成定額的，天黑時分還孤零零踉蹌於工地，在冷冷的小雨中喊天不應，叫地不靈。幸好，路上出現了一個黑點，逐漸變成了一個人影，變成了一個更大的人影，變成了眼鏡片和頭髮上全是泥點的軍哥。我沒聽清他說什麼，只注意到他從我肩上接過擔子時，一線鼻涕晃悠悠落在我手上。

我已經沒有力氣說一聲謝謝。

多少年後，我差不多忘了白馬湖。多少年後，我卻從手機裡突然接到軍哥上吊自殺的消息，頓覺全身發軟。當時我正乘坐長途大巴，腦子裡轟的一聲，怎麼也不相信自己的耳朵。軍哥，軍哥，是叫郭又軍嗎？就是那一個喜歡下棋，喜歡籃球、唱歌時走音跑調的郭長子？兩年前的一次聚會上，你還同我下過棋，還嘿嘿嘿地說過笑話，還不由分說地給我加酒和灌酒，扭得我的胳膊很痛……你怎麼就這樣冷不防捅我胸口一刀，用一個電話把我的全身抽空？不，你還是個有體溫有動作的活人，還有中年大把大把的日子，不能這樣急匆匆風化而去，在我的身邊空去一塊。我要掐自己，要揪自己，要抽自己的耳光，要用菸頭燒自己的手，千萬不能讓自己忘記你，就像不讓自己在極度疲乏中入睡。對不起，如果我對你後來的事知之甚少，差不多相忘於江湖，但我至少應該記住多年前的那一線鼻涕，滑膩膩的，清亮亮的，曾飄落在我的手背——

淚水奪眶而出。

我失聲痛哭起來，全然不顧司機和乘客們的驚疑，直到後排座上有人拍拍我的肩，遞來兩張紙巾。

2

當時白馬湖茶場有八千多畝旱土，分別劃給了四個工區共八個隊。在缺少金屬機械和柴油的情況下，兩頭不見天，摸黑出工和摸黑收工是這裡的常態。墾荒、耕耘、除草、下肥、收割、排漬、焚燒秸稈等，都靠肢體完成，都意味一個體力透支的過程。烈日當空之際，人們都是燒烤狀態，半灼傷狀態，汗流滾滾越過眉毛直刺眼球，很快就淹沒黑溜溜的全身，在褲腳和衣角那些地方下瀉如注，在風吹和日曬之下凝成一層層鹽粉，給衣服繪出裡三圈外三圈的各種白色圖案。

馱一身沉甸甸的鹽業收入回家，人們晃晃悠悠，找不到輕重，都像一管擠空了的牙膏皮，肚皮緊貼背脊，喉管裡早已伸出手來。男人們吃飯簡直不是吃，差不多是搬掉腦袋，把飯菜往裡面嘩啦一倒，再把腦袋裝上，互相看一下，什麼也沒發生。沒把瓦缽和筷子一併倒進肚子裡去，就已經是很不錯了。

人們的鼻子比狗還靈，空中的任何一絲氣味，哪怕是數里路以外順風飄來的一點豬油花子香，也能嗖嗖嗖地被準確捕獲，激發大家的震驚和嫉妒。

當時糧食平均畝產也就三四百斤，將其乘以全縣或全省的耕地數就能知道，肯定不夠吃，只能計畫分配。男人每頓五兩，女人每頓四兩，如此定量顯然只能填塞肚子的小小角落。如果沒有家裡的補貼，又找不到芋頭、蠶豆一類雜糧，地木耳、馬齒莧一類野食，就只能盼望紅薯了。場部給每張飯票扣一兩米，但紅薯管飽。唯一的問題，是紅薯生氣，於是腸胃運動很多，紅薯收穫季節裡總是屁聲四起，類似偷偷摸摸的宣敘調或急急風，不時攪亂大家的表情。一場嚴肅的政治批判會上，應該如期出現的憤怒或深刻，常被一些弧線音或斷續音瓦解成哄堂大笑。有經驗的主持人從此明白，在紅薯收穫季節裡不宜聚眾（比如開會），不宜激動（比如喊口號），階級鬥爭還是少搞點好。

這就不難理解，人們在工地上經常談到吃。吃的對象、方法、場景、過程、體會一次次進入眾人七嘴八舌的記憶總複習。不，應該說在剛吃過飯的一段，比如上午十點以前，腸胃還有所著落和依附，人們還是可以談一些高雅話題，照顧一下上層建築，比如知青們背記全世界的國名，背記圓周率或平方表，背記一些電影裡的經典臺詞……來自《列寧在十月》《南征北戰》《賣花姑娘》《廣闊的地平線》什麼的。但到了腹中漸空之時，「看在黨國的分上」一類不好笑了，「讓列寧同志先走」一類也不好玩了，腸胃開始主宰思維。從北京湯包到陝西泡饃，從廣州河粉到南京烤鴨……知青們談得最多的是以往的味覺經驗，包括紅衛兵大串聯時見識過的各地美食。關於「什麼時候最幸福」的心得共識，肯定不是什麼大雪天躲在被窩裡，不是什麼內急時搶到了廁位，而是餓得眼珠子發綠時一口咬個豬肘子。

操！吃了那一口，挨槍斃也值呵。

這一天，我沒留意時間已經越過危險的上午十點，仍在吹噓自己的腹肌。但大甲把我的肚皮仔細審查，絕不容許我用四個肉塊冒充八個肉塊，也不容許肥肉冒充肌肉。

「你也肯定沒有一百一。」他說。

「怎麼沒有？我前幾天還秤過。」

「你秤的時候，肯定喝足了水。」

「還憋了三天屎尿吧？」

旁人開始起鬨。賭！賭！一定要賭！……這使我奇怪，體重這事有什麼好爭的？爭贏了如何？沒爭贏又如何？直到大甲高高興興在地上拍出幾張飯票，我才恍然大悟：陰謀原來在這裡。

關於要不要刮去鞋底的泥塊，關於要不要摘下帽子和脫下棉衣，關於要不要撒完尿再上秤……我們爭議了好久。爭到最無聊時，大甲居然說我頭髮太多，蓄意欺騙黨和人民，因此必須減除毛重半斤。看看，半斤毛重，心思夠狠毒吧？總之，在他們花樣百出惡意昭昭的聯手陷害下，我從秤鉤上跳下來，聽到他們一陣歡呼，眼睜睜地看著八張飯票被大甲奪走，然後給幫凶們一一分發。

這是不是下流無恥，我不想控訴。我只是第二天上工時再下戰表：「公用鰲，我們比一比認繁體字。賭十張飯票，一張票三個字。」

「那不行。要比就比俯臥撐。」

「比投籃？標準距離，一人十個球。」

「你想反攻倒算？好，老子同情你，給你這個機會。這樣吧，你當大家的面吃一塊死人骨頭。」他指了指身邊一堆白花花的碎片，是大家開荒時刨出來的。

我掂了掂一片碎骨，覺得陰氣襲人，汙濁發霉，有一種鹹魚味，但我嘴上還得硬。「十張飯票太少了。」

「你不敢吃就是不敢吃。」

「我腦膜炎？你要我吃我就吃？」

「我賭二十張！」

「我今天沒興趣……」

「二十五！」

其他人覺得有戲可看了，圍上前來，七嘴八舌，手舞足蹈，大加評點或挑唆，使大甲更為得意地把賭注一再加碼。三十，三十五，四十，四十五，最後漲停在五十——如此驚心動魄的豪賭已讓我呼吸粗重。

五十是什麼意思？五十就是五十缽白花花米飯，意味著你狼吞虎嚥時的暈眩，你大快朵頤時的陶醉，還有撫摸肚皮時的腦子一片空白。想一想吧，至少在很多日子裡，你活得出人頭地，光彩照人，活脫脫就是當今皇上，不必再對食堂裡的曹麻子諂笑，讓他的鐵勺給你多抖落幾顆黃豆；也不必捶打鄰居的房門，對屋內的豬油味賊心不死抓肝撓肺；更不必為了爭搶一個生蘿蔔，與這個或那個鬥出一身汗。

生死抉擇，成王敗寇，翻身農奴得解放，不就在此拚嗎？我抹了一把臉，大聲說：「有什麼了不起？飯票拿來！」

他們被鎮住了，好一陣沉默。

我清點飯票，確認賭資無誤，然後旋旋腰，壓壓腿，捏一捏喉嚨，咧一咧牙口，把自己當作出場前的運動員。我閉上眼，想一想捨身炸碉堡的英雄，想一想捨身堵槍眼的英雄，過一遍電影裡諸多動人形象，在精神上也做好準備。最後，我用衣角細細拭去一塊片骨上的霉汙泥跡，兩眼緊閉，大喊了一聲：

「毛主席萬歲——」

一次深呼吸之後，我咔哧咔哧地大嚼猛咬，沒覺出就義是什麼味，也不敢去想就義是什麼味，直到胃裡突然一陣惡湧，眼看就要湧上口腔，像高壓水槍一樣把嘴裡的骨渣噴射出去，這才拔腿狂奔，躥到附近的小溪旁一頭撲下去，在那裡拚命嘔吐和洗漱——逃躥前當然沒忘記一把抓走地上所有的飯票。

從這一刻起，皇上的幸福令人陶醉，攥緊在手中的一沓飯票簡直是鎮國玉璽。晚上，隊長買豬娃回來了。隊長姓梁，綽號「秀佬」和「秀鴨婆」，不知有什麼來歷。他聽說此事，覺得問題嚴重而且形勢危急，立即把全隊人召集在地坪，沒顧得點上一盞油燈，就在黑糊糊的一圈人影裡開罵：「連先人都不放過呵？什麼人呢，就不怕遭雷打？也不怕吃得嘴巴裡生疔？就不怕爛腸子爛肚？就不怕你婆娘以後生個娃仔沒屁眼？」

黑暗中的責罵聲在繼續：「陶小布，你看你，長得十七八九二十一二三四歲了，還像隻三腳貓，不上正版！」

這也太誇張了吧？一口氣滑出七八個數，卯足了勁給我揠苗助長，怎麼不一口氣把我拔成一個老前輩？

「你鋤死了花生苗，我還沒說你。你一鋤頭下去，就少了半斤花生，明白不？你是個枯巒心，打牛——是你那樣打的？你爹媽是那樣打牛的？你爹媽是那樣教你打牛的？你吃飯，牠吃草。你睡床，牠睡地。你跟牠有仇呵？」

這話不但離題，還有點費解——他似乎不知道城裡沒有牛。

其他農民興高采烈，會後一再點頭哈腰笑臉逢迎，爭相找我借飯票，又忍不住好奇地打聽：那骨頭到底是什麼味？是不是有點酸？是不是有點鹹或者澀？年紀稍長的幾個，問過以後還心重，還嘟囔，看我的目光不無異樣。我喝過水的杯子，他們絕不再沾。我用過的臉盆，他們絕不再碰。到了深夜，同房的一個老頭從噩夢中驚醒，大喊大叫，滿頭大汗，找到梁隊長強烈要求換房，說他情願睡牛欄，也不同啃屍鬼同住一窩。只有食堂裡的曹麻子好像很欣賞我：「小子，你膽大。以後吃爛肉算你的。」

他沒解釋「爛肉」是什麼。

作為一種懲罰，我和大甲都被梁隊長勒令去山裡買竹。這是一種重活，得挑擔子行走七十多里山路，不死也要脫層皮的。由於沒拿到竹木砍伐指標，雖是給集體辦事，但也算違規違法，只能賊一樣晝伏夜行以求躲過沿途檢查站那些關卡。我們這次去又遇上大雨，還沒趕到產竹地，便在路邊一位木匠家避雨，吃光了隨身所帶的幾斤米，不知道接下來兩頓飯的著落在哪裡。

木匠是做棺材的。工房裡擺了幾口剛上過漆的胖大傢伙，有木料味和油漆味，黑幽幽的陰氣襲人。有時棺材板會無端發出炸裂之聲，大概是板材乾燥後變形所致，足令我們心驚肉跳。大甲喜歡這種陰森的布景和聲效，一定要在這裡睡覺，一定要在這裡掌燈打牌，而且老是眉飛色舞。「喂，你後面的棺材裡怎麼伸出了一隻手？」

一個綽號「光洋」的說：「大甲，你自己後面有一張女人的臉！」

「哈，是你的相好吧？來偷看我的牌？」

「真的，你回頭看看，看看麼。真的有一張大白臉，抹了口紅，眼角流血，舌頭尺把長，牙齒綠幽幽，哎呀呀我怕……」

我用一根食指封嘴，「別鬧。好像有動靜。」

我們屏住呼吸，確實聽到了什麼。但豎起耳朵再往深裡聽，能聽到窗外下雨，樹梢在搖擺，溪流轟鳴聲膨脹，主人在隔壁的咳嗽有一下沒一下……但這些都不關棺材什麼事。直到一張木門突然咣噹震響，打了我們一個措手不及，才嚇出一片齊聲驚叫。

原來是一陣風吹開了門。

燈火飄忽更加微弱，我們虛虛的不再敢回看身後，更不敢探身門外，出門撒尿也相約一起行動，你盯上我，我看住你，撒尿時不再有興趣比誰射得更遠或射得更高。突然，我們都感覺到赤裸的腳心一陣發麻，兩腿不由自主地彈向空中——事後才明白電光與雷鳴同時抵達的恐怖意義：我們被擊中了？

重新點亮油燈後，更多的雷擊接踵而至，一次次把窗外的夜晚照亮如晝。大水狂潑，地動山搖，整個世界黑白相續暴放暴收忽有忽無，似乎正萬劫不復地向某個方向傾斜和滑落。又一道響亮的鋼鞭抽下。一個火球滋滋滋地從大門外跳入，嚇得我們叫的叫，倒的倒，躥的躥，無不靈魂出竅。待回過神來，發現火球沒有了，但門邊一堆碎瓦散泥，是從屋頂垮落下來的。空氣中有刺鼻的焦糊氣味。室內情況發生了很多變化。大概是火球經過之處，有些地塊久久地發燙。一個掃帚變成了灰燼，只剩下禿禿的一根棍。一個空油漆桶竟成了廢鐵皮，收縮成癟癟的一個鐵瓢。

我們剛才若不是躥得快，躲過了雷公爺這一「火輪車」（木匠的說法），眼下也會成為幾團黑糊糊的烤肉吧？

我們整頓表情，心有餘悸，陷入了激烈的互相指責。我一口咬定是他們剛才胡言亂語，對棺材不敬，觸怒了閻王爺，才遭受如此嚴厲的警告。大甲當然更願意相信是我吃了死人骨頭，發了死人財，幾十張不仁不義的飯票被雷公爺緊緊盯上了，害得大家差一點受連累，一把撲克也玩不好……最後，他們一齊起鬨，把我當成掃帚星、禍根子，危險萬分的轟炸目標，絕不容許我同他們擠睡在一起。我只好夾了一捆稻草，在憤怒的指責聲中去廚房那邊另打地鋪。

3

與大甲同居一室，同擠一床，實在不是太爽的事。他從無疊被子的習慣，甚至沒洗腳就鑽被窩，弄得床上泥沙嘩啦啦地豐富。這都不說了。早上被隊長的哨音驚醒，忙亂之下，同室者的農具總是被他順手牽羊，帽子、褲子、襯衣也說不定到了他的身上。用蚊帳擦臉，在褲襠裡掏襪子，此類舉動也在所難免。好在那時候大家都沒什麼像樣的行頭，穿亂了也就亂了，抓錯了也就錯了，不都是幾件破東西麼，共產主義就是不分你我的亂來。

我穿上一件紅背心，發現衣角有「公用」二字。其實不是「公用」，是「大甲」的藝術體和圓章形：「大」字一圓就像「公」，「甲」字一圓就像「用」。這種醒目的連署雙章，幾乎蓋滿他的一切用品，顯然是一位老母的良苦用心所在——怕他丟三拉四，也怕他錯認了人家的衣物，所以才到處下針，標注物主，主張物權。

這位老母肯定沒想到，再多的蓋章加封在白馬湖茶場依然無效，字體藝術純屬弄巧成拙，倒使物權保護成了物權開放：大家一致認定那兩個字就是「公用」，只能這樣認，必須這麼認，怎麼看也應該這樣認。大家從此心安理得。

大甲看見我身上的紅背心，覺得「公用」二字頗為眼熟，但看看自己身上不知來處的衣物，也沒法吭聲了。

他只是討厭別人叫他「公用哥」或「公用佬」或「公用黨」，似乎「公用」只能與公共廁所一類相聯繫，充其量只能派給蝦兵蟹將一類角色。用他的話來說，他是藝術家，即便眼下公子落難，將來撥雲見日，見到總統都可以眼睛向上翻的。你不信嗎？你怎麼不承認事實呢？你腦子裡進了臭大糞吧？他眼下就可以用小提琴拉出柴可夫斯基，可以拉扯脖子跳出維吾爾族舞蹈，還可以憋住嗓門在浴室裡唱出鼻竇共鳴，放在哪個藝術院團都是前途無量。何況他吃奶時就開始創作，夾尿布時就有靈感，油畫、水彩畫、鋼筆畫、雕塑等等都是無師自通和出手不凡，就算用臭烘烘的腳丫子來畫，也比那些學院派老傢伙不知要強多少。這樣的大人物，怎麼能被你們「公用」？

每個土磚房都住五六個人，每間房裡都是農民與知青混搭。農民們不相信他的天才，從他的蓬頭垢面也看不出貴人面相，於是他的說服工作變得十分艱難。他得啟發，得比劃，得舉例，得找證人，得賭咒發誓，得一次次耐心地從頭再來，從而讓那些農民明白「下巴琴（小提琴）」是怎麼回事。更重要的，他得讓大家明白，為什麼藝術比豬仔和紅薯更重要、更偉大、更珍貴，為什麼畫冊上「拉（斐爾）家的、達（文西）家的、米（開朗基羅）家的」，比縣上的王主任要有用得多。

實在說不通時，他不得不輔以拳頭：有個農家後生衝著他做鬼臉，一直堅信王主任能批來化肥和救災款，相比之下你那些畫算個屁呵。這個「屁」字讓大甲一時無話可說，上前去一個「大背包」，把對方狠狠摔在地上，哎喲哎喲直叫喚。

「真是沒文化。」大甲抹一抹頭髮，大概有黃鐘毀棄的悲憤，眼睜睜地看著對方找幹部告狀去了。

「你不吹牛會病嗎？」

「你不吹牛會死嗎？」

「你自己不好好幹活，還妨礙人家，存心破壞呵？」

「姚大甲，你還敢打人，街痞子，暴腦殼，日本鬼子、地主惡霸呵？」

……

這就是吳場長後來常有的責罵。場長一氣之下還搧來耳光，沒料到大甲居然還手，鬧出一場惡拚。

場領導後來議了幾次，最後決定單獨劃一塊地給大甲，算是畫地為牢，隔離防疫，把他當成了大腸桿菌。

出工的隊伍裡少了他，真是少了油鹽，日子過得平淡乏味。工地上沒人唱歌，沒人跳舞，沒人摔跤，沒人吹牛皮，沒人鬧哄哄的賭飯票，於是鋤頭和糞桶似乎都沉重了不少，日影也移動得特別慢。「那個呆夥計呢？」有人會冷不防脫口而出，於是大家同生一絲遺憾，四處張望，放目尋找，直到投注對面山上一粒小小的人影。嘿，那肯定是他。那單幹戶也太舒服了吧？要改造也得在群眾監督下改造，怎麼能一個人享清福？就是，我們要聲討他，他也聽不到。我們要揭發他，他耳朵不在這裡呵。

大家譴責幹部們的荒唐，對那傢伙的特殊待遇深為不滿。快看，他又走了。快看，他又坐下了。快看，他又睡下了，今天一上午就歇過好幾回……那傢伙大概也在張望這一邊，不時送來幾嗓子快意的長嘯，聲音飄飄忽忽地滑過山谷，落在小木橋的溪水邊。大家眼睜睜地看著他獨來獨往和自由自在，享受一份特許的輕鬆。至於他的單幹任務，基本上交給了附近一夥農家娃，讓他們熱火朝天地代工。他的回報不過是在紙片上塗鴉，給孩子們畫畫坦克、飛機、老虎、古代將軍什麼的，給孩子的媽媽們畫畫牡丹、荷蓮、嫦娥、觀音菩薩什麼的。他設計的刺繡圖案，還贏得了大嫂們滿心崇拜，換來了糯米粑。

他很快畫名遠播，連附近一些村幹部也來茶場交涉，以換工的方式，換他去村裡製作牆上的領袖畫像和語錄牌，把他奉為宣傳大師，完成政治任務的救星，總是用好魚好肉加以款待。縣裡文化館還下鄉求賢，讓他去參與什麼縣城的慶典籌備，一去就兩三個月。關於劇團女演員們爭相給他洗鞋襪的事，關於縣招待所食堂裡的肉湯任他大碗喝的事，都是他這時候吹上的。

肯定是發現他這一段臉上見肉了，額頭上見油了，吳場長咬牙切齒地說：「他能把蔣介石的毛鳥鳥割下來？」

旁人嚇了一跳，「恐怕不行吧？」

「就是麼，一個盜竊犯，只要第三次世界大戰開打，還是要把他關起來！」

旁人又嚇了一跳，「他偷東西了？」

場長不回答。

「是不是偷……人？」

場長走了，扔回來一句：「遲偷早偷都是偷。」

我們沒等到第三次世界大戰，沒法印證場長的高瞻遠矚。我們也沒等到共產主義，同樣沒法印證場長有關吃飯不收飯票、餐餐有醬油、人人當地主、家家有套鞋的美好預言。我們只是等來了日復一日的困乏，等來了腳上的傷口、眼裡的紅絲、蚊蟲的狂咬、大清早令人心驚肉跳的哨音。

不過，疲憊歲月裡仍有激情湧動。坊間的傳說是：有一位知青從不用左手幹活，哪怕這位獨臂人的工分少了一大截。他私下的解釋是：如果他的左手傷了，指頭不敏感了，國際小提琴帕格尼尼大獎就拿不到了呵。這種瘋話足以讓人嚇一跳。另一則傳說是，一位知青聽到中國第一顆人造衛星上天，不去參加慶祝，反而跑到屋後的竹林裡大哭一場。他後來的解釋也神經兮兮：人家搶在他前面把這件事做了呵，占了先機，奪了頭功，他的科研計畫就全打亂啦。

大甲只是個初中留級生，不至於牛成這樣。他的科學知識夠得上沖天炮，夠不上人造衛星。但這並不妨礙他也是美夢翩翩，曾譜寫一部《偉大的姚大甲暢想曲》，咣咣咣咣，嘣嘣嘣嘣，總譜配器十分複雜，鏗鏘銅管和清脆豎琴一起上陣，又有快板又有慢板，又有三拍又有四拍，又有獨唱又有齊唱，把自己的未來百般謳歌了一番。

當時他已離開茶場，去了附近一個生產大隊——那裡的書記姓胡，是個軟心腸，見這一個城裡娃老是被隔離，覺得他既沒偷豬也沒偷牛，既沒有偷米也沒有偷棉，憑什麼把他當大腸桿菌嚴防死守？既然對上了眼，這位老漢二話不說，要他把行李打成包，扛上肩，跟著走，大有庇護政治難民的一腔正義。這樣，大甲從此成了胡家一口子，不明不白的家庭成員，幹什麼都有老勞模罩著。後來，他玩到哪裡就吃住在哪裡，又成了梁家一口子，華家一口子，被更多的大叔大伯罩著。農忙時節，我們忙得兩頭不見天。他倒好，鞋襪齊整，歪戴一頂紙帽，在田野裡拉一路小提琴來慰問我們，如同英國王子親臨印度難民營。「呵，在那西去列車的視窗，在那九曲黃河的上游……」他的激情朗誦分明是要氣死我們。

我們躺在小溪邊，遙望血色夕陽，順著他的提琴聲夢入未來。我們爭相立下大誓，將來一定要狠狠地一口氣吃上十個肉餡包子，要狠狠地一口氣連看五場電影，要在最繁華的中山路或五一路狠狠走上八個來回……未來的好事太多，我們用各種幻想來給青春歲月鎮痛。

多少年後，我再次經過這條小溪，踏上當年的小木橋，聽河水仍在嘩嘩流響，看紛亂的茅草封掩路面，不能不想起當年。大甲早已回到城市，進過劇團，辦過畫展，打過群架，開過小工廠，差一點投資煤礦，又移居國外多年……但到底幹了些什麼，不是特別的清楚。憑一點道聽塗說，我知道他最終還是在藝術圈出沒，在北京著名的七九八或宋莊這些地方混過，折騰一些「裝置」和「行為」，包括什麼老門系列、拓片系列、幼嬰系列，以及不久前那個又有窗、又有門、還安裝了複雜電光裝置的青花大瓷罐……據他說，這是準備一舉收拾威尼斯國際雙年展的原子彈。

看來世界已經大變，我在日新月異的藝術之下已是一個老土，在青花大瓷罐面前只有可疑的興奮，差不多就是裝模作樣。我左瞧右看，咳了七八聲，把下巴毫無意義地揉了又揉，說眼下的藝術越來越像技術，畫家都成了工程師了。

「對，說對了，這正是我追求的方向。」他指定我的鼻子。

「你的意思是，藝術就應當成為技術？」

「對，你真是個聰明人。你徹底忘掉畫筆，多想想切割機和龍門吊，就可以到美術學院當教授了。」

他這一說，我就明白了，當然也更不明白了。

如果我沒有記錯的話，他不就是三歲紮小辮、五歲穿花褲、九歲還吃奶的那個留級生麼？當年鄰居的大嬸奶汁高產，憋得自己難受，常招手叫他過去，讓他撲入溫暖懷抱咕嘟咕嘟吮上一番。想想看，一個傢伙有了漫長的哺乳史，還能走出自己的童年？他後來走南闖北東奔西竄，但他的喉結、鬍鬚、皺紋、寬肩膀，差不多是一個孩子的偽裝，是他混跡於成人堆裡的生理誇張。只有從這一點出發，你才可能理解他為何追捕盜賊時一馬當先，翻山越嶺，窮追不捨，直到自己被毒蜂螫得大叫——其實他不是珍愛集體林木，只是覺得抓賊好玩。你也才可能理解他為何一轉眼就去偷竊隊上的橘子，為了對付守園人，又是潛伏，又是迂迴，又是佯攻，又是學貓叫，直到自己失足在糞坑裡——其實他對橘子並無興趣，只是覺得做賊好玩。一切都是玩，如此而已。

對於他來說，抓賊與做賊都可能high（興奮），也都可能不high。只有high才是硬道理。藝術不過是可以偶爾high一下的把戲。拜託，千萬不要同他談什麼思想內涵、藝術風格、技法革新以及各種主義，更不要聽他有口無心地胡扯這個斯基或那個列夫。他要扯，讓他扯吧。他做的那個大瓷罐，可以裝酸菜也可以裝飼料，雇工數人耗時一年的大製作，在我看來不過是他咕嘟咕嘟喝足奶水以後，再次趴在地上，撅起屁股，搗騰一堆河沙，準備做一個魔宮。

他肯定把今天的家庭作業給忘記了，把回家吃飯給忘了。

他有家嗎？我曾要來他的電子郵箱，但那信箱如同黑洞，從未出現過回覆；也曾要來他的手機號，但每次打過去都遭遇關機。我只知道他大概還活在人世，偶爾在我面前冷不防地冒出來，撓撓頭皮，眨眨眼睛，找點剩飯充塞自己的肚皮，然後東扯西拉一通，然後落下他的手機，揣走我的電視遙控器，再次消失在永無定準的旅途。最近的一段吹噓是有關他如何解救小安子，我們共同認識的一位熟人。他說他在美國開上越野車，挎上了美式M16，帶上一位黑哥們，去毒販子們那裡嘎嘎嘎（他的衝鋒槍總是在敘述中發出唐老鴨的叫聲）——他朝天一個點射，「fuck——Shit——」那些來自墨西哥的小雜種便統統抱著頭，面向牆壁，矮下了。

「你這不是拍電影？」我說。

「你不信？那你去問小安子，你現在就打電話！」

「她怎麼會在那裡？」

「剛到美國，亂走亂跑，不聽我的教導呵。」

「她不是在紐西蘭嗎？」

「紐西蘭的黑社會哪夠她玩？」

一個警匪大片就這樣丟下了，一段人們不必全信也不必深究的閒扯。他就是這樣的一縷風，一隻卡通化的公共傳說，一個多動和快速的流浪漢，一個沒法問候也沒法告別的隱形人。他不僅沒有恆定住址，從本質上說，大概還難以承擔任何成年人的身分：丈夫、父親、同事、公民、教師、納稅者、合同甲方、意見領袖、法人代表、股權所有人等。也許，這樣的偽成年人，不過是把每一個城市都當積木，把每一節列車都當浪橋，把每一個窗口都當哈哈鏡，要把這一輩子做成樂園。

在將來的某一天，他可能勳業輝煌名震全球，像他自己吹噓的那樣；也可能一貧如洗流落街頭，像他前妻和兒子說的那樣。但不管落入哪種境地，他都可能掛一支破吉他，到處彈奏自己的偉大暢想。

「公用鱉！」

「公用鱉！」

……

我從街頭孩子們的叫喊中猛醒了過來。

4

我們一起喝酒。對面的這個喝酒人牙齒稀疏，扶一根拐杖，不時咳出大段的靜默，需要我從一大堆皺紋中細辨往日的容顏，然後猶猶豫豫地「呵」上一聲，再次確認自己沒有認錯：對了，他應該是吳天保。

應該是老場長。

這位陌生的熟人完全忘了當年對大甲的厭惡，似乎自己早就慧眼識珠了。你想呵，那個小犢子哪是個種田的料？去打禾，灑得稻穀滿田都是。去栽菜，踩得秧子七歪八倒——身上的每根骨頭都長歪了麼，沒對上榫頭麼。你再想想，人家借了他的錢，他不記得。他借了人家的錢，也是不記得的。更重要的是歹毒，你曉得的，好多人都看見的，有一次，他用一個木桶，提來一顆人頭，一臉的大鬍子，說是無名野屍的頭，然後借來一口鍋，熱氣騰騰地煮出一鍋肉湯，要製作什麼骷髏標本。娘哎娘，那是人幹的事嗎？又剔肉，又刮骨，又拔鬚，掏了鼻孔還挑耳毛，忙得滿頭大汗，如同曹麻子殺豬辦年飯，戳心不戳心？害人不害人？……

吳天保時隔二十年後差一點再嘔一口。

但他的意思不是譴責，恰恰相反，語氣裡更像是透出讚歎，似乎非凡之人必有非凡之舉，要成大事不就得這樣瘋瘋癲癲嗎？不就得這樣狼心狗肺嗎？

他臨別時交代，等秋收以後，他要攢一筐雞蛋，託我去帶給大甲。

「好的，好的……」我含糊其辭。

「你把志佗也帶去，他喜歡畫菩薩。」他是指自己的孫子。

「好的……」

其實吳天保應該記得，當年大甲和小安子剔刮出的那個骷髏，那幾個四處探照的黑窟窿，幾乎氣得他把桌子拍垮，在腳下跺出一個坑。那也叫藝術？藝你娘的屁呵。他當時就是這樣開罵的。怎麼不天天睡到墳地上去藝術？怎麼不把自己的腦袋割下來藝術？怎麼不把你們爹媽的腸子肚子掛在牆上去藝什麼鬼術？……把一個茶場搞得烏煙瘴氣，屎臭尿臊，牛鬼蛇神鬧場來了，是國民黨派來的別動隊吧？

他當即在職工大會上宣布：扣掉姚大甲一個月飯票，剮他十幾斤肉，看他還抽什麼風！

大甲氣呼呼地同他交涉，怎麼也談不通。吳場長讀書少，只是在掃盲班識了幾個字，別說素描和人體結構，據說以前接到縣裡來的電話，還不知該如何對付話筒。「我聽不清。我這就去穿草鞋，就到你那裡來。」——他居然不知道，縣城遠在一百多里之外，那個聽起來很近的聲音，並不在隔壁房間也不在對門山上，一雙草鞋根本幫不上忙。他甚至連火車也不明白。好容易在縣城看到火車了，回來後大表驚訝：「那傢伙一身黑皮，還冒煙，跑得比賊還快，大得嚇死人，一天要吃多少草料呵。」不難理解，這樣一塊從泥土裡刨出來的老菜幫子，如何能與姚大師達成藝術共識？

大甲在工地上賭輸了飯票，又被場長罰扣，雪上加霜，幾近飢寒交迫，雖有哥們姐們一點接濟，還是嚥不下一口惡氣。場長去食堂打飯時，他突然插上前，把對方手裡的一缽飯菜搶了就跑。

「嘿——你土匪呵？你你你鬼爪子往哪裡抓？」吳天保總算明白了自己的兩手空空，氣得額上直暴青筋。

大甲已跳到遠處，「你要餓死我，那你也別想吃。」

「崽呵崽，崽呵崽，老子要一拳砸得你腦殼從屁眼裡出來！」

「老鱉，你來呵。上次我們還沒玩夠吧？告訴你，你要是打死我，我爹媽還有兩個兒子，沒關係。我要是打死你，你婆娘就是寡婦，你那三個兒子就要隨母下堂，不能再姓你的吳！」

「老子要把你捆到公安局去！」

「反正我沒飯吃，吃牢飯去更好。」

吳天保肯定沒見過這種煮不爛嚼不碎吞不下的活爺。不知是大甲的威脅起了作用，還是他的搶飯防不勝防——他不但搶場長的飯，後來還搶過客人的飯，茶場請來的木匠、篾匠、泥瓦匠頻遭襲擊，待客的魚肉一次次被他無恥地分享——場長後來只得睜一隻眼閉一隻眼，聽任會計發還大甲的飯票，罰扣一事不了了之。

縣文化館來函借調大甲，場長氣得把來函拍了一把。「他不是有個鬼腦殼嗎？無產階級鐵打的江山，他往哪裡跑？他跑到蔣介石的胯襠裡，老子也要把他剜出來蘸點醬油下酒！」罵雖這麼罵，他還是在借調函上速批「同意報銷」，一刻也不耽誤。

「同意報銷」就是「同意」的意思，算是他的萬能聖旨。不知是誰教會他這四個字，使他從那以後把一切問題都處理成財務。在他亂糟糟的辦公桌上，入黨申請上是「同意報銷」，舉報材料上是「同意報銷」，防蟲防病緊急通知上是「同意報銷」，各種上級紅頭文件上還是「同意報銷」和「同意報銷」。梁隊長說過，他不久前遞上結婚報告，對方打了個哈欠，抽燃一根對方遞上的喜菸，捉筆如捉泥鰍，搓捏筆桿好一陣，在空中哆嗦好一陣，描過來又畫過去，最後才往紙上落下欣欣然的四字箴言，其中的「銷」照例錯成了「肖」。

秀鴨婆不肯走。

「還有事？」

「場長……」

「怎麼啦？」

「我買豬娃你是這幾個字，我買魚苗你也是這幾個字，我買幾個尿桶箍你還是這幾個字。今天是我搞對象……」

「曉得你今天是要搞男女關係。」

「場長，這是一輩子的大事，你是不是要寫得客氣一點？」

場長看了對方一眼，再看看批示，一拍桌子，「怎麼不客氣？就你囉嗦，不都一樣嗎？你說說，不這樣批又如何批？」

新郎總覺得自己的喜事與豬娃魚苗還是有所區別。「我娶親又不是進一頭豬，這報銷不報銷的……」

「報銷就是好事，報銷就是領導支持，報銷就是生產發展，工作順利，形勢大好。你懂不懂？你還要我批一句毛主席萬歲嗎？想偏你的腦殼。你去告訴國矮子，是我批的！」

他是指公社管理民政事務的一位幹部，似乎他拍了桌子，就有了文件防偽的保證，就有了無可爭議的權威性，國矮子沒理由不開具結婚證。

他後來不明白為什麼大家說起這事都笑。為了回擊笑聲，他抽一張椅子，端端地坐在門前，面對人來人往的地坪，大張旗鼓地看報紙，看文件，翻出嘩嘩聲響，用一枝筆在這裡畫兩條槓，在那裡畫個圈，張揚自己的領導素質和文明水準。看到興奮處，他大聲說：「寫得好！」「寫得真是好！」「縣上的同志就是水準高，十個國矮子捆在一起也比不上。」諸如此類。他指頭蘸上口水翻紙頁，翻出了好多爆炸性的知識，比如蘇聯人吃黑麵包，髒死了，可憐！美國有無人飛機，恐怕是人都死絕了，要斷後了。天安門廣場大得可以讓全縣人民去曬穀，工程偉大得真是了不起呵了不起。共產主義呢，日子好得沒法過，成天不用做事，吃出了一身肥膘就去軋床，舒服得只能死……這些都是他後來常說的。

當然，也有說亂的時候。「革命就是要苦幹加23幹」，這話怎麼也讓人聽不懂。其實，「23」是「巧」，一到他的眼裡就掰兩半，還是阿拉伯數字。「海內存知己，天涯五比零」，這後半句得讓琢磨片刻，才可明白不過是唐詩裡的「天涯若比鄰」，被他一不小心改成了球賽報分。有一天晚上開大會，他在臺上說得激動了，屁股下裝了彈簧一般，身子一次次往上跳躍。「同志們，偉大領袖毛主席教導我們：世上無難事，只要肯爬山！」

不知哪個知青提醒：「不是爬山，是登攀。」

「登攀？什麼意思？」

「登攀……就是往上爬。」

「還不是，」場長橫了大家一眼：「還不是爬山？我哪裡說錯了？你們說說，我哪裡說錯了？」

提醒者還真是理虧。

場長再次聽到了笑聲。也許是在意這一點，他走出會場時怒氣沖沖，差點摔了一跤，後來發現是一只木桶絆腳，忍不住把木桶猛踢一腳，「真不是個桶肏出來的！」

有趣的是，他說這一類下流話卻從不出錯，總是信手拈來，行雲流水，不斷創新，花樣百出，讓大家的耳朵忙不過來。

——夾卵（算了）！

——搞卵呵（搞什麼）？

——不要算卵毛細（不要太小氣）。

——你咬我的卵（你癡心妄想）。

——你搓卵去了（你幹什麼去了）？

——我看你就是個尿脹卵（我看你就是個冒牌貨）。

——你屙尿還沒乾胯（毛頭小子你知道什麼）？

——你們把屁眼夾緊點（你們把精神提起來）。

——那媽B自行車還真跑得快（自行車真是好東西）。

——大卵子一甩，天下太平呵（形勢會越來越好呵）。

……

女知青極為反感這種語言強暴，一聽就皺眉，就臉紅，如果見身邊有人哄笑，更有當眾受辱之感，很可能低聲啐一句「臭痞子」。我毫不懷疑，從某種意義上說，她們的青春理想就是由此破滅的，人生信仰就是從這裡開始動搖的，後來一個個不擇手段驚惶不已地逃離鄉村，與這種聽覺傷害一定大有關係。也許，這些花骨朵同我差不多，以為革命充滿了詩歌、禮花、小帆船以及飛奔的駿馬。一個革命者如果不是身穿紅軍制服的亨利．方達或克拉克．蓋博，如果不是布爾什維克的白馬王子，至少也得有點雄姿英發的範兒，有點剛正不阿的勁頭，斷不可像吳天保這樣小眼珠、小尖嘴、小矮個，更不能像他這樣汙言穢語，一張嘴隨地大小便。這種爛人放到任何一部電影裡，充其量也只能是一個匪軍甲或流氓乙。一代新人類能在他這裡接受什麼「再教育」？

我當然也討厭吳天保這個活閻王。我痛恨他下達任務時心狠手辣，簡直把我們當牲口使，對下雨和下雪視而不見，天塌了也不忘吹出工哨。我還恨得牙癢癢地想到他上工時不見人，說不定是躲在哪裡睡覺，到我們剛要休息時卻及時出現在工地，嚇得隊長不敢下令歇工。他早不來，晚不來，打蛇打在七寸，操一根兩米長的竹竿作為隨身量具，更相當於行凶暗器，在工地上這裡量一量，那裡丈一丈。兩米竿在手上翻一觔斗，配上他故意疾行的步伐，實際上一竿翻出兩米多甚至三米的距離——這樣量出來的土方，誰擔得完？這樣丈出來的荒草，誰鋤得完？

「不怕閻王要你命，就怕猴子一根棍。」連本地農友都這樣說。

「猴子」是他的綽號。

但我還是好奇他的褲襠語，覺得那些話雖不文雅，但很好笑，特敞亮，是典型的就近取喻，有通俗、形象、強烈、便於傳播的好處，一炸開就爆破力十足。對不起，我也大體上贊同他對廁所的反感，特別是拒絕當時臭烘烘的各種茅坑。哪怕是離茅坑近，他也願意捨近求遠，去地上的樹叢後解褲頭，摟屁股，差一點就要加上貓仔刨土和狗仔蹺腳的動作：美麗的大自然呵——

這樣做的好處，照他的說法，一是不聞廁所裡的劇臭，二是省了運送糞肥的手腳，三是可以看看風景，說不定還能順手扯一把草藥……這些求真務實的理由真讓我無話可說，甚至令我躍躍欲試。

我的暗自惶恐是，自己是否也是個當匪軍甲或流氓乙的料？我的沉淪是不是就從汙言穢語開始？當然，我萬萬沒想到，其實沒過多少年，他那一大堆「卵」「呵」「鱉」的在特定情形下倒是奇貨可居，在有些人眼裡甚至成了文明的前衛款和高深款——這事不大容易讓人看懂了。大甲在美國開了一個畫展，一大堆潦草變形的男女裸體畫，使參觀者如同走進一個凍肉庫，在一掛掛粉色肉體前穿行。畫題分別是〈夾卵〉〈搓卵〉〈咬卵〉〈木卵〉〈尿脹卵〉〈算卵毛細〉〈葉（瘪萎義）卵〉等，分明就是吳天保當初那一嘴下流，是粗痞話集大成的圖解。配畫的文字說明，無非是解釋這些話各自的引伸義和常用法。畫展總題則為《亞利瑪：人民的修辭》，其前半句既是基督聖母名謂的倒裝，也是白馬湖人罵娘的諧音。

大甲就不覺得這一惡搞是在毒害小朋友？

有意思的是，他在那裡開過好幾個畫展，每次都慘到了門可羅雀的程度。玩抽象玩具象都不靈，拉（斐爾）家的、達（文西）家的、米（開朗基羅）家的那些經典大師全幫不上忙，但唯獨這一次重口味石破天驚，最狗血的靈感賺了個盆滿缽滿。市長和主編的宴會請貼送來了。記者的採訪讓他煩不勝煩。一些洋同行拉他去喝酒，白膚或黑膚的，長髮或光頭的，在酒吧裡同他大談「解構」或「當下」或「反抗」，聽他答非所問胡言亂語也依然開心，依然攀肩搭臂眾志成城，鬧得他有點受寵若驚。

「不就是個凍肉庫嗎？」我翻看畫冊和照片，不明白這種畫展的偉大在何處，不知觀眾們為何熱血。

他樂得在床上翻了一個跟頭，笑得上氣不接下氣，憋出了連翻白眼的可憐樣，「亞利瑪，你真是土得……」

「我土？罵人就不土？」

「太對了。」他再次拍大腿，「就是要罵人，就是要用屎團子把資產階級統統砸暈。你知道那些播的死（太太）煎特烱（先生）嗎？你知道他們扭著小屁股吃香喝辣，然後 ni ——（我提示他，nice？）對，nice，就是這個 nice！你知道他們 nice（優雅、有教養的）得多麼痛苦嗎？成天都端著，張嘴就謝謝，不是皮笑肉不笑，就是肉笑皮不笑，沒日沒夜地教養來教養去，水深火熱呵，暗無天日呵。」

「你的意思是……」

「豬腦子，還沒明白？那些閹貨too nice都不會罵娘了，腎上腺素都斷檔缺貨了，所以我們革命人民就得教他們罵娘，代他們罵娘，罵出他們的心花怒放……」

我懷疑他胡扯，對那些觀眾並不理解，至少是不充分理解。事情肯定比他說的要複雜得多。但他一甩長髮，逕自去我家廚房找吃的，沒耐心與我討論。「我反正是成功了。」他在冷豬蹄上咬出了洋洋自得，「不瞞你說，我眼下放個屁，在藝術界那也是香的。不得了哇，沒辦法，門板都擋不住。」

第二天早上，他遲遲沒起床。我去拉窗簾時，發現他睡得平靜，眼角流出一滴淚，正緩緩地下滑耳根，想必是墜入夢中什麼傷心處。我暗自一怔。這傢伙還有淚？我差一點笑出聲來，忽然想起他昨天曾凝視過牆上一幅畫，是他以前送給我的，土紅色調的夕陽圖。他面對那些可能早已陌生的色塊和線條，那種老掉牙的架上繪畫，好一陣發呆。

眼下他夢中的一顆淚，與那樣的發呆沒關係吧？

我很想搖醒他問一問。

5

吳天保丟了官帽，就地勞動改造並接受審查，事因是破壞計畫生育。他已有三個兒子，其中老大叫「公糧」，老二叫「餘糧」，老三叫「糧庫」，全都是與吃飯有關的好東西，但他居然還想生一胎「糧票」或「雜糧」，對抗節制生育的官方新政策。他不但不讓老婆去衛生院上環，還一張嘴巴不乾淨，說共產黨管天管地，還管到褲襠裡來了，肖書記的鬼爪子也伸得太長了吧？

這就把自己的官帽給罵掉了。

他在會上掛了牌子，戴了高帽，站過臺子，一些陳年老帳也被翻出來重新清算。他給一位陣亡的解放軍將領挖過墳，算是以前的非凡事蹟，但現在的說法是：那是什麼挖墳？保不準就是盜墓。將軍是埋下了，但衣袋裡四塊光洋不見了，是不是這傢伙做了手腳？他曾給一個大財主幫廚，見一鍋肉遲遲未煮爛，客人們又到齊入座，便跳上灶臺朝鍋裡偷偷射出一泡尿，算是以人尿代硝土，用土辦法催熟。以前的說辭是，他那是深入虎穴刺探敵情，一泡尿大長了革命人民的威風，大滅了剝削階級的志氣，而且讓一位反動軍官吃壞了肚子。但他一旦在批鬥臺上低下頭，一位姓楊的民兵營長就憤怒揭發：姓吳的當時為什麼不下毒藥？為什麼不衝過去投下手榴彈？為什麼還怕反動派把一鍋燉肉吃得不夠爛和不夠鮮？他的階級立場到底在哪一邊不是昭然若揭嗎？事後，那個狗軍官還賞給他一塊白綢子，誇獎他把肉燉得香，不就是他暗通敵人的鐵證？

吳天保辯解：「什麼綢子呵，一不暖身，二不吸汗，頂多只能拿去做祭幛，做孝帶，屁用都沒有。」

楊營長拍打桌子質問：「為什麼不給張三，不給李四，偏偏只給你？你同那傢伙是不是共褲連襠的漢流？」

「漢流」據說就是洪門會黨，曾是革命英雄，後來不知何時又成了反革命的罪人。這些來歷和批判都不大容易聽懂，與節制生育似乎也沒多大關係。但不管怎麼說，落毛的鳳凰不如雞，看到場長大人掛著鼻涕兩腿發抖，很多人還是興奮不已。

他和我們一起挑土，同樣嘴歪鼻斜，灰頭土臉，大喘粗氣，讓我好好地幸災樂禍了一把。我故意往他的箢箕裡多多壓土，看他兩條腳杆搖搖晃晃憋出了吃奶的氣力。

他明白這是報復，但只能諂媚地笑笑，遞來菸絲和紙片，請我享受一種叫「喇叭筒」的自製菸捲。

我不抽菸。

「一個男人家，不抽菸，不喝酒，只吃幾粒穀，不像個麻雀子？」他把捲好的菸塞過來，殷勤地劃火柴。

我被一口菸嗆得大聲咳嗽。

他嘿嘿一笑，「搞卵呵，我家公糧五歲就抽水菸筒。」

他捶打自己的腰和背，捶出哎喲哎喲的呻吟，然後告訴我偷懶的竅門。出工要走在前，知道嗎？讓人一眼就看見。裝土呢，卻要裝得鬆，讓土塊架起來，這樣擔子好看又不咬肩。他還悄悄傳授吃的藝術，比如去食堂要晚，等大菜盆裡淺下去了，窗口那邊的廚師才能舀到下面的湯。知道嗎？好油水都在湯裡呵……聽到這些，我覺得這傢伙確實可疑，將軍的那四塊光洋說不定真被他窩藏了。

我為他代寫檢討書，乘機用墨如潑讓他對自己大加撻伐。他不知道我寫些什麼，只是大為驚訝，「你寫字怎麼同拈泡一樣？」

這是說我寫得快。

當他發現檢討書上很多字難認，還順便得知數字有多種寫法，有大寫、小寫、阿拉伯字等，禁不住睜大眼，「了不得，了不得，你的學問真是大。」

「這算什麼？我以前參加數學競賽，都是第一個交卷。」

「競賽？賽贏了怎麼樣？」

「不怎麼樣。」

「不獎穀？」

「不獎。」

「不獎肉？」

「不獎。」

「那有什麼味？」

我給他解釋數學，解釋少年科學宮和人造衛星……突然發現他半張著嘴，頭一歪，呼呼睡過去了。直到復工哨吹響，他揉揉眼睛，不忘記續上前面的話題，「你的學問真是大，放個屁都是文章，將來牢飯是有得吃的。」

我差點嚇出一身冷汗，不明白他何出此言——學問與坐牢居然煮成了一鍋。這正像後來我用收音機偷聽臺灣廣播，被小人舉報了，他找我嚴肅談話也是聖意難測莫名其妙。「你這個賊養的，收聽敵臺是不是錯？」這一句還好理解。「你聽就聽了，還說出來，還承認，是不是錯上加錯？」這一句只能讓我發愣。他該不是惱怒於我如實坦白，害得他不得不來談話，耽誤了他的大好瞌睡吧？

猴子——我現在也習慣這樣叫他了，這一天與我去榨房裡打油，一打就是昏天黑地的幾天幾夜。柴禾用完時，沒法炒籽和蒸粉，不得不停工。他縮在草窩裡翻來覆去，大概是吃多了剛出榨的新油，有了火燒火燎的活力，不容易入睡。他一次次坐起來抽菸，在暗中亮起一星火光。「知道嗎？今年收了晚禾以後，就要解放臺灣了。」他興沖沖地說。見我沒什麼反應，又鄭重其事通知我：「下個月有一架北京來的飛機，會從北坡上過，到時候你要喊應你們隊的人，不准拿棒棒打飛機，更不准扔石頭。聽到沒有？」——天知道他從哪裡得知這些國家機密。

他該不是做了一個自己仍在當場長的夢吧？一個仍在拜將入相操勞國家大事的夢吧？

他說完北京的飛機，找來一個瓦缽，裝了一缽新油出門，好一陣才回來。我懷疑他是去了附近的村子，給哪個老相好送油去了。果然，他回來後眉飛色舞，坐起來又睡下，睡下去又坐起，捅一捅我，「嘿嘿，你睡過妹子沒有？」

「說什麼呢。」

「一條騷牯子，還給老子裝老實？」

「向毛主席保證，只拉過手。」

「你憋得住？」

「沒什麼呵。」

「不打個手銃？」

我不明白他的意思。後來才知「手銃」是指自慰，立刻感到臉上發燒，心頭咚咚大跳。

「不打手銃，我就早犯錯誤了。嘿，只有打手銃不犯法，又快活，還不費錢，想睡哪個就睡哪個。白馬湖的妖精你都可以睡。」

「老不正經的傢伙！」

「小子，你屙尿沒乾胯，卵毛沒長齊，曉得什麼？等你牙齒落了，蚊子都拍不中了，就會明白人生一世，沒多大意思的。我告訴你一句大實話：鍋裡有煮的，胯裡有杵的，就這麼兩條。」

「你以前怎麼說的？荒山變糧山，解放全人類，向黨和人民獻禮，誓把革命進行到底……好話都被你說完了。」

「那也沒錯。解放全人類，不就是要讓大家都好過？沒有煮的，沒有杵的，能好到哪裡去？好，讓你當個縣長，但你卵子沒有了，有意思嗎？」

窗外有遠近高低的蛙鳴，有春天的溫潤，有一種生活重新開始的蓬蓬勃勃。這樣一個美麗的春江花月夜，這一個應該遙想遠方和未來的時刻，下流話題實在不合時宜。「不，生活中還有別的什麼……」我也捲上了菸草，「一定有更高的東西。」

「更高的？哪裡？」

我說不上來。

「你們這些喜歡刷牙的傢伙就是囉嗦，就是心大了礙肺，架起梯子想上天。你上呵。你小子，陶小布，是一個。還有你們那一夥，偷偷摸摸搞什麼，以為我不曉得？盡搞些沒用的東西，不著肉不黏骨的東西。一朝當皇帝，還想做神仙；坐了神仙位，還想蟠桃會。人家幾句戲文，你聽聽就好，莫當真。我看你一頓飯吃得下兩三缽，工分沒少賺，早點找個對象把肚子搞大，還算一回事。」

他熄滅了黑暗中的星火，一翻身縮到草窩裡，頂過來一條彎曲的背，又補上兩句：「我是對你好，才說幾句實話。小子，你聽我的沒錯，搞對象就是要騷，就是要躪。我老婆就是我躪來的。」然後不再說話了，放出呼呼的鼾聲。

在後來的日子，我經常回想這一個深夜，回想那濃烈的菜油味，那乾稻草暖烘烘的氣息，那一束月光投照在碾臺上如霜如雪。我靜聽窗外的蛙鳴，靜聽草窩裡的呼呼鼾聲，不能不大為驚訝地想到，幾十年後我也會是這樣子？也會鼾聲粗野，磨牙聲猙獰，偶爾還在亂糟糟的褲頭裡放出一兩個悶屁？生活正在眼前展開，正嘀嘀噠噠撲面而來。如果我不願像他那樣活，不願像他那樣掙吃掙喝然後生下一窩「公糧」、「餘糧」、「糧庫」，那我又能怎樣活？如果這個世界上還有另一種活法，有更高的東西，那更高的在哪裡？

小時候暗暗猜想：多年以後的人，回看我的一生也許像看一部電影。我眼下的每一天，每一月，每一年……在觀眾眼裡不過都是電影情節。因此，與其說我眼下正在走向未來，不如說一捲長長的電影膠片正抵達於我，讓我一格一格地嚴格就範，出演各種已知的結果。我可以違反劇本嗎？當然可以。我可以自選動作和自創臺詞嗎？當然可以。但這種片中人偶然的自行其是，其實也是已知情節的一部分，早被膠片製作者們預測、設計以及掌控——包括我眼下這種胡思亂想。於是，人生就是一部對於當事人來說延時開播的電影。我們在銀幕前關上窗子，熄掉燈光，對準時鐘，確保自己的現場感和首映權，但在另一個地方，在後人或上帝那裡，同一部電影其實早已播完，甚至早已入庫。我們的一切未來都在他們預知之中，僅供他們一邊嚼著玉米花一邊表示同情的微笑或搖頭的嘆息。

誰能早一點告訴我結果？

我能不能從時間裡脫身而出，向前跳躍哪怕數年，哪怕數月，哪怕數日，跳到上帝的那個影片庫裡看一下自己的未來，一種沒法更改的未來？

眼下這一刻，我已站在未來了，已把自己這部電影看了個夠，也許正面臨片尾音樂和演職員表的呼之欲出。我不知在演職員表裡能看到哪些名字，能否看到自己的名字。更重要的，劇情已明朗，未來已成過去，我憑什麼說這一堆爛膠片就是「更高」的什麼？

6

吳天保降職為副場長，變得有點消沉，不再操一根竹竿在地上吆喝，也很少去開會，不是藉故自己頭痛，就說腳痛或腰痛。若有人私下裡問起來，他氣呼呼地說：「開什麼開？老子上次去開，一塊肉皮都沒吃到。廚房師傅本事大，做出了哪吒鬧海。」

他是指幹部會的伙食越來越差，美其名曰四個菜，其中三碗是湯，盡是一些水，沒什麼意思。「怕是住在湖邊上，肖書記他挑水挑上了癮呵。」這是譴責公社領導拿清湯寡水來唬弄與會者。

他更願意帶上幾個人去抓魚、捕鳥、挖洞打蛇，甚至燒野蜂窩，看能不能在那裡掏一點野蜂糖（本地方言中的蜂蜜）。有一天夜裡，他不知從哪裡找來兩桿民兵用的老式79，帶我們去打野豬。但我們在一個山谷裡守了大半夜，連一根野豬毛也沒看見，回到工區時已快天亮。大概覺得這一晚無功而返，什麼也沒做，有點說不過去，他就在山坡上教我們一點「牛皮鱗」的拳法——據說是向一個牛販子學來的。我們即學即用，互相比試，結果「牛皮鱗」夾雜蛤蟆拳和王八拳，一直打得好幾個鼻青臉腫。大家面向鮮潤的東方紅日一陣叫喊，覺得這個晚上還算過得充實。

採茶的季節到來了。這是女人的季節，附近各村的婦女們，即吳天保嘴裡的「妖精們」，挎著籃子來採茶，算是季節性臨時工以彌補茶場的人手不足。一枝兩葉是一級茶，四分錢一斤；一枝三葉是二級茶，三分錢一斤……鮮葉價格分出檔次，多採多得，過秤付錢。但婦女們結成團夥以後就難免有些瘋野，三個蛤蟆鬧一塘，婦女解放運動張牙舞爪。「毛主席說婦女是半邊天。你算哪根毛，比毛主席還大？」這是她們經常抗議男人的話。她們突然一陣哄笑，不知有何原因。又一陣哄笑，仍不知是何意思。再橫蠻的男人面對滿山滿坡的女人，在這種來歷不明的大笑前也有點不知所措。

看準了這一點，她們就笑得更開心，更誇張，更猖狂，然後乘人不備，把已經過秤的茶葉再秤一次（賺兩份錢），往茶葉裡偷偷塞兩個石頭（虛增重量），不管有關兩葉、三葉、四葉的技術規定，把一根根茶枝呼啦啦捋成光桿（茶葉品質可想而知，茶樹存活也凶吉難料）……她們投入一場搗亂大比賽，包括毫不在乎吳天保這個傢伙，不久前還在掛牌挨鬥的貨。

「猴子！」

「老猴子！」

「不給老姐送點茶水來？」

「我住在你三姨媽的對門，你也不給我一張飯票？」

她們總是這樣叫叫嚷嚷。一個叫梅豔的少婦，大概仗著自己丈夫是現役軍官，膽氣特別壯，多次成為鬧事帶頭人。她帶頭偷吃黃瓜和菜瓜，帶頭在茶園裡燒火烤米粑，還扣過茶場的一個秤砣，說你們再不提價，老娘就把秤砣丟到河裡去。吳天保來找秤砣時，她還無恥放刁：「鐵秤砣沒有，肉秤砣倒有兩個，就怕你不敢要！」一句話臊得對方成了個猴屁股，在女人們的哄笑中狼狽而逃。

這一天，不知用了什麼高招，猴子竟然整得她放聲大哭，披頭散髮，兩眼通紅，死了爹娘一般，要不是兩個女人拉住，立馬就要朝水泥電線桿一頭撞過去，留下一灘濃濃的血跡和身邊哭號的娃仔——誰都覺得事情的下一步就是這樣。我來到現場時，發現她涕淚橫飛，隔了兩三個規勸者，指定猴子的一張臉。「老賊，你憑什麼血口噴人？憑什麼造謠？」

猴子眨眨眼，「你沒被強姦呵？那就好，那就好。」

「你裝什麼蒜？就是你說的！今天當面鑼，對面鼓，你不把證據擺出來，老娘非割你的舌頭不可！」

「是我說的嗎？」

「就是你！」

「我什麼時候說了？」

「就是你，就是你，三妹子都告訴我了……」

「我什麼地方說的？」

「就在供銷社門口。我至少有兩個人作證……」

猴子嘆了口氣，「好吧，就算我說了，那也是沒辦法，真的沒辦法。」他伸出兩個指頭朝前點了點，「豔妹子，我不這樣說，如何把你搞臭？我不把你搞臭，你會還秤砣？」

「你去死吧你——」梅豔絕望地一閉眼，一頭撞上前，把對方衝了個趔趄。剎那間茶園泥沙飛濺，竹籃、泥塊、木凳在尖叫聲中都成了武器，在空中飛來飛去。儘管有很多人大加勸阻，猴子下坡時，脖子上還是有兩道鮮紅的抓痕，衣襟被扯破一塊，頭上的痰液被他一抹再抹。

但他很得意。「這叫什麼？這叫惡狗服粗棍，蛇精怕雷打。茶場的秤砣是好扣的？不來點邪的，她就不曉得厲害。」

梅豔氣病了，一連幾天沒來茶場。吳天保發現這一結果後更為得意，成天在女人國裡躥來躥去，臉上刮得發青，一個銅哨掛在胸前，鴨公嗓漏風跑氣地到處叫喚，還經常透出一股辣辣的酒氣。他管得太寬，不但檢查採茶的品質，還要這個戴好草帽，要那個擦淨鼻涕，命令另一個扣好腰身一側的褲扣，不得露出內褲壞了社會風氣。為了加強權威性，他不時假造聖旨，宣布各種最新的中央精神：「四十六號文件怎麼說的？生產時不准打架！」「根據中央軍委的最新規定，婦女不能隨便插嘴，踩死了花生苗的要交罰款，一根苗一塊錢！」……如此條款似真似假，鎮得女人們不敢吱聲。

當然，混跡於一個乳房密集區、肥臀密集區、花頭巾密集區、髮油氣味的密集區，陌生的體味似有似無，撩來撩去，一個酒鬼難免更暈。這一天的情況正是這樣：他出門時踩塌了一腳，差點摔了一跤。朝一口大水缸笑了笑，後來才發現那不是一個人。把挑水的曹麻子喊成王會計，也搞得對方十分疑惑。接下來，深一腳淺一腳，走到茶場的烘房前，見一個叫胖嬸的婦人彎腰忙碌什麼，在曬墊前撅起一個肥大屁股，十分觸目和礙事。一定是酒力亂性，他見屁股不見人，心花怒放情不自禁地把扁擔一丟，上前一把摟住大圓臀，頂上自己的下半身，隔著褲子又撞又蹭，樂呵呵地大笑：「好熱乎呵，好軟和呵，好心痛的傢伙呵……」

在場的人都驚呆了，空氣死一般的寂靜。

事後連他自己也有些吃驚，即便對方是老熟人，無皮無血的一塊老抹布，但光天化日之下，玩笑還是太過分了吧？

胖嬸嚇了一跳，回過頭來，炸紅一張臉：「你這個豬——肏的豬肏的豬肏的豬肏的——」一道聲音的弧線由高到低，直抵氣絕之處。

一口氣灌下了多少個「豬肏的」，誰也數不清。在場者只記得那聲音劇尖，是吸髓的、抽筋的、揭頭皮式的，揭得大家都覺得腦袋涼颼颼。這以後，大家還能聽到猴子的聲音，至少能聽到零碎的呼叫，但已不見他的人影，只見胖嬸全身發動，擴張成一輛肉坦克，在牆根那裡轟隆隆地又衝又撞，好像與牆壁過不去。

「我看你臭，我看你騷！」

肉坦克全方位遮蓋的縫隙裡，「住手」飄了一下，「救命」閃了一下，「玩笑」蹦了一下，基本上不成句子。

「你還嘴硬！」胖嬸覺得不解氣，又一屁股騎上去，恨恨地解懷露胸，掏出大乳頭，擠得奶汁噴射。可惜打鬥之際不易定位，她只是把胯下人胡亂射了一通。「臭猴子，你吃了老娘的奶，就是老娘的崽。看你以後還敢沒大沒小！」她哈哈大笑，「你說，是不是我的崽？是不是我的崽？你老實說……」

圍觀人笑得前栽後仰的，搗的搗嘴，跺的跺地。

「翻天……」坦克下還有零碎的聲音擠出，「老子」飄了一下，「哎呀」閃了一下，「褲子」的聲音更癟也更弱。

婦人們立即七嘴八舌：

「他要脫褲子？嚇白菜呵？好呵，讓他脫！」

「今天他不脫還不行！」

「正好閹了他！」

「把他那四兩臭肉割了！」

……

一些小媳婦和小姑娘看不下去了，紅著臉跑開。幾個老娘們看得過癮，倒是叫叫嚷嚷地加入惡搞，不但三下五除二剮了副場長的褲子，而且找的找柴刀，找的找繩子，要為民除害，替人民政府斬草除根。特別是那個梅豔，終於找到報仇雪恨的機會，抓來一團牛糞，不光是朝仇人的胯下砸，還一個勁往他嘴裡塞。

她們不至於真閹，但下手還是夠狠，把一個尖屁股的猴子綁在一張椅子上。一條麻繩纏緊胯下的那四兩肉，繩子的另一頭從木凳下通過，繫住身後不遠處一塊立磚，相當於裝了一拉線開關。間人們好容易才看明白，她們是要看看猴子的厲害，拿他的命根子做一次懲罰性的試驗——什麼時候那根肉棍舉起來了，把繩子拉動了，拉緊了，把後面那塊磚扳倒，她們就來還褲子。這是她們宣布的規則。

「臭豬婆——」猴子發出殺豬一般的嚎叫，腦袋左一撞，右一甩，無奈自己被綁成個粽子樣，頭部大迴旋也不解決問題。

大概是有人同情副場長，或是同情普天下男人，不一會兒，把天保的老娘請來了。老娘平時不來茶場的，這一天剛好也是賺幾個小錢，沒想到來得太不是時候。遠遠一見兒子這模樣，哇的一聲大哭。她一頭白髮，一雙小腳，一個牙齒零落的口腔，眼角處積有暗黃色的眼泥，黑斑密布的一張豹子皮鬆鬆地披掛在頸根和手臂，嚇得婦人們吐吐舌頭，哄的一下做鳥獸散。

「我怎麼還不死呵？」老人越走近兒子越走不動，最後頹然坐倒在地，抽打自己的臉，「我吳家一根獨苗，我養了四十年的兒呵，遭這些狗婆欺侮呵。這些喪天良的，欺我一個老寡婦。老天在上，老天有眼，你們的雞要發瘟，你們的菜要爛根，你們的房子要起火，你們以後只能叉開胯襠生蛇蛋呵。你們拿刀來呀，拿斧子來呀，殺了我這個老不死的，就是你們行善積德呵。我還有什麼活頭？我不是賴著不走……」

「娘……」老兒子鼓出一個鼻涕泡也哭起來，「我又犯錯誤了……」

7

大家說，走了一隻猴，來了一隻羊。新任場長是個姓楊的年輕人，其實只是諧音「羊」。他在外當過兵，籃球打得不錯，也有刷牙的習慣，當民兵營長那一陣喜歡與知青們混，講半吊子的普通話，暗地裡經常撇一撇嘴，把本地農民叫做「土皮蟲」，似乎把自己的身分撇在城裡人這邊。

他曾拍打這個或那個的肩膀，吹噓民兵馬上就要改編成預備役，拉到中蘇邊境去打仗。為此，上級將給每人發一條真槍，讓大家半天勞動半天練兵，每個星期日就放假打球，食堂裡保證供應回鍋肉，晚上放電影的話還有麵條加餐……這一前景讓我們十分嚮往，浮想聯翩了好長一段時間。

沒料到，接替場長一職後，他立刻變了一張臉，不僅回鍋肉和電影沒有下文，而且動不動就抽檢知青的書信和日記，看裡面有沒有反動話；夜裡還常到知青住房外偷聽，看是否有人收聽敵臺。他最快樂的事就是找女知青談話，東敲一句，西打一下，時不時翻動自己的筆記本，抖落一點有關當事人的告密材料，享受對方恐懼萬分的等待。在這種時候，他有一種老貓戲鼠的饒有興趣，慢條斯理，拖腔拉調，講話留半句，笑聲掐半截，後半截壓在舌根處下的某個位置，擠揉出一絲奇怪的尖聲。

他把好幾個女知青都嚇哭過。

這傢伙不會扶犁掌耙，但頭戴最小號的軍帽，一顆小腦袋裡能琢磨出很多批鬥會的新花樣，對付敵人的招數不斷改進，比如罪人罰站要站在高凳上，罰跪要跪在碎石上，掛的黑牌越掛越大，最後大成了整個一張門板，幾乎把罪人的脖子當成起重機吊臂……他不知從哪裡還引入一些奇怪的刑訊手段。把罪人綁在木梯，再將整個木梯翻轉倒掛，這叫「翻身探海」。把罪人的兩個拇指捆在木樁，然後從樁頂的縫隙釘下木楔，隨著打手揮錘釘楔，隨著木楔一分分往下擠，繃緊的繩子幾乎勒斷罪人的拇指。這叫「猴子獻桃」。總之，自他官升一級，批鬥會多出了很多鬼哭狼嚎。

有一次，是三工區一個新來的農民往家裡偷運了三根木頭，被他派人一繩子捆上了臺，跪在一層碎石上。

「你老實交代，家裡到底是什麼成分？」楊場長這樣大聲喝問。

「成分？」那個盜木賊滿頭大汗，「哪有什麼陳糞（成分）？隊上每個月上門收幾輪，糞池都被他們刮塌了。」

「胡說！『成分』你不懂？成分就是階級！」

「階級？我家就兩間茅房子，連門檻都沒有，哪有什麼階級？」

「你小子裝瘋賣傻？『階級』就是……」

「我懂呵。」

「你懂個屁。這樣說吧，你和劉老四走得那樣近，就是他們一夥的。你們到底想幹什麼？有什麼綱領？」

「綱領？」

「對，你們的政治綱領。」

「綱領？缸（綱）倒是有一個吧？」

「誰搞的？是你，還是劉老四？」

「當然是劉老四。我勸他不要搞，他硬要搞，說這傢伙比木桶好，還借了我五角錢。結果有什麼用呢？他家的娃仔太調皮，上房揭瓦的貨，一個石頭就把它打爛了。」

「打爛了也要交出來。你們想隱瞞罪證？」

「就在他家後院裡，已經不能裝酒了。你們去看一下麼。」

「你說什麼？你是說瓦缸吧？我們問的是綱領，你同我們哩咯啷，東扯葫蘆西扯葉。告訴你，你是個不見棺材不落淚的貨，今天不擠出你的屎，你不曉得東南西北是吧？」

「你們剛才不是說缸麼？我是交代缸呵。」

「綱領不是水缸，不是酒缸，你豬耳朵打蚊子去了？」

這裡簡直是雞同鴨講，折騰得雙方都滿頭大汗。很多人忍不住笑，大甲一笑就大嘴哈哈歡天喜地，又拍手，又跺腳，一不留神往後翻，只能到板凳後面去找人了。這讓楊場長臉色很不好看。

不久後的一天，大甲就為他的這一笑付出代價，更是為他多次缺席逃會付出代價，為他在籃球場上一再把楊場長撞翻並且裝傻賣呆付出代價。楊場長發現他拿一張舊報紙擦畫筆，剛好汙損了報紙上偉大領袖的照片，立刻激動不已，兩手搓個不停，摘下小軍帽，往桌上狠狠一摜，當晚就把他五花大綁，押上批鬥臺。「好小子，好小子，總算暴露了吧？你膽敢在毛主席他老人家臉上打叉叉？毛主席領導我們推倒了三座大山，建立了新中國，你一家人都暗地裡恨得咬牙切齒是吧？」

事涉毛主席，問題比較嚴重了。一些本地農民不知詳情，一聽也大吃一驚，怒氣沖沖地在臺下大喊：

「綯起來！」

「綯起來！」

「綯起來——」

意思是吊上梁去，嚇得大甲張皇無措，一對大眼睛眨來眨去的，大概以為這一次自己死定了。

「你不是喜歡笑嗎？你笑呵，怎麼不笑了？」楊場長更得意，「告訴你，我不是吳天保，不怕你搶飯，不怕你放刁。你是一隻老虎，我今天也敲掉你滿口牙。你是一條毒蛇，我今天也要讓你脫層皮。像你這樣的資產階級狗崽子，我一口氣斃上七八個也只是踩死一隻螞蟻！蔣介石的八百萬軍隊都被我們打垮了，你三根筋挑一個腦殼也想翻天？」

沒料到大甲就是命大，瞎眼雞仔天照應，哪怕走錯路也能遇貴人。不知什麼時候，眼看著幾個人七手八腳往梁上掛繩子，臺下突然冒出一個女人的聲音：「楊場長，你講得太好了，但你那個臉盆的事是不是也要說一說？」

大家回過頭來，發現說話的是小安子，正在梳理自己一頭濕髮，說話沒頭沒腦。「沒聽懂呵？你那個臉盆把我嚇出汗來了，心臟病都嚇出來了，明天就要住醫院了。」她拍拍胸口，其實沒出汗也沒閉眼暈倒，倒是大搖大擺地起身了，移步了，擠出人群了，走到門口，逕自飄向了門外。有人以為她有什麼事，發現她好一陣沒回轉，才明白她是真走了——這傢伙今天活出了幾個膽？

她剛才不是冒出了幾句夢話吧？

場上的靜如死水變成一片譁然。怎麼回事？怎麼回事？臉盆不臉盆的怎麼啦？……人們面面相覷，議論紛紛，抓耳撓腮，爭相在記憶中打撈有關臉盆的細節。若有所悟之際，一雙雙目光開始投向臺上。對呵，楊場長不是有一個臉盆麼？就是，那個從部隊裡帶回的搪瓷臉盆，裡面不是有一圈「毛澤東思想萬歲」的紅漆字？不想不是事，一想還真是事。天啦，大甲反對毛主席誠然可惡，你堂堂的場長也不含糊，一直用神聖無比的毛澤東思想洗臉、洗腳、洗短褲、洗臭襪子，算什麼？更加難以啟齒的是，你家娃仔上次吃壞了肚子，哇的一聲，一口穢物不就恰恰噴在臉盆裡？你婆娘來場裡過夜，不是還用那東西洗過屁股？洗過女人的那種帶子⋯⋯

小軍帽顯然感受到四周目光的壓迫，臉上紅一塊白一塊，情急之下振臂高呼：「革命群眾一定要擦亮眼睛——」

臺下的跟進呼號卻寥寥無幾。

批鬥會再一次虎頭蛇尾。接下來的幾天，沒見場長人影，直到他後來再次出現在大會上，傳達什麼文件，大家發現他瘦了不少，連連抽菸和咳嗽，目光躲閃，很少抬頭。不知講到哪一段，他突然卡住了，咳一聲，再咳一聲，然後再無言語。臺下很多人發現不對勁，抬頭一看，才發現他半張嘴，茫然的目光投向前方，似乎同一根房梁較上了勁。一分鐘過去了，他沒說話。兩分鐘過去了，他還沒說話。三分鐘、四分鐘也過去了，他還是凝固成直愣愣眺望遠方的形象⋯⋯身邊的會計又是給他的杯子加水，又是扯他的衣袖，還是未能把他從不屈不撓的遠望中拉回來。

最後，他被別人請下臺，臉上毫無表情，只是全身汗濕，像從水裡撈出來的，連頭髮梢都在真真切切地滴水。

他去了醫院，在食堂裡熬出濃重的中藥味，慢慢恢復了正常，包括恢復了領導工作，只是落下兩個小毛病：一，一見小安子就嘴角開始抽搐。二，半夜裡不由自主地尖叫。這後一條當然不是什麼大事，在醫生們眼裡，雖說聞所未聞，卻也無足輕重。他在白天可以吃飯如常，洗漱如常，查工如常，打電話如常⋯⋯只是一到深夜便幾無例外地遭遇噩夢，或者說也不一定有噩夢，只是喉頭無端地搞搞怪，鬧點小動靜。

據說有一次，他住進縣招待所，一個同房的後生被夜空中一道尖聲驚醒，面色慘白地求饒：

「這位叔，你不讓我睡不要緊，留我一條命吧。」然後夾上枕頭和被子去走廊裡睡了。又一次，他住在鄰縣一家旅店，店主帶上警察半夜裡敲門，一進門就床下、門後、被子裡到處搜查，似乎不相信這裡沒有血跡——否則怎麼會有那樣的慘叫？怎麼把全旅店的人都嚇了個半死？

他嘗試過很多辦法，比如睡前用毛巾塞嘴，但到時候自己扯出毛巾還是叫，完全是下意識的非叫不可。無奈之下，他只好採取提前道歉的辦法，特別是出差在外，總是及早向同房旅客獻上笑臉，遞上一根根菸，「對不起，很對不起。今天晚上可能有點那個……到時候你們莫慌，莫怕，不會有事的。」他連連鞠躬。

「對不起，我有個小毛病，今天晚上可能會……你們把窗子都關緊點就好。」他對住地附近的陌生人也一一關照。

值得一提的是，我在茶場裡聽多了這種深夜吶喊，倒也習以為常。如同靠近海關的人聽慣了鐘樓報時，靠近鐵路的人聽慣了火車鳴笛，如果一夜下來寂靜如凝，反覺得少了點什麼。有一段，我被派去守夜，一個人在山谷看守莊稼防範野物，發現自己開始兩天總是半夜裡醒來很難入睡。我思來想去，確信自己不是怕鬼，不是怕野物，倒是山谷裡的深更半夜太安靜，成了一種難耐的驚擾。

這時候，真希望能聽到往日那一聲聲淒厲的催眠。

8

如果大甲沒吹牛，那麼他多年後從毒販子那裡解救小安子，地點應該在美國的露易絲安娜州。小安子本名安燕，以前最喜歡查看地圖冊，常在地圖裡神遊遠方。翡冷翠、楓丹白露、愛琴海、米蘭、薩拉曼卡……當然還有這個露易絲安娜。這些地名最令她神往（應感謝中文譯者吧），一看就是充滿愛情和詩意的地方。

她以前還喜歡游泳，冰天雪地時也敢下湖，把最牛的男人都比下去一頭。一身泳裝回到宿舍，招來各個門窗裡的伸頭探腦，對於本地農民來說，無異於傷風敗俗的色情表演，真是要看瞎一雙眼的。她裸露光光的兩隻大腿，提一個水桶去食堂裡打熱水洗澡，嚇得主廚的曹麻子丟下鍋鏟就跑，在外面躲了好一陣，結果把一鍋菜燒糊了。

曹麻子更惱火的是，這個賊婆子不要臉也就算了，洗澡用熱水太多也就算了，一張嘴還足夠無聊。連貓也吃，連老鼠也吃，還曾把一條血汙汙的長蛇提進了廚房，不但汙了菜刀和砧板，費了公家的柴禾，更重要的是折騰得太鬧心，讓大家這一碗飯怎麼往下嚥？

「牠咬我一口，我就要咬牠十口。」她是這樣解釋的。原來她在茶園裡被蛇咬了一口，氣憤之下一口氣追出幾十步，沒顧得上操鋤頭，便用石塊砸，用樹枝打，最後乾脆用腳跟一頓亂踹，連跟上去的大甲也看得目瞪口呆倒抽一口冷氣。這條蛇已血肉模糊夾泥帶砂的不方便吃了，但她仍要吃，非吃不可，要把蛇咬去的給咬回來。

有關她的段子還包括殺豬。那是過年前，梁隊長掌刀殺豬，見她在一旁好奇地觀看，便要她遞個手，拉一拉繩子。但她生性多事，不知何時一把揪住了豬耳朵——這一抓就是木已成舟，依照本地人「誰抓耳朵誰動手」的規矩，隊長只好把一柄尖刀塞給她，「戳，歸你戳。」到了這一步，她才知道自己抓錯了地方，不上也得上了，只能閉上眼操刀突進。她第一刀沒刺準，第二刀沒扎透，第三下刺準了也扎透了卻又戳斜了……不過她從不服輸，咬緊牙關之後痛下毒手，一連十幾刀搗蒜似的，活生生戳出一片血糊糊的肉瓤，才把血放出來。不用說，這事辦得很難看，那畜生慘叫好一陣，豬血噴濺了她的一身。

一個血人哼哼唱唱地走回宿舍，嚇得旁人四處躲閃大驚失色，她卻得意洋洋地找來一面鏡子端詳，索性把自己抹成一個大紅臉。

從此，不管她走到哪裡，都有本地農民對她指指點點，更為她的男友郭又軍擔心。「你一不痾，二不瞎，什麼人不能找？」他們的意思是，崽呵崽，怎麼偏找一個殺豬婆？

或是說：「你們兩個以後過日子，你就不怕她一不高興就摸刀，把你的腦袋當西瓜？」

更多的人是這樣說：「軍哥，佩服你，你好猛呵。」

軍哥笑瞇瞇地回答：「沒辦法，娶雞隨雞，娶狗隨狗，只能這樣了。」然後繼續在棋盤上對照棋書打譜。

照理說，小安子與大甲在中學同班，又都比較文藝，那才是郎才女貌狼狽為奸禍國殃民的天生一對。兩人收工後在湖邊拉小提琴，在防空洞裡練美聲，架起一口鍋熱氣騰騰製作什麼骷髏標本，確實經常瘋在一起，沒軍哥什麼事。但近距離也是危險距離，大甲與小安子倒是吵架最多，動不動就潑菜湯，動不動就掀桌子，需要軍哥來居中調解。軍哥是個笑臉哥，給小安子打飯時也想給大甲打一份，但女友堅決不同意，說那傢伙是吃了不認帳的白眼狼。軍哥給小安子洗衣和補衣，也準備給大甲搭一手，還是女友從中作梗，說那傢伙一身油泥，灶眼裡蹦出來的一樣，一件衣還不洗掉我們半塊肥皂？……這一次大甲在楊場長那裡挨整，軍哥與小安子合計解圍之法，小安子開始還不大樂意出手。

「他那個傢伙就是活該整一整！我警告了不知多少次，要他小心一點，再小心一點，再小心一點，別踩雷。他還罵人。」

「他罵你什麼了？」

「他罵我白骨精。」

「那我不成了牛魔王？」

「還罵我寡婦。」

「那不是咒我死？你等著，看我去削了他！」

兩人準備隔岸觀火甚至落井下石，只是事到臨頭，見大甲真要被吊上梁，小安子才忍不住把臉盆一事捅了出去，算是圍魏救趙了。不過，見大甲撓頭抓腦地獲釋歸隊，白骨精餘恨未消，還是罰對方代工鋤草三百米，刷半個小時的牙，洗一個小時的頭，洗三大盆髒衣臭鞋。

多少年後，大甲與小安子都去了國外，有人在軍哥耳邊嘀咕，說那兩個傢伙不怎麼義道，據說在江湖上傳有緋聞，軍哥不以為然地一笑，「夥計，你要是說小安子同門前那個雪菩薩好上了，我還會相信一點。」

郭又軍對婚姻其實不像有太多自信。原因是小安子臉盤子靚，靚得有一種尖叫感和寒冷感，長長睫毛到哪裡都刮得男人們眼熱，豈是軍哥那一張驢臉打得住的？當紅衛兵那一段，他家境較差，常穿不合身的衣，本是一個掃地、打水、裝電燈的長工角色，論口水論打架都不算出眾。大家後來推舉他當司令，軍代表讓他進學校革委會，看重的就是他的工人家庭背景和學生黨員身分，頭上有紅帽子，是權力合法性和組織正統性的合適標籤。憑藉這一條，他去不少單位懷揣小紅書宣講過毛主席著作，收穫了不少女生的眉來眼去，也被小安子她媽一眼看中。

不過搀上美女也是一種負擔，比如他本可以依據政策留城照顧父親，但送小安子來白馬湖的那天，小安子一哭，他就不能不英雄救美了。小安子倒不是怕苦，刀馬旦的豪氣有時比農家女還足，對付犁耙或扁擔並不怯場。她只是受不了蛆蟲、毛蟲、線蟲、蝨子、蚊子、蒼蠅、瓢蟲、螞蟥、蜘蛛、蠓子（小得幾乎看不見的襲擊者）這一類小動物，受不了身上的一片片紅包，更沒法忍受噁心的臭大糞——她下鄉後的第一哭就是被茅坑嚇壞了，在轟然爆開的蒼蠅齊鳴中找不到北，當下好一陣翻腸倒胃，眼珠子發綠，差一點沒接上氣來，回到宿舍後怎麼也嚥不下飯。

那一天她既不吃也不喝，似乎只要牢牢把住入口關，就不用再去那恐怖茅坑。她恨不得從今以後靠喝空氣過日子。

後來，凡是涉糞的任務多是由軍哥去代工完成，或是由她戴上兩三層口鼻罩去完成。有時遇到什麼清潔工種，隊長首先想到的就是這位「口鼻罩」（她的另一綽號），照顧她去鋤草，脫粒、洗茶葉、上地趕鳥什麼的。

霎時間天昏地又黑，
爹爹，爹爹，你死得慘。
鄉親們呀，鄉親們，

欠錢不還打死我爹爹……

她最喜歡趕鳥。她唱上這樣的現代歌劇，唱了〈起義者〉或〈鴿子〉，唱了〈流浪者之歌〉或〈莫斯科郊外的晚上〉……手搖一根長長的竹竿，竿頭掛一束飄動的紅布條，活脫脫就是一個搖幡舞旗的招魂女巫，在剛下過種的花生地和綠豆地裡四處巡遊，果然有趕鳥的好效果。據說任何人幹這個活都不如她，大概鳥雀都不習慣她的歌唱，驚詫於她的口琴或小提琴，也被她的奇形怪狀嚇了一跳：頭上插了野花，腰間掛幾片荷葉，背上披了塊大紅布，有時還有紅色或黑色的自繪臉譜。

本地農民不知她唱了些什麼，還以為她是念唱一種咒語。「鬼喊鬼叫的，哭爹哭娘一樣，你以為好容易？不是對集體生產高度負責，哪個打得起這個精神？哪個學得來這樣的貓公咒？」武隊長後來在大會上提出表揚。

「你才鬼喊鬼叫呢，你才貓公咒呢。」小安子眼一橫。

「不是貓公咒，那些鳥怎麼嚇得沒影了？」

「我那是歌劇，美聲，花腔，《地獄中的奧菲歐》！」

隊長不知她說什麼。

這一天下雨了。軍哥打好了飯，打好了熱水，還沒見小安子回來，到綠豆地裡一看，只見趕鳥的掛彩長竿插在地頭，還是不見人影。他差點急出了一身汗，滿工區到處找，一直找到白馬湖水閘，才發現小安子正在雨中漫步，披頭散髮形如落水鬼，明明手裡有一頂草帽，卻偏要享受雨水淋浴。

「你沒事吧？」他以為對方受了什麼委屈，或接到了什麼讓人揪心的家中來信，一時想不開。

小安子朝滿天雨霧展開雙臂好一陣大笑，嚇了他一跳。「當感情征服了我的時候，我的眼淚呵，會像阿拉伯的橡膠樹——」

這似乎是哪個洋劇本裡的一句臺詞，軍哥有點印象。

「你不是生氣呵？」

「生什麼氣？我散散步。」

「散步？……你什麼時候不能散步？」

「雨中散步別有滋味，你不懂。」

「你看你這兩腳泥。」

「平時哪有這沙沙沙的雨聲？」

「那你……打把傘吧。」

「打傘？有點傻吧？」她把軍哥塞過去的破紙傘扔了回來，拒絕這種醜陋的道具。

「你會淋出病的。」

「討厭！你這樣跟著我，我還怎麼散步？」

「你走你的，我不妨礙你。」

「郭大傻，一個人散步，兩個人散步，感受根本不是一回事，你知不知道？你是不是還要拉一支隊伍來遊行？」

「那……我到那邊去等你。」

「那我成什麼啦？是你放的牛？放的羊？」

「沒關係，你就當我不存在麼。」

「我又不是個木頭，怎麼能當你不存在？」

「那好，那好，你不是木頭，你是姑奶奶……」

「你往前走。」

「我走。」

「你不准回頭看……」

「我不看，不看。」

軍哥只好先走了。但沒過片刻，小安子也氣沖沖地來了，大概雨中的孤獨感被攪散，憂傷感、悲壯感、超然世外感也沒法找回，她失去了阿拉伯橡膠樹流淚的興致，只能走向庸俗的宿舍房門。

她果然病了，發燒，嘔吐，昏迷中胡言亂語。軍哥給她燒薑湯，灌熱水袋，連夜提上馬燈去請醫生，翻了兩個嶺，在路上不小心一腳踏空，摔到陡坡下的茅草叢裡，砸在一塊石頭上，腦門上砸開一道血口子，去醫院裡縫了五針。我得知這一消息時，對小安子的雨中情懷又敬又怕：誰受得了那血淋淋的五針？

9

郭又軍依仗自己的根正苗紅，下鄉僅一年多就招工去了縣城，常被外貿公司派遣去香港，隨火車押運活豬。失去了這個忠誠的騎士和勤奮的黑奴，安公主閣下的日子過得有些亂，常常忘了打開水，只能喝冷水；忘了打飯，只能事後啃蘿蔔或紅薯。若不是女友們幫忙，若不是軍哥隔三岔五來探親，小安子的床上差不多就是一狗窩，被子和衣服攪成一團，內褲什麼的也不收撿。男性本地農民都不敢進她的房間。

她常常找朋友幫忙整理內務，洗衣或縫被套，但找馬楠時推開了蔡海倫的門，喊蔡海倫時推開了顧雨佳的門，總是找錯地方，然後說「對不起」，退出門來再找。

有一天半夜，她一翻身，翻得床鋪咔嚓塌了一頭。大概是天太冷，她不願出被窩，懶得起來點燈和修理架床，只是探頭四下裡看了看，仍然縮在被窩裡睡下去，哪怕腳高頭低的高難度動作一直將就到天亮。「練倒立不也是要練麼？這也是培養一種平衡感。」她後來向朋友這樣解釋。

洗衣也總是讓她心煩。不知何時，她盯住溪水看了一陣，有了新的創意，用繩子繫住一件件衣物，吊入嘩嘩水流中，接受水力衝擊，省下搓洗工夫，算是自動沖洗法。不幸的是，別出心裁也有巨大風險。這一天早上，她去溪邊興沖沖地回收衣物，發現夜裡一場雨太大，溪水突然膨脹，轟隆隆沖走了她的大部分衣物。她急得大喊大叫，在本地農民的指點下，沿著溪流往下游方向找了一兩里路，雖找回了幾件，但還是丟了一只襪子和一條褲子，手中那些糊滿黃泥的穢物也需要重洗。一個放牛仔撿到她的乳罩，不知是何物，纏在頭上如同戴了兩只大耳機，讓她哭不是笑也不是。

她在另一些事情上倒是永不疲倦，哪怕是夜裡，哪怕沒顧上吃飯，也可以去教別人游泳，教別人拉琴，或帶上歌友去防空洞裡練習腹腔和胸腔的共鳴。聽說省歌舞團來縣城演出，水準高得一票難求，她驚喜得兩眼發直，尖叫一聲，說走就走了，沒搭上便車就徒步出行，一連幾天不見人影。

身為隊長的武妹子怒不可遏，「她是山上捉下來的麼？也太沒規矩了吧？把茶場當茅坑，想屙就屙，想走就走？」

其他發妹子、根妹子、飛妹子也不滿，都說這種人跑了也好，留下來是個禍。

他們都成了「妹子」，是本地人覺得名號賤一點容易活人。

移栽老茶樹的時候，女員工也有每天六十個坑的任務。她意興闌珊，掄起一把過於沉重的鐵耙，身子七歪八扭好一陣，差一點把自己扭成麻花，耙尖還是在硬土層上彈跳，就是扎不進去，頂多留幾個齒痕，老鼠咬出的一般。眼看別人挖出一個個深坑，都走遠了，她還滿臉通紅地落在後面，有一種要哭的表情。肯定是恨到了極處，她每挖下一耙就低聲罵一句「媽媽的」或「奶奶的」，粗話滔滔不絕。「武妹子我挖你祖宗——」她對隊長的一腔怒火也是沖天而起。

我禁不住好笑，上前去示意她讓開，替她狠狠地釘下幾十耙。這樣，硬土層已經破開，她接下來刨取碎土和修整坑形就容易多了。

她站在旁邊沒說話，或是累得已經說不出話。

我也沒說話。

傍晚，她拿一根針線來找我。「你那兩件衣太破了，我幫你補一下吧。」

真是太陽從西邊出來了，讓我大吃一驚。「你也會補衣？你不是只會貼膠布麼？」

「補衣有什麼了不起？我只是覺得沒意思，不想學。真要補，像我這樣聰明的人，還有什麼事不能無師自通？」

「你不會把兩隻袖子絞成一隻吧？」

「討厭！不識好人心呵？」

其實，補衣的女人更像女人，就像擣衣的女人，淘米的女人，蹲下來同鄰家孩子說話的女人，在我這種老土的眼裡是女人不可缺少的規定姿態。我更願意給這樣的女人打扇——她眼下不時跺腳，不時脖子扭動，顯然正受到蚊子侵擾。

這個瀰漫著燒草煙子味的橘紅色黃昏，顯得特別靜也特別長。咬完最後一個線頭，她得意於自己的補丁有模有樣，斜看我一眼，笑了一下，不知什麼意思。她得意洋洋地吹了一陣口哨，也不知是什麼意思。

她邀我去吃肉，說是有福同享。我後來才知道，吃肉就是農民說的「吃爛肉」（喪家的招待）。附近一位婦人死了，喪家知道她膽子大，想必是陽氣旺八字硬的角色，扛得住來自陰間的邪毒，前來請她去抹屍。這不是一個很好玩的機會麼？不是同製作骷髏的刺激性有得一比？說不定還能看到傳說中的巫師唱儺戲呢。

我很想油一油自己乾枯的腸胃，打上一兩個幸福的飽嗝，但一聽抹屍還是心裡打鼓。抹屍有什麼好玩？誰知道那屍體是不是腐爛發臭，會不會屎尿橫流，會不會有傳染病？再好的山珍海味，擺在離地府陰間最近的地方，擺在死神的嘴邊，恐怕也有幾分難以下嚥吧？更可疑的是，她連死人都不怕，居然不敢一個人夜行，要拉上我做個伴——這話明明有假。想必是大甲、軍哥不在這裡，她把我當代用品，身邊不能沒有賣命的小聽差。

「我不去，我要睡覺。」

「膽子果然是小，我都替你臊。」

這話比較傷人。我只得狠狠心跟隨她出了門。不料我們出行前就有關傳染病的事爭議太久，耽誤了時間，喪家以為她不來了，便請人抹過了——這就是說，我們只能無功而返打道回府，喝過孝子敬上來的一杯茶，就算完事了。

小安子急得翻眼皮，「那不行，我還沒抹。」

「確實抹過了，都入殮了呵……」孝子吃了一驚。

「重抹！」

「為什麼？」

「抹屍這可是件大事，一定要保證品質。」小安子支支吾吾，「你說的那個三嫂什麼人？用沒用肥皂？用沒用熱水？該抹的地方都抹到了？……」

「實在對不起，你遲遲又沒來，不能再等了呵。不過三嫂是學裁縫的，做事最貼心，最細心，手該輕的時候輕，該重的時候重，肯定把我娘抹舒服了……」孝子突然「呵」了一聲，大概從我們的磨蹭中領悟到什麼。「這樣吧，來的就是客，你們來了就不要走，留下來吃塊豆腐。」

小安子冒出一個大紅臉，「不用，不用，你讓他吃就行……」

「你們是城裡人，是毛主席派來的知青，來了就是我娘的面子。是不是？不能走，說什麼也不能走。我娘這一輩子連縣城也沒去過。要是知道你們來了，來得這麼遠，她死得有面子，這一路肯定走得高興。」

後來才明白，「吃豆腐」是低調的說法。實際上，半夜這一頓肉魚都有，讓我忍不住熱血沸騰神采飛揚，一頓飯下來吃得腿沉和氣短。慚愧的是，我們什麼也沒做，小安子的一套化妝功夫也沒用上。我們不會唱夜歌和演儺戲，進門時也沒帶香燭、鞭炮、祭幛什麼的，幾乎吃得不明不白。為了有所彌補，我們化悲痛為力量，決定做點什麼以寄託哀思。我去抱一個奶娃，結果笨手笨腳，不知何時抱出一個上下顛倒，奶娃的頭朝下，兩隻腳朝上，急得奶娃他媽在一旁哭笑不得。小安子去簷下幫喪家磨豆腐，卻不習慣吊桿長柄的推磨，上推時卡住，下拉時也卡住，一旦用力過猛，又嘎啦一聲，把長手柄的立桿別斷了，簡直是添亂。好在主人沒見怪。「沒關係，沒關係，我再砍一根就是。」

回家的路上，小安子對自己的添亂忍不住大笑，驚得林子裡的宿鳥撲撲飛逃。我們走上一個山坡，穿過一片竹林，走在一片深秋的蟲聲裡。沙路有點滑，她向我伸出一隻手，讓我拉了一把——黑暗中的那隻手有點冷，但堅硬有力像男人的鐵掌，在我的意料之外。

「陶小布，我們這樣子有點像深夜私奔吧？」她的手有一絲猶豫，終於放開了，突然冒出調戲之語。

「小安姐，你……你要讓軍哥掐死我呵？」

「你看看，怕了吧？聲音都抖了。」

「我……」我一時沒找到詞，不無幾分狼狽。

「小菜瓜，你知道私奔要如何裝？」

「我哪知道？」

「想一想麼。」

「我想不出。」

「要不要我告訴你？」

「我明白了。昂首挺胸，前弓後箭，面帶微笑……」

「呸，我今天給你補了衣，還領你來吃了肉。你可真是忘恩負義，裝一回私奔會死呵？下次不帶你玩了。」

「裝私奔……還不如盜墓吧。我們說不定還真能盜出一個財主墓，挖出一堆金元寶……」

「嘿！」她打斷我，「你拉我一把呵。」

「這裡又不滑，你上不來？」

「我剛才沒吃東西，走不動。」

我把拐杖的一頭遞給她。

她啪的一下打掉拐杖，在黑暗中再笑，「……你看你，嚇得連手都沒有了，是不是尿褲子了？是不是腳抽筋了？你幹嘛不撒開腳丫子抱頭鼠竄？」

「你……你這不是已經上來了？」

「小菜瓜去死吧你！」

補記

多年後，她的女兒丹丹送來一個布包，說裡面有幾本日記，是母親去非洲之前交代過的：如果三個月內得不到她的消息，就把這一包交給小布叔叔——我不知這一託付與多年前的那個秋夜是否有關，不知這種託付為何指向我。

我與她之間有過什麼嗎？沒有，甚至沒說過多少話。那麼她要向我託付什麼？把自己一生中的心裡話交出去，也許比交出身體更為嚴重，發生在一個女人遠行之前，不能不讓我一時慌亂。我覺得這一包日記就是秋夜裡伸來的那隻手。

我沒有忘記什麼，當然沒有。我肯定沒有忘記什麼，當然肯定。她說過：「知道我最想做的事情是什麼嗎？就是抱一支吉他，穿一條黑色長裙，在全世界到處流浪，去尋找高高大山那邊我的愛人。」對不起，這話其實不說也罷。

你什麼都不用說了。

如果我沒理解錯的話，這個世界裡大凡讀過一些洋書的女子，誰沒幾個關於愛情的夢，關於藝術的夢，關於英雄的夢，關於歐美式都市或田園的夢？……窮國的夢想也許更熾熱，悶騷小資們一代又一代前仆後繼，在高高雲端中頑強夢遊，差不多是下決心對現實視而不見的。「米」不是大米的米，首先是米開朗基羅的「米」；「柴」不是柴禾的柴，首先是柴可夫斯基的「柴」；至於雨，萬萬不可扯上灌溉或澇漬，不可扯上水桶和溝渠，只能是雪萊或海涅的茫茫詩境，是浪漫男女們聆聽的沙沙聲響和觸撫的霏霏水珠——她就是這樣一路夢遊而來。問題是，哪一個男人能伴飛這永無終點的夢遊？

生活中得首先有米，首先有柴，首先有掏得出來的鋼鏰兒……在這一點上，比起小安子這樣的超級夢女來說，再英雄的男人也會顯得庸俗不堪。

她父親就是這樣的。從她的日記中得知，作為一位曾留學蘇聯的樂團指揮，她父親好旅遊，喜游泳，愛朗誦，熱中跑步，雨中散步一類的雅興肯定也少不了。但這一切並不妨礙他的膽小怕事，一旦聽到妻子戴上右派帽子，成了政治上的拖累，立即離婚而去，能躲多遠就躲多遠。女兒曾瞞著母親和外婆，一個人偷偷遠涉千里之外去尋找生父的面孔。但對方只是把她帶到飯店，看她狼吞虎噝地吃下兩碗麵，給她一些錢，並無把她迎入家門的意思。「安志翔——」小安子最後直呼其名，「我一直保存了你的一張照片。我現在要告訴你的是，我回去一定把這張照片撕了。」

從她的日記中還可得知，她母親是一位油畫講師，最多的週末活動是去郊外寫生，給兒女捉蝴蝶或撿蘑菇，講一講《安徒生童話》什麼的。但她的再婚對象是一個禿頭官員，顯得她落難後的新生活務實了許多。這一天，面對丈夫的急不可耐，家裡唯一的小房子又太窄，她便把兒子哄到陽臺上去睡。時值武鬥時期，城裡亂成一團，遠處的槍聲竟夜不息。衝鋒槍的噠噠噠，重機槍的咚咚咚，日本老式三八大蓋的叭——咯，連鄰家的老太太和小孩子都耳熟能詳，能分辨出一二。不知什麼時候，一顆呼嘯流彈到訪了這一家的陽臺，正中孩子光潔的頭部，卻不為家人所知。於是這裡的世界霎時斷裂成兩極：在槍聲時斷時續的這個晚上，在南方夏天星光繁密的這個夜晚，在很多祕密事件悄然發生的這個夜晚，牆那邊是父母的魚水盡歡，牆這邊是兒子的奄奄一息；門那邊是瘋狂情欲，門這邊是悄悄死亡。母親用床上氣喘吁吁的呻吟送別了兒子。血流出了一步，流出了兩步，流出了三步，流得越來越遠也越來越快，一條紅色長蛇般竄入竹椅下的排水管……直到第二天早上，母親發現兒子全身的冰涼和僵硬，當場暈了過去。

小安子獨自處理了弟弟入殮的一切事務，包括換衣和化妝。

她清洗一個七歲弟弟頷下和耳後的血漬，清洗一雙小手和一雙小腳，覺得自己正在面對一個洋娃娃，有一種帶領玩具過家家的奇怪感覺。這就是她後來再也見不得洋娃娃的原因。她不怕擺弄骷髏，願意給農婦抹屍，但一個憨墩墩胖呼呼的塑膠小臉足以嚇得她面如紙白，大叫一聲拔腿就跑。

顯然，當一個女子連洋娃娃都不敢面對，如果不投入一種更為迷幻的夢遊，又怎能把日子過下去？

10

郭又軍遷居回到省城時是「文革」結束以後。大學重新開始招生。他沒考上大學，不是基礎差（下鄉前已讀到高三），也不是沒時間準備（已能洋洋得意地做出不少偏題和怪題），只是一聽到數學監考老師大聲宣布「開始」，便一時心慌，兩眼發黑，腦子裡一片空白，筆尖在考卷上篤篤篤啄個不停。全怪那傢伙把「開始」喊得太嚇人了——他事後這樣埋怨。

他又怪小安子那天早給他煮的咖啡，不但不提神，反而鬧肚子。

第二年，他忙著辦調動，打家具、粉刷房子、給女兒沖奶粉，去某廠籃球隊打外援，給張家或李家修理自行車，還被廠裡派去山西採購煤炭……結果根本沒進考場。「考什麼大學？以後給你提個科長不就得了？」領導這種空頭支票，他居然也信了。對方拿黨員的紀律來說事，他居然也就從了。何況採購員的日子確實不賴，能在客戶那裡喝喝小酒，在驗貨時稍稍通融一下，就能得到好菸好酒好燒雞的回報，說不定還被對方請去釣魚，請去打獵，甚至去北京或西安玩一趟。從那些大地方給工友們帶回一些緊俏貨品，被大家感恩戴德，也是很有面子的事。

廠長還真沒說錯：大學算什麼呢？這樣滋潤的小日子，拿三張大學文憑捆在一起來換也不夠吧？

一直忙到自己所在的國營工廠破產，他這才發現那個許願的廠長不知去向，自己也突然一下變老，臉上多出了深深皺紋。大批工友在下崗，這張老臉不進入下崗人員名單是不大說得過去的。看來時代已經大變了，黨齡不再吃香，家庭背景不再管用，「工人老大哥」的最新稱呼是「打工仔」，他眼下被人們的目光跳過去，如同一塊嚼過的口香糖只配黏在鞋底。

茶葉得花錢買了，這變得很現實。小酒瓶已倒空了，這也變得很具體。他下崗後擺過攤，拉過貨，做過裝修，收過醫療垃圾，還在一家罐頭廠破過魚，都沒賺到多少錢。有時是面子卻不過，比如給熟人刷一下牆，收錢豈不是打他的臉？有時是自己貪玩，比如在路邊看別人下棋，一看就大半天，把生意耽誤了。這一天，他從公廁出來遇到一位老熟人，聽對方隨口搭訕一句：「去哪裡呵？」他似乎覺得這個問題很重要，顧不上自己正要趕活，也不管對方是否有急事，停下來耐心解釋自己的去向，以及他今天為什麼要去那裡，以及他今天去那裡以後還要去哪裡，以及他今天早上為什麼要帶上捲尺、電鑽、切割機以及一瓶涼開水……直到對方東張西望，吐長氣，冒哈欠，一臉欲逃無計的苦惱，大概為剛才的搭訕後悔不迭。

他說錯什麼嗎？他不該誠心誠意把事情說清楚嗎？不該讓對方明白他眼下的工作與採購同樣重要嗎？但他事後發現，就因為說得太清楚，停在路邊的自行車不翼而飛，大概是被哪個小偷撬走。

這是他丟失的第四輛車。一氣之下，他惡向膽邊生，用砌刀撬了路邊另一輛自行車，騎上去逃之夭夭。

他得給這輛車改一下模樣。但拆卸網籃時，他發現網籃裡的兩個紙團都是試卷，上面稚嫩的字跡一看就是出自女孩之手。車頭一朵糖紙紮成的蝴蝶花，也暗示車主身分。

這個孩子丟了車，會不會遲到和缺課？會不會急得哭走街頭？會不會被父母責罵甚至暴打然後躲在外面不敢回家？……想到這些，郭長子有些不安。以大欺小，好漢不為也，他把自行車送回原地。不巧的是，他剛剛來到那個停車棚，就聽到身後有人大喊：「抓小偷呵——就是這一輛——」

原來是車主的父母正在這裡找車。在一些路人的幫助下，他們一窩蜂衝上來，怒氣沖沖地把他抓扯得衣領歪斜和釦子脫落，一舉扭送派出所。新車鎖當然是他盜車鐵證。他一身髒兮兮的塵土也不無人渣之嫌。還算好，值班警察認識他，說自己老娘有一次在街頭中風倒地，就是他護送去醫院裡的。靠這一點交情，對方從輕發落軍哥，沒讓他寫大字檢討貼到街上去。

小安子從派出所領回他，已沒興趣責怪這個呆貨。論脾氣，論人緣，論孝順岳母，論他從前撈回來的各種實惠，這個丈夫也算是經濟適用了。但小安子生氣的恰恰是太沒有理由生氣，她那一顆說不清道不明的心是另一回事。

小安子有一些怪癖，比方與丈夫辦事之前，要在臥房裡懸掛巨幅的政治領袖照，似有一種瀆神的變態心理；要不然，就在床邊貼滿各種人物頭像，最好是熟人們的，最好是女性熟人們的，造成一種眾目睽睽萬人圍觀的效果，一種當眾下流的瘋狂感。有時候她還要大音量播放流行革命歌曲，最狂熱、最激烈、最喧囂的那種，幾乎把某種紅色恐怖的記憶當作誘發春情的最佳情境。

更不可思議的是，她後來還有受虐取向，一再要求丈夫強姦，好像只有在猛烈廝打、猛烈對抗、猛烈相罵的狀態下（有一次她還真把丈夫的肩膀咬得出血），在自己還原成一個弱者乃至極弱者的感覺下，一種慘遭強制和迫害的感覺下……她才可能放鬆自己，慢慢地亢奮起來。否則，她就如同一個冷冷的橡膠人，通體冰霜沒法解凍，公事公辦地草草應付，粗糠代糧、吃了仍餓，讓丈夫十分苦惱。

她是不是有點癲狂？是不是應該看心理醫生？丈夫還真去找過醫生，取回一些藥片，謊稱是維生素，但不幸被妻子一眼看穿，連瓶子帶藥一起扔到窗外去。沒辦法，他只好努力培養自己的勇敢和粗暴，喝下很多酒，吃下很多肉，全身運氣再三，如同一個大猩猩猛烈捶打胸脯，豪氣沖天地決死一戰。但他還是沒法強姦。

他要真打嗎？要真掐嗎？要真踢嗎？要揪著對方的頭髮拖來拖去？要把她的手臂扭得咯咯響？要抹去她吐來的唾沫然後搧上一耳光？……他下不了這個手，哪怕想一下也滿頭大汗，胸口亂跳。

「你就不能把自己想像成一個日本鬼子？」妻子急了。

「我好好的，當什麼日本鬼子？你怎麼說也太賤了吧？」

「我是賤，你才知道呵？」

「你真讓人受不了。」

「你以為我就受得了？郭大傻呵郭大傻，你就是聶瞎子那樣的白菜！」

這是指她一位聶姓的同隊知青，回城後娶了個老婆，但對方多年不孕，最後到醫院檢查，醫生發現她還是一個處女，既驚訝無比，又哭笑不得。夫婦倆也不知事情錯在哪裡，經醫生暗示，才知結婚還需那樣，做那種「道德敗壞」「見不得人」的下流事。兩人為此都嚇出一身冷汗。

「你不是人——」小安子接下來的話更難加費解，「你不強姦我，就是真正地強姦我，道道地地的犯罪，明白嗎？」

照這種說法，小安子在婚後的大部分情況下，是被微笑哥溫柔地、耐心地、認真地、按部就班地謀害了，並且留下暴力的惡果，一個醜陋的女兒。那麼她後來決意提一口皮箱遠走高飛，看來不僅是要去賺錢闖世界，更重要的原因，是無法忍受遙遙無期的合法暴力，無法接受永無休止的心身折磨和千刀萬剮。

她得給自己找一個解凍的辦法。她的心需要動感，需要燃燒，需要日新月異，沒法沉淪在灰暗的小日子，永遠守住鍋臺和水龍頭。生命不息，折騰不止，她後來有過另一個男人，一個同她在熄燈舞會上認識的流浪詩人，那傢伙至少能注意她黑裙子和灰裙子的變換，不是丈夫這種瞎子；不久又有了另一個男人，一位很懂打領帶、吃西餐、聽爵士樂、扔保齡球的氣質教授，那傢伙至少能欣賞她翻牆偷花，不是丈夫這種守法守紀的可憐蟲。她的心還在繼續飛翔，飛向更多激動人心的非常旅途。有一次，她在外地遇到一中學同學，校園時代的舞蹈王子和羽毛球偶像。該出手時就出手，她大喜過望地把對方引誘上床，不料對方已是一位資深醫生，特別講究衛生，事前要求她洗澡，刷牙，剪指甲，刮腋毛、噴香水……用過了牙刷還得用牙線，用過了香皂還得用酒精，用了一遍還得用二遍，好幾條毛巾拿出來各專其職。這還不算，嚴格程序走完了，雙方好容易呼哧呼哧地體力勞動了，衛生專家還把地上廢紙巾撿起來，收集於一個鋁盆，用小鉗子夾住一點點在火中燒掉。那些紙團在小安子記憶中燒出了世界上最噁心的氣味，簡直讓她萬箭穿心，冷汗直冒，差一點嘔吐。她後來整整一個月痛經，據說就是深受刺激了。

天啦，王子和偶像怎麼這樣囉嗦？「燕燕，你得用牙線。」「燕燕，你的腋毛太多了。」「燕燕，我給你說吧，雙氧水的作用是……」對方既不傻，也不怎麼逗，更不會狂野，以泰山壓頂之勢，突然把她頂在浴缸裡或灶臺上，惡狠狠地把她一口吞沒。恰恰相反，對方香噴噴的，笑瞇瞇的，比女人還細心，比女人還溫柔體貼，擅長指導和管理性生活，比她更有知識也更有責任感地掌控生殖系統，處理精子與卵子的一時衝動。同他上床差不多就是上課鈴響時老師把學生帶入數學課堂。這事當然很難辦。俊若影星的數學老師仍是沉重的壓迫，何況這一位出題還特別難，每一道題都是對細菌和病毒的精密想像，都是對雙方身體健康的合理規畫，都是必須如此的嚴格定律。由香皂、酒精、牙線、雙氧水、剃鬚刀、避孕套等組成的複雜運算環節，也許能解除一位醫生的內心緊張（開始氣粗了和冒汗了），是他愛起來的條件（一連兩次證明他酣暢淋漓），但對於小安子來說，無異於一大堆多元高次方程式，只能令人崩潰。

她慌不擇路地逃離對方的家門，不過是再一次逃離可惡的數學，再一次逃離自己的愛情幻滅。

「中國男人都死完了呵？」她在路口忍不住跳腳大罵。

「腋毛怎麼啦？」她狠狠啐出一口，「本小姐偏偏喜歡腋毛，腋毛，腋毛——」嚇得身邊兩位婦人快步逃竄。

也許是她曾把這一故事說給大甲，後來從大甲嘴裡傳出，便成了他與一位美女護士的故事。兩個版本分別在女友圈和男友圈裡悄悄流傳，只是不知哪個版本為真，哪個版本才是剽竊和胡吹。有一段，這兩人都喜歡在朋友面前吹噓情史，有一種互不服輸擂臺比試的勁兒，哪怕吹到讓人生疑的程度。

11

郭大軍的女兒叫丹丹，高顴骨，一臉橫肉，虎背熊腰的，一點也不像她媽，甚至不像她爸。這種父母的缺點集中，一加一等於負二，也許是一種婚姻錯誤的後果。但女兒再不像洋娃娃也是父親的心尖尖，是一個百看不厭的吉祥物。尤其是母親出國後，父親覺得沒娘的娃可憐，寧可自己一連三餐嚼冷饃，也必須傾囊而出，笑瞇瞇地坐在卡座對面，看女兒享受週末大犒勞，一口氣吃下兩個漢堡包、八個炸雞腿以及三個彩色冰淇淋。

「軍哥，你別老守著我，眼睛直勾勾的，像個變態男。再去找個媽吧。我媽肯定是不要你了。」女兒說岔了輩分，在他的手背上拍一拍，說出的混帳話照例是反季節的，也就是亂長幼和沒上下的。

「胡說什麼！」

「我媽在外面肯定有人了。」

「這是你該管的事嗎？」

「別以為我不知道。別在我面前裝正經。請吃飯呵，看手相呵，操練口頭幽默呵，痛說革命家史呵，感嘆無常人生呵……泡妞不就是這幾招？你也太笨了，連這個都學不會？要不要民婦我教教你？」

「什麼屁話？老子拍死你！」變態男高揚巴掌，嚇得女兒頭一低。

當然並不敢真打。女兒看透了這一點，繼續拿他消遣，放出哈哈大笑。不過她笑得有點難，因為吃得越來越胖，胖得自己面部皮肉堆積，表情動作完成不易，只能靠手指頭拉扯嘴角，算是幫助自己笑，正如手指頭拉扯眼眶，幫助自己驚訝或憤怒。這些動作越做越熟練了。但這一張面容凝固化的超大娃娃，覺得自己還沒吃夠，回家後敲兩下電子琴，覺得沒意思，再翻翻一本卡通畫，覺得更沒有意思，一屁股蹲進廁所裡大嘆人生悲哀：「……唉，今天沒有吃荔枝，今天沒有吃巧克力，今天沒有吃香酥芋卷，今天沒有喝野生藍莓汁……」

父親在門外聽了一陣食譜，「丹丹，你在裡面嘟囔什麼？吃吃吃，只知道吃。吃成了一個肥豬婆，看以後怎麼嫁人！」

女兒把什麼東西砸在門上了，「討厭！姓郭的你滾開！」

一陣沉寂。

不一會，廁所裡又傳來苦惱的自語：「唉，今天也沒吃玫瑰果凍……」天啦，她的食譜怎麼沒完沒了？以前的果凍，論斤賣也就幾毛錢，現在變變花樣和加點顏色，就價格翻上幾倍。

顯然，很多東西已開始變得昂貴，就像她媽出國前那些折騰，彈鋼琴，養藏獒，學法語，沿長江旅行……沒一件不是要放血的，不是逼他軍哥砸鍋賣鐵的。現在好，自己的好光景沒了，女兒卻偏偏犯上**快樂**這種毒癮，中了**快樂**這種邪魔，其節目清單嚇得父親屁滾尿流，問題是，如果無力購買商家們開發出來的高價快樂，包括不斷升級換代的流行美食，生活還有何意義？還算是生活麼？在很多人看來，現代生活不就是一個快樂成本不斷攀高的生活，因此也是快樂必然相對稀缺的生活？

鬱悶哥好幾次想告訴女兒，為什麼一定要咬牙切齒地逼自己快樂？從何時開始這快樂成了每天必吃的飯？不瘋瘋癲癲地尖叫幾聲就是豬狗不如，這是哪一家的王法？

鬱悶哥更想告訴女兒，其實呢，象棋也很好玩，籃球也很好玩，沙子裡也有快樂……但他沒勇氣說出這些，自己也覺得理不直氣不壯。可不是麼，夏威夷或峇里島的沙子可說好玩，但家門前那堆王師傅砌牆剩下的沙子算什麼？不能坐上豪華郵輪和波音飛機去玩的沙子算什麼沙子？

丹丹的學業當然好不到哪裡去。上課時，她玩自己的布袋熊，畫自己的動漫，不一會兒就睡著了。但她入睡前在一張紙上畫出兩個睜大的眼睛，貼在自己額頭，代替自己振奮精神地聽課。老師居然沒理她，不知是真被一個面具騙了，還是根本就不想蹚她這一池渾水。

父親被老師請到學校來談話。女兒根本不在乎父親來幹什麼，不在乎父親接受談話以後的滿頭大汗和面紅耳赤。她確實上課睡覺了，確實考了個全年級倒數第三，那又怎麼樣？生活本來已乏味透頂，怎麼還攤上可惡的考試？

她噘起嘴巴：「我本來是倒數第一，就是來了兩個插班生，害得我進步了。」

「你給老子爭名次是吧？」父親大吼。

「你來讀一下試試。」

「我當年，怎麼說也是班上前十。」

「誰信呢？你讀得好，現在怎麼這樣窩囊廢？」

「怎麼窩囊廢了？」

「連耐克都不給我買，還好意思說。」對方是指一種名牌。

父親啞口無言。女兒踢了他一腳，把書包和旱冰鞋扔在地上，意思是要他老老實實地背上。正在這時，一些女同學圍上來了。「見識一下外公吧。」她一邊喝飲料，一邊大大方方地吆喝她們，摸摸這個的頭，拍拍那個的肩。「這個外公好凶的，最摳了，不給我買鞋子，但再摳也是你們的外公。」

外公！外公！外公！……女同學們立刻熱情地叫成一片，嚇得軍哥臉紅，一把拉住女兒就走。

「活祖宗，你就不怕她們的家長生氣？」

「我要是不罩著她們，她們就會受欺的。」

「就你這樣，還罩人家？」

「我有神門十三劍，還有樹魔寶杖。」

這話父親就不懂了。要聽懂，可能就得多去電影院或酒吧，就得在時尚男女中混。現代社會裡的話題其實也是有價格的。

丹丹讀高二那年，跟著幾個男同學喝酒，偷學開車，一次撞車竟欠下了三萬賠款，嚇得她一直躲在外面不回家。軍哥急紅了眼，急出了一嘴的火泡，沒有孩他媽可以一起商量，也不好意思向親友討教——他近來悔棋和賴牌太多，在圈子裡名聲一落千丈，已不大好意思見人。思來想去，他破例喝下半瓶白酒，找來一口磚用報紙包好，提著出了門。他沿街搜索一家家夜總會，一直找到女兒正在那裡唱卡拉ＯＫ的包廂，走到女兒前，什麼話也不說，掄起手中磚塊，一道弧線閃過，砸在自己腦門上。嘣的一聲悶響，鮮血立刻迸湧而出，流過了鼻子和嘴唇，嚇得包廂裡的少男少女發出尖叫，是足球破門或飛車墜崖時才有的尖叫，3D電影中一支劍突然刺向觀眾眉心時才有的尖叫。

「反正要被你氣死，不如我自己走——」他說出這句話時已兩眼發黑，也看不清撲上來的是什麼人。

「我不要你負責，只是你要去告訴你媽，告訴你爺爺，你爸是如何死的……」軍哥掙扎著再來一磚，但混亂中砸在別人身上。

「爸，我再也不敢了，再也不敢了……」女兒撲上來抱住父親的雙腿，一陣哇哇大哭。

她回了家，哆嗦了整整一夜，再也不敢翻白眼吐唾沫，再也不敢摀住耳朵喊出「我沒聽見」或「我沒耳朵」，而且第二天一大早就開始晨跑，還主動買早點和燒開水，當天就拿回了一個英語作業的好成績。

但她不知道，父親的日子已剩下不多了。就像人們後來說的，父親其實早就發現自己的一張臉越來越窄，幾根肋骨變成突出和尖銳。父親沒對她說過自己的痛，好像是在胃部，好像又是在肝部，不時折騰得他冒汗。到最後，女兒陪他去了醫院，只說肝炎，只說肝部結節，但他並不呆，很快就從女兒的紅眼圈裡看出端倪——去護士工作間偷看病歷只是進一步印證：果然是癌，肝癌晚期。

怪不得老同事和老同學都來了，連一些消失多年的面孔也冒出來。大家排了班似的，今天來一撥，明天來一撥，送來各種慰問品，還陪他下棋、散步、說說笑笑。他當然沒必要同大家說破，也順著他們笑笑。「等老子病好了，再來給你們燒一次魚，讓你們曉得自己吃了半輩子狗屎。」

他預約日後的快樂。

老婆沒趕回來，但匯來了美金，特掛快專寄一種針劑，肯定是天價，鬧得女兒每次都不准護士過早拔針，對吊瓶裡剩下的幾滴心疼不已。同室病友說漏了嘴：「可惜呀，一滴就是幾十塊錢呢。」這一句軍哥算是聽懂了，也聽懵了。老天，這是什麼龍肝鳳膽？一針就打掉了女兒一年的學費？就打掉了老婆的兩個汽車輪子？就打掉了他自己幾個月甚至幾年的苦力活？莫非這個時代不僅快樂很昂貴（比如耐克鞋），不快樂也昂貴（比如高價藥），無論哪一頭都超出了他的支付能力？無論哪一頭都同他過不去？

他把針劑的包裝盒看了好久，好像要把洋字碼一一研究，要研究出一個廢物在這些字碼裡的活命之道。

那一天，他徵得醫生同意，回家休息幾天。他說想吃蟹，讓女兒去北門大市場買，去叫嬸嬸來做。等家裡安靜下來以後，他洗了個澡，換了一身衣，充分地大小便——想走得乾淨一些，不至於太難看。他算準了時間，因此女兒和老嬸嬸來家時，一切已經完結，包括他換下的衣服都已洗淨，整齊地晾曬在陽臺；包括他睡過的被子，疊得整整齊齊；包括他穿過的大尺碼皮鞋，都擦得乾乾淨淨。他得給這個世界一個清潔的告別式，一個不麻煩任何人的結局。一臺卡式錄音機放出了最大音量的〈運動員進行曲〉，是球賽前經常播放的那一曲，也是他少年時代聽得最熟悉的。雄壯的旋律跳躍而奔放，震天動地，鬥志昂揚，再一次鼓舞他披掛球衣入場。

丹丹從這種近乎咆哮的樂曲中預感到什麼，緊急丟下菜籃，門裡門外四處尋找，最後發現只有廁所門緊閉，任你怎麼捶打，裡面也無動靜。

「爸——」

「老爸——」女兒的聲音透出撕裂的驚恐。

老嬸嬸叫來了鄰居，總算踢破了門板。門下方兩塊生霉的板子最先破，從這個口子朝裡看，兩隻懸空搖盪的大腳，赫然壓在門後。

丹丹，冤枉錢不要再花了吧，我也累了。

這是他遺書中的一句，寫在一個筆記本裡。他歪歪扭扭的字跡還記錄了一些小事，誰送來了錢，誰給他熬過藥，誰來看過他，誰的咳嗽也得注意了，諸如此類。其中當然少不了對女兒的交代：

炒白菜要先炒梗，再加葉子一起炒。
寬湯煮麵比較好吃，給鍋裡多放一點水。
做紅燒肉略加一點糖，味道更好。
家裡用煤火，一定要開窗。晚上把煤爐提到戶外，千萬記住！
最好剪一個短髮，省得天天紮辮子，費時間。
天快冷了，電熱毯和熱水袋在床下的木箱裡。
……

12

當年小安子說過，一定要把馬楠培養成一個狐狸精，不然這丫頭今後怎麼過？一輩子喝奶粉、玩指頭、聽外婆講故事嗎？一個女人不能這樣對自己不負責任，就準備男人們來欺侮吧？

大概是不堪教化，馬楠與她同居一室，混了好長一段，還是活得十分迷糊，別說狐狸精，連老鼠精也不是。

她是一個活得提心吊膽的女孩，比如去食堂幫廚，量米、切菜、燒火，幹什麼都行，連挑水也能搖搖晃晃地對付，只是一見辦招待，要破魚殺雞了，就跑出去老遠，躲在外面不敢回來。即便事後躡手躡腳地回來，若看到地上有血跡，還可能一臉慘白偏偏欲倒。曹麻子知道這一點，每次總是在她回來之前把血跡沖刷得一乾二淨。這也許就是她後來為曹麻子逝世哭得特別傷心的原因。

一位年輕的公社幹部最喜歡教她騎自行車。但她說什麼也不敢騎，在對方百般鼓勵之下，閉上眼睛咬緊牙關，好容易跨上了車，一起步還是滿頭冒汗地大呼小叫。哪怕前方路上的人影還只有豆粒般大小，她也會覺得血案迫在眉睫，雙手鬆把，狂叫一聲：「前面有人——」然後連人帶車撲向最近的樹幹或電桿，緊緊一把抱住救命的依靠。這時候的她，兩隻手僵硬的成半握狀，需要旁人事後又揉又搓，又捏又拍，才能手指慢慢伸展，恢復指關節活動的機能。

她居然為公家去供銷社買過一次鞭炮，相當於吃了豹子膽，英勇頑強得連自己也無法相信。她開始倒沒什麼感覺，只是一摟住鞭炮就忍不住想像鞭炮受熱後的爆炸，想像爆炸時自己的皮開肉綻，於是一路尋找樹陰避開陽光不說，走一段就用草帽搧一陣不說，揣在懷裡怕它受熱，抓在手裡也怕它受熱，結果左手拿一下，右手拿一下，如同來回搗騰一顆吱吱冒煙的原子彈，回到家裡時連毛衣都汗濕了。

她為什麼認定人體的熱氣足以引爆鞭炮？就像她認定自己的左臂比右臂長一點（完全測不出來），認定山上的野草分公母（找不到任何觀察依據），認定人的夢有黑白、彩色、橙黃色的三種（她不會是個催眠女巫吧），認定同一只木桶裝滿冷水時比裝滿熱水時要重得多（溫度計比臺秤更能測出重量似的）……如此稀奇古怪的想法，經常沒來由地冒出來。她似乎存心把大家的智商都統統整回草履蟲的狀態。

她是屬兔的。這隻總是能在生活中嗅出巨大危險的兔子，有時也不乏驚人之舉，讓人們咄咄稱奇怪。這一天，她在食堂裡燒開水燙蘿蔔菜。一個不知哪裡來的瘋子，全身又髒又破的黑大漢，哇哇哇衝進這個廚房，手舞一把菜刀逢人便砍。曹麻子的手臂首先挨了一刀，鮮血立刻噴濺灶臺。另一夥計用鍋蓋擋了一把，很快奪門而逃。還有一位是來打熱水的，頓時嚇得癱軟在地。倒是她迷迷瞪瞪迎頭撞上，不知眼前發生了什麼，見瘋漢子殺氣騰騰，指定她大喊「妖怪」，覺得這傢伙也太可恨了，鬧得這裡烏煙瘴氣，像什麼話？「你才妖怪呢。」她順手舀起一瓢開水潑過去，燙出對方一聲慘叫，捂住一張臉，跑了。

她看看一把落在地上的菜刀，看到曹麻子一手的血，這才突然明白了什麼，雙膝一折，暈了過去。

人們掐人中，抹涼水，抽打嘴巴，好容易把她弄醒，告訴她瘋子已被抓住了，不會有危險了。她不知對方說什麼。

大家誇她勇敢，說要不是她一瓢開水，瘋子說不定還要把更多的人當妖怪劈了。她看看這個，看看那個，同樣不知大家在說什麼——開什麼玩笑？她怎麼可能那樣？給她十個膽也下不了那個手呵。

「我什麼時候潑開水？」她衝著曹麻子瞪一眼，「你想把責任賴給我吧？」

「是你的功勞，你還謙虛什麼？」

「你見鬼去吧。」

「馬楠，你看你，這不是誇你嗎？」

她還是很不高興。

其實，她也並非小安子說的那樣低幼，比如她有一個服役海軍的男同學，與對方常有書信來往，已是一個成年的跡象。這樣看來，她倒是下手很快，在大家印象中已屬婚戀軍需品，只能被我的目光跳過去，大概也被很多男生的目光跳過去。有一段，我們兩人被公社抽調，跟隨一位姓焦的宣傳幹部下村，巡迴輔導農民編排文藝節目，由她指導表演，由我參與修改腳本，籌備全公社的文藝匯演。那些天裡，即便走得近，但她在我眼裡仍是一個穿了衣服的影子，有些動靜的木偶，處於性別之外的工作搭檔。無論我們相互看了多少眼，目光也是毛毛糙糙的，不帶電。

當然，也可能是我們這種小青豆還不上道，屬於絕緣體或半絕緣體，體內的電量本就微弱。就像她後來憤憤所言：對天發誓，她下鄉很久後還辨不出什麼是女人的漂亮，什麼是男人的英俊，總覺得這些話題過於深奧。即便發現自己的衣衫胸圍收窄，看見種豬爬背，還會奇怪地參與圍觀，急急地向旁人打聽：「這傢伙幹什麼呢？為什麼打架？」又一個勁地催促梁隊長，「怎麼多出了一條腿？你得管一管呵，快喊獸醫呵。」

不用說，隊長被她問出了一個大紅臉，事後只能搖頭，「嗨，這些城裡妹，還真是些懂懂。」「懂懂」的意思是蠢貨。

兩個懂懂就這樣走了十幾個村。借居一個鄉村小學時，我們自己做飯吃。她切菜，我燒火，她洗碗，我挑水，但吃了也就吃了，沒什麼好說的。這一天，她發現一條蛇從門外爬入，嚇得魂飛魄散地大叫。我趕過去順手一闔門，靠門板與門框的擠壓，剛好把一條蛇卡住，最終將其碾為血淋淋的兩段。但叫也就叫了，碾也就碾了，還是沒什麼好說的。我們點上油燈去各自的房間，累得只想早一點睡覺。

如果不想睡得太早，我們或許在火塘邊坐一坐，看房東老太婆紡紗什麼的。一輛手搖紡車不時輕搖，發出低一聲高一聲的嗡嗡嗡和嗡嗡嗡，如一種催眠的哼唱，從屋簷下絲絲縷縷外溢，在鄉村的靜夜裡顯得特別嘹亮，特別飄滑，也傳得特別遠。這種寒夜中的顫抖讓人似乎想到什麼，又想不起來。恍惚之際，我回頭一看，她的座位不知何時已經空了。

如果早晨醒得太早，我們也許會在村裡閒逛一下，比如看一個少年屠夫在地坪裡殺豬。她不敢看，搗住耳朵跑得遠遠的，但事後一再好奇地問這問那，想知道那一位八歲娃是如何降伏一座肉山，以致大哥或大叔都只配當下手，幫他褪一褪毛，理一理豬下水。她強烈關心的是少年是如何下繩，如何出刀，如何喝令長輩，嘴裡說了些什麼話，小鼻子和小眉毛是否有些奇異……問得我煩了，沒好氣地回一句：「你沒眼睛呵？幹嘛不自己去看？」堵得她兩眼往上一輪，呼了口氣，悶悶地走了。

時間長了，出雙入對的情形多了，事情還是會出現一些變化。女人大多是地下礦藏，是需要慢慢發掘的東西，特別是像她這樣的懂懂，不那麼奔放，相當於石頭裡的玉石（不是寶石），車燈裡的近光燈（不是遠光燈），丟在人群裡不大搶眼。只有在足夠長的時間之後，才會有一個淺笑，一個微偏的回頭，一次輕盈的跳躍，一回生氣時的噘嘴，一條腰身線條的妖嬈，一種悄悄拉扯衣角的羞澀，一種下蹲時大腿擠壓出來的豐滿曲面……漸入男人的心頭。這些來歷不明的性別語法，涵義模糊的身體邀請，不會是一舉驚豔的絕句，卻可能是長篇小說裡陸續的發現，形成某種緩慢的積累。

可能有那麼一天，你突然感到一陣心痛，來自對方模糊身影的沉重一擊——毫無疑問，那才是情感的不明飛行物真容畢現，並且已形成心理創傷。

很多事就是這樣，形式反過來決定了內容。在龍廷上批過聖旨的，不是皇帝也是皇帝。用密電發過情報的，不是間諜也是間諜。沒有身分的行為本身就是身分，沒有內容的形式本身就是內容。一如現代的某些孤男寡女，一起泡過酒吧了，一起看過電影了，一起在海邊暢談過人生了，還相互關切過肚子痛和領帶式樣了……戀愛的一切形式都具備，他們不是戀愛又是什麼？他們還能像路邊小攤砍價雙方那樣隨意地一拍兩散？電影導演們肯定注意到這樣的情節流程：我與馬楠已合伙吃過飯，已聯手打過蛇，已在村頭一起洗衣，已在月光下多次一起夜行……這不是愛情片還能是什麼？Camera! O K——事情還能退回到劇情以前？

儘管我還有點沒心沒肺，帕華洛蒂式的低音美聲還是脫口而出：「對不起，借我一下針線……」借一下針線都不失雄渾、深沉、悲愴以及孔武有力，問題就很大了吧？心懷鬼胎已無可遁形吧？

「別人都在說，你沒聽見？」我終於忍不住說出口。

「說什麼？」

「說我們兩人的事。」

「我們什麼事？」

「我們……是有點那個了？」

「什麼那個？」

「戀愛吧，是不是？」

「什麼？這就是戀愛？戀愛就是這樣子？」她似乎很吃驚。

「依我看，好像就是這樣子了。你看這小日子，過得老夫老妻似的……」

她臉紅了，「不行，這話不能由你來說。」

但她的臉紅其實已說了什麼。她把洗淨曬乾的衣服疊好，默默地交給我，差不多更是一種自供——儘管她隨後緊緊關上她的房門，響亮地插上木栓。

幾天後，給一些青年男女改定小演唱腳本後，我下河游泳，沒料到上游有人在放巴豆水毒魚。我看到水面上漂來一兩條翻出白肚皮的小魚，還以為自己撿了便宜，待聽到上游的人衝著我大喊，才知河水有毒，不能沾，更不能喝。但事情已來晚了。我上岸時頭重腳輕，走上堤時下身已麻辣火燒，走到村頭時肯定已面色慘白，嘴唇烏青，踉踉蹌蹌——否則不會栽倒在大樹旁。一位老農急忙找來山蒜拌桐油，灌進我的嘴，讓我好一陣嘔吐，吐得死過了一輪似的。他還挖來茅坑土，臭烘烘的那種，放在鍋裡炒熱，也是往我嘴裡灌，這種解毒之法完全無視人體上下器官的重大區別。另一位漢子還拿來一碗熱麻油，塗抹那些毒水浸過和紅斑湧現的體位，包括褲襠裡的私處。在這一過程中，馬楠一直忙裡忙外，包括把衛生院的醫生請來給我打針。

我的陽具又紅又腫，貼滿了咬破的芝麻粒，差不多成了一根狼牙棒——據說這也是解毒的土法子。好了，到了這一步，走光如此，裸身如此，簡直是黃色鏡頭，也算是最勁爆的電影情節了吧？如果馬楠參與了這一情節，與我的交情尺度是否也大大破位？如果一部電影拍到這裡，還能不轟然一聲迸放出背景音樂？還能不呼啦啦掄上一堆玫瑰，草浪，明月，紅頭巾，海鷗雙飛的蒙太奇？

她發現我醒來了，要吃稀飯了，顯得很高興。「我知道你死不了。吃吧，多吃一點。我也要去洗頭了。」

這話真讓人掃興。洗頭不洗頭的，她就沒有稍微精采些的臺詞？雖只是一次有驚無險，好歹也是劫後餘生。即便她不能撲來與我抱頭痛哭，即便她沒有「活著真好」、「天空真藍」、「這是不是在夢中」一類感歎，在如此勁爆情節之後，她至少得多一點溫柔吧？

她果真去洗頭髮了，果真去久久地燒水和涮鍋了，讓我無所事事，只能一個人呼嚕呼嚕大吃稀飯。空碗在桌上砸出悶悶的聲音。

「再來一碗吧？這裡還有鹹菜。」她的臺詞依舊平庸爛俗。

「不要。」

「你說什麼？」

「我說了不要就不要，我又不是一個飯桶。」

「你說什麼？」

「沒什麼，沒什麼就是沒什麼！」

事情過去很久後，我笑她不解風月而且嘴笨無比。她倒是承認自己嘴笨，而且一直痛恨這種無可救藥的木頭木腦。她說這張嘴豈止是不夠甜，差不多一說就錯，開口即禍，得罪過不少人，以致她很長一段時間內總是避開人，沒事時情願把自己關在房內睡覺。奇怪的是，她可以上臺跳舞和演戲，甚至一抹上油彩就比誰都如魚得水，昂首挺胸的膽子天大，但如果要她上臺講話，那無異於逼她殺人，只能讓她渾身哆嗦。看得出來，在本質上她更像一個非語言類的物種。

一次言語事故據說是這樣：她織了一條紗巾送給二姊，說出口的熱情居然是：「這東西我反正用不了，你拿去吧。」

二姊冷冷一笑，「小楠，你的剩餘物資太多，搞扶貧是吧？」

馬楠覺得不對味，不知該如何接話，想了一陣，忙追加一頂大高帽：「我不是這個意思，真的不是。你哪是扶貧對象？我什麼人都不佩服，只佩服你們這些當老師的。」

剛說完又捂住嘴，恨不得找個地縫鑽進去。她怎麼能這樣說？這算是討好二姊了，但在座的還有一位鄰居，一位響噹噹的革委會副主任。如果她只佩服老師，那副主任往哪裡擺？

她瞟了一眼，發現鄰居果然收起笑容，放下一份報紙要走。

「徐叔叔，你怎麼能走？好不容易來一趟，哪能就走呢？你看，已經到飯時了，就在這裡吃一碗吧。你反正也沒地方吃飯。」

對方嘿嘿一聲，「我沒地方吃飯？」

「不是，不是這個意思，我是說……」

對方還是拉門而去。

是呀，什麼叫「沒地方吃飯」？人家好歹一個副主任，到哪裡沒人招待，還指望你這裡一碗？她留人吃飯，說吃飯就好了，什麼豬嘴巴沒事找事又多出一句，能不把人家氣得七竅冒煙？

她見二姊沒帶走的圍巾，又見徐叔叔遠去的背影，頓覺天旋地轉，一屁股坐在椅上，捂住臉嗚嗚地哭了。

13

因為馬楠的關係，我認識了她哥馬濤，也是郭又軍的一位朋友。兩位大哥在下鄉前就混成了紅衛兵的同一派，有點戰友交情。馬濤的父親被對立派同學抓走和批鬥，是軍哥去交涉，把老人家要回來的。馬濤說妹妹有關節炎，不合適下水田，也是軍哥想辦法把馬楠從W縣遷來白馬湖。

與妹妹不同，馬濤倒是特別能言善辯。據軍哥說，當年中學生到處打派仗，他是他們這一派的王牌辯手，只要他一出馬，要格言有格言，要論據有論據，要諷刺有諷刺，要詩情有詩情，口水總是淹得對方招架不住落花流水。戰友們一高興，齊聲歡呼「馬克濤」，就是小號馬克思的意思。

他曾來白馬湖看望妹妹。正值搶收早稻的季節，我們沒法請假陪他，他便同我們一起出工，在水稻田裡幹得渾身泥水，在炎炎烈日下烤出一臉黑，腿上也有好幾處螞蟥叮出的血痕。軍哥在扳手腕時贏了他，讓他頗不服氣，於是提議比酒量，把村裡款待搶收支援者的穀酒一口氣連喝五大碗，喝得對手自愧不如。接下來又提議比挑擔，挑起滿滿四籮水淋淋的稻穀，踉踉蹌蹌，東偏西倒，在眾人的驚呼聲中一口氣挑到曬穀場，嚇得軍哥倒抽一口冷氣。二比一，濤哥臉上這才有了笑容。

但他在象棋盤上很少贏過又軍，更下不了軍哥擅長的盲棋，一直很不服氣。

他這一次來茶場不打算下棋，但不能不洗澡。一到湖邊，二比一的記錄便出現動搖。軍哥畢竟在湖邊混得久，把堤壩當跳水臺，一段助跑後飛身射出，或是飛燕式，或是魚躍式，再不濟也要來個屈體直下，倒插一根「冰棒」，讓馬濤在一旁看得略有不安，笑紋下隱下一份黯淡。

「馬濤，怎麼不來一個？」軍哥一張驢臉笑裡藏刀。

馬濤笑一笑，搓洗自己的衣，算是支吾過去了。

他留給對方一個背影。但這天夜裡，他既不參與歇涼，也不上床早睡，一個人再次去了堤壩，在那裡發出嗵一下又嗵一下的入水聲，顯然是嚥不下胸中一口惡氣，非要練出點跳臺風采不可。子夜時分，北斗星在頭上緩緩偏轉。我們在星光下聊過了一個大蜂窩，聊過了一個關於岔路鬼的傳說，聊過了美國最好的步槍「大八粒」……不知何時突然覺得有點什麼不對勁。細想一下，原來堤壩那邊好久沒動靜了。

我們沒見馬濤回來，忙去堤壩邊尋找，用手電筒一照，不禁失聲驚呼——他躺在岸邊，半身還在水裡，一手捣住額頭，從指縫中流出的鮮血蓋滿全臉，只有兩隻眼睛偶爾翻一下，顯示出那還是一個活物。

「天啦！」

「你受傷了？」

「快來人呵——」

他已無力回應我們的呼叫。

後來才知道，堤壩兩端有涵管，還有堵漏的一些木樁。他不熟悉這裡的水情，選擇落差最大的地段跳水，沒料到一頭扎下去，砸中了隱伏水中一根木樁，頓時失去了知覺。

第二天，他頭上纏著白紗布離開茶場，登車時突然想起什麼，交代送行的三兩朋友，「你們去告訴又軍，我的難度係數肯定超過了他。」

大家愣了一下，好一陣才恍然大悟：原來他還惦記跳水，原來他剛才應對左右談天說地，實際上一直心不在焉。

他額上的那一塊傷疤，好幾年才慢慢平復。有意思的是，他後來一旦摸不到這個疤，就完全忘了那一段。在他的記憶裡，他從來不喜歡跳水，也沒跳過水。為這事拿自己的腦袋開瓢純屬無稽之談。他的很多記憶可能確已刪除。相比之下，他更樂意談一談打水漂，扎飛鏢，打乒乓球，下圍棋，打橋牌，解數學難題，背記化學元素週期表，西方哲學中的這一派那一派，還有在獄中堅持正義的抗暴鬥爭……他在這些更有意思的事情上何時屈居人後？連洗衣做飯也可以談——當然是他偶爾把這些事做出了成就感和示範性的時候，能說出一大套相關理論的時候。別人若不談這些，或閃過了他的理論，他便無精打采，抹一把臉，揉一揉指頭，不是走開去就是拿一張報紙來看。

說實話，這些往事後來才浮現於我的記憶，擠占了最早的興奮和仰慕。說起來，他當時走到哪裡都不缺乏我這樣的仰慕者，不滿現實又野心勃勃，一心鬧出點動靜的小亂黨。想一想吧，在他的周圍，一夥少年男女偷偷糾合成群，神色清純而凝重，嚼過一點炒蠶豆或冷鍋巴，一張嘴，一放言，就是面對中國和世界，就是今後三十年乃至百年。說一說東南亞應該怎麼辦，歐洲與非洲應該怎樣變，偉大領袖「重上井岡山」一語到底是何意思，能不讓人眼睛發亮？討論一下第三國際的教訓在哪裡，北約和華約的各自隱患在何處，還有中國的政府和軍隊該怎麼重起爐灶，包括工業、農業、教育、文藝該如何大破大立……這種把欄杆拍遍和拔劍四顧的英雄豪情，這種即將候任廣場上偉大塑像的勁頭，能不讓人熱血？

各種革命在這裡串味。革命既然是流行色，地下革命便是憤怒青年的美酒——不管這種憤怒是來自貧困，還是來自失戀，還是來自家仇國恨，還是來自讀書後的想入非非……革命的某種形式感，諸如緊緊握手，吟詩贈別，嚴肅論爭，還有在驚濤拍岸前久久的沉思，已足以讓人醉心於輝煌。何況這還是青年社交的一種有效媒介，就像馬克思說過的，在廣闊的大地上，任何人憑藉一首《國際歌》，都可以在任何一個角落找到同志——對於我們來說，當然還意味著找到一頓充飢的飽飯，幾支劣質香菸，他人慷慨相贈的舊膠鞋。這些《國際歌》的兌換品和增加值溫暖旅途。

一個人進門時舉起右拳：「消滅法西斯！」

其他人舉起右拳回應：「自由屬於人民！」

小太陽們還有這樣一些禮儀。

坦白地說，如果沒有這種豪情憧憬，我的青春會苦悶得多。人是很奇怪的動物，一旦有了候任銅像或石像的勁頭，再苦的日子都會變得無足輕重，甚至還能放射出熠熠光輝——在日後某些觀察者的眼裡，宗教不就是這樣嗎？在缺少宗教的地方，革命不常常就是這樣嗎？在革命退場的地方，商業消費不常常也是這樣嗎？當今娛樂的、體育的、傳銷的、燒錢享受的諸多明星，作為宗教或政治的偶像替代，引千萬追星族要死要活，甚至鬧到自賤、自廢、自殘的程度，其實也沒什麼新鮮。在那些人身上，在那一片黑壓壓狂叫的人海裡，不過是人類激情再一次失控性地自燃。

我開始重新看待腳上的鐮刀傷痕。作為格瓦拉的崇拜者，我當然不再自憐，倒有一種把傷痕當作勳章的驕傲。走過那些衣冠楚楚的上等人身邊，我甚至忍不住亮出身上的勳章，讓寄生蟲們統統一邊去吧。

我開始重新打量前面的崎嶇山道。作為甘地的崇拜者，我當然不再嘆息，倒有一種把艱辛當作資歷和業績的興奮。我相信一個人的體魄和意志，只能在這樣的山道上，在身挑重擔汗如雨下兩腿哆嗦的長夜，才能真正百煉成鋼。

我開始重新審度繁華街市。一個鄉下人，心裡裝著馬克思和巴黎公社，裝著「重上井岡山」那種坊間流傳的密旨聖意，哪還有工夫嫉妒？哪還有工夫自卑？哪還有工夫婆婆媽媽地上街淘貨？要忙的事都忙不過來呢。反動派肯定不會自動垮臺，街壘戰鬥太有可能在這一片城區打響。紅旗應該在這幢樓上飄揚。重機槍應該在那幢樓上布設。起義的硝煙和坦克的機油味廢氣味已隱約可聞，那麼起義者該在何處狙擊，從何處增援，去哪裡割斷電話線，在什麼地方建立指揮所，加強政治攻勢的高音喇叭該如何架設……豈能不預先有所規畫？路上一個白髮乞丐，應該好好接濟。街旁一個呻吟的病婦，也應該出手攙扶。因為人民大眾是革命的堅強後盾，這些大爺和大嫂，說不定就是將來可貴的嚮導，是最要緊的線人，到時候能幫助我方突出重圍絕處逢生——人民萬歲！

這一天夜裡，我躺在拖拉機貨廂上，懷揣一封來自馬濤的信。信中關於國內革命形勢的分析讓我無法入眠。照信中的說法，湖北的情況很好，四川的情況也不錯，廣東方面已有朋友打入革委會，上海那邊則有朋友進入了新聞界和哲學界，更重要的是，47軍看來很有希望……總之，到處都在星火燎原，攻陷巴士底獄的偉大日子就在前面。我掐了自己一把，證實自己不是在夢中。

我眼望一座座向車後退去的暗色山峰，耳聽滿車竹竿顛簸的嘩嘩聲，覺得很多事項也許還需進一步推敲。農民運動確實重要，但該從何處著手？秀鴨婆、武妹子、曹麻子那些傢伙能聽我吆喝？他們怨言再多，會捨下家裡的老老少少和雞婆鴨仔跟我犯上落草？不會把我一索子捆起來送官或當瘋子按在地上灌藥？再說，更讓人覺得不著四六的是，高層確已出現裂痕，在報刊的字裡行間暴露無遺，但那幾個色彩曖昧的老帥到底能起什麼作用？很多人寄予厚望但又爭議不休的那位大人物最終是何種面目？……這些都是圈子裡的熱門議題，卻又迷霧重重。

心事浩茫，神馳萬里，我還沒把中南海的縱橫捭闔理出一個思路，忽聽一片鞭炮般的炸響，感到了背部和屁股連遭痛擊。我定下神來，翻過身來，看清了天上的星星，看清了路邊黑色的樹影，伸出兩手摸索，才發現自己坐在水溝裡，並不在貨廂裡的竹竿上。又過了片刻，我才大致明白，一定是廂板掛鉤在顛簸中脫落，半車竹竿嘩啦啦滾下車，躺在上面的我自由落體無法倖免。

「喂，停車——」

我把呼叫拋出去，扔入一大堆機器聲、鐵板撞擊聲以及竹竿顛簸聲裡，連自己也不大能聽見。機手絕塵而去，一晃一晃的車燈越來越遠，最終被無邊的黑暗淹沒。

「喂——」我幾乎欲哭無淚。

以一根樹枝為杖，我一拐一瘸地上路，走到老井坊那裡，向路邊農戶討了一點草紙，燒灰給腿上一處傷口止血，然後才看見路上迎面而來的兩道光柱。原來機手一直把拖拉機開到茶場，才發現車上空了一半，車上人也無蹤影，才急忙開車回頭來找。車上的兩個人是他找來幫忙搬竹竿的，不是來參加起義的。

「你這個臭聾子——我要你慢點開，慢點開。那個破車廂不散架才怪呢。」我忍不住破口大罵。

「這能怪我嗎？我要你坐到前面來，你偏要睡在上面，吹你那一身痱子。我又沒長後眼睛，還能時時刻刻把你盯住？」機手也很冒火，壓根兒沒把我當作未來的起義領袖。

我很想啟發一下對方，不要鼠目寸光，不要門縫裡看人……但接過對方遞來的兩個煮紅薯時，我已確認遠水不解近渴，紅薯比革命更能消除自己眼下的頭暈目眩。這一發現既讓我歡喜，也讓我沮喪。

14

紅色中國向全世界輸出革命，這個城市成為神祕的基地之一。離城市七八十公里的山坡上，一片樹林子裡，一座沒有掛牌的樓房，架有鐵塔天線並有軍人守衛，是東南亞某國共產黨的一個廣播電臺——這事多少年後才為公眾所知，樓房成了一個遊者出入的歷史遺跡。來自幾個東南亞國家的紅色幹部子弟，還有些烈士遺孤，安頓在遠郊一個學校。我們曾去那裡舉行籃球友誼賽，向對方球友贈送毛主席像章。我的一位大齡同學，好像姓羅，記不太清楚了，還在那裡交上一位女友，據說是菲共首腦的女兒。那女孩大眼睛、大酒窩，中國話學得很快，最喜歡打乒乓球。

羅同學帶這位女孩來到學校，說他不久前偷渡出境去越南參戰抗美，不巧被解放軍的空防部隊抓住，押解回國，慘透了。不過，他說他還要去的，等到東南亞全解放，哥們可能混成一個旅長或師長，到時候一定邀我去旅遊，飽吃那裡的香蕉和木瓜。

一位偷渡同行者已死在美國B-52的狂炸之下，也是他說的。

我下鄉後還見過這位羅同學。他不知為何沒去越南，紅色公主似乎也沒下文。但他同我說起了馬濤，一個他無比崇拜卻無緣得見的思想大俠，知青江湖中名聲日盛的影子人物，曾任某紅衛兵小報的主筆。

「你是說馬濤？我認識呵。」

他圓睜雙眼，把我當恐龍上下打量，「吹吧，騙誰呢？」

「吹什麼？他妹妹將來說不定還是我的……那口子。」

他差一點眼球掉出了眼眶。

「你看你，至於嗎？我有什麼必要騙你？」

「你真的……認識他？」

「真的。」

「你是不是耍我？」

「懶得同你說了。」

「親愛的，那你一定要帶我去認識一下。」他立刻拍打我身上的灰，買來一支冰棒遞給我。

他從抽屜裡搬出一本剪報，裡面有不少馬濤的文章，化名「新共工」、「潛伏哨」、「小人物」一類，都是紅衛兵小報上的時論。他又掏出一個筆記本，裡面密密麻麻有各種他抄錄和珍藏的格言：

革命就是看似凶手的外科醫生。

勝利的最大祕密，在於等待對手犯錯。

青春——與年齡無關的熱情。

……

「你聽聽，說得太好了，太深刻了！也就是一個中學生，你說他腦子是怎麼長的？聽說他的數學，初中時就自學到高中，覺得物理課本沒意思，索性自己重新編寫了一套。有這事嗎？聽說他很多的文章都不打草稿，直接往蠟紙上刻……」他興沖沖向我打聽各種細節，又翻動紙頁，溫習下一句格言。

我無法證實傳說，也無法確定那些格言都出自馬濤。我略感吃驚的是，濤哥什麼時候已如此深入人心了？也許是時間長了，接觸多了，見多不怪，加上馬楠這一層關係，我倒也沒覺得他神奇到哪裡去。他沒叼菸斗，沒披風衣，沒戴花呢貝雷帽，沒敲擊打字機並且在壁掛地圖前踱來踱去，不像個來自巴黎或彼得堡的革命黨魁。「托洛次基同志……」他沒這樣嘟囔過。「阿芙樂爾巡洋艦在哪裡？……」他沒這樣打過電話。雖說鼻梁高挺，眉骨峻突，隱有幾分凌厲之氣，但他那虎背熊腰拿去扛包還合適，戳在哪裡打鐵或夯地也合適，說到底也就是一普通人，在民辦中學混過的高中畢業生吧——當時很多低下家庭背景的學生，地主或資本家的子弟，只能去這種學校，隱在小巷裡的那種，連操場都不一定有。

這位濤哥似乎還有一點點笨，一點點癡。他對自己入迷的書過目不忘，能一字不漏的背出某一段，甚至能準確鎖定哪一頁，講一個小說或電影裡的故事，也能風生水起和精確無誤。但他就是不大記人，是個「大字先生」——農民們對粗心人的另一種說法。據說他下鄉後，把村裡的姓王的叫成姓劉的，把殺豬的叫成彈棉花的，把人家的三大姨叫成四姑娘，一再搞亂村裡人的輩分和姓氏，被旁人糾正了，下次還可能錯。他在三〇一國道邊一個知青戶住過兩天又吃又喝，還拿走人家幾毛錢搭乘汽車，但那位債權人後來見到他，他根本不記得，理都沒理，只看了一眼便倒在床上繼續讀書，把對方氣得臉紅脖子粗。「什麼人呢？怎麼這樣白眼狼？他去我們那裡流竄，誰不是把他當祖宗供著？他擔過一次水麼？劈過一根柴麼？擺過一次筷子麼？」

有人把這些悲憤萬分的話轉述給馬濤。

馬濤很奇怪，「有這事？我怎麼一點印象都沒有？」

天地良心，他可能真忘了。他身邊的人都知道，掃帚倒在地上，他路過好幾次也不扶；飯燒焦了，他路過好幾次也不熄火。這都是他的常態。也就是說，很多時候他的世界裡完全沒有掃帚、飯鍋這一類婆婆媽媽的小事。

回城過春節了，他與同行的知青們想省錢，賊頭賊腦地「打溜票」上火車。碰到乘務員巡車查票，有的人鑽廁所，有的人藏椅下，有的人抓住停站一刻前車廂下後車廂上，還有的嗷嗷直叫裝聾啞人，拿一條圍巾蒙面裝痲瘋病人，或是聯手演一齣失主追打小偷的苦肉計……總之是花樣百出各顯神通，讓查票的顧此失彼，防不勝防。結果大家都紛紛過關了，唯有他當大爺呆呆的坐等奇蹟發生，最終在座位上束手就擒，一開口就承認自己沒買票，承認自己也沒錢買票，氣得夥伴們一個個痛不欲生大加埋怨。「天下還有這樣的豬腦袋？他就不會說車票被小偷偷走了？不會說車票不小心丟了？」

「像他這樣的木瓜，抓進鬼子的憲兵隊，肯定第一個斃了！」有人對他的智能水準也大生懷疑。他供認不諱，自證其罪，被乘警帶走，在終點車站掛一個「流竄犯」的紙牌，與其他盜賊、騙子什麼的一起，面對廣場示眾三日，算是折抵車資接受懲罰。幾個夥伴去接他回家時，他不知在哪裡睡過，與一些什麼傢伙親密過，頭髮結成了塊，身上冒出一股濃濃的餿味，臉上好幾處紅包大概是跳蚤的作品。但他似乎不大在意，見到夥伴的第一句話是：「告訴你們，我知道維特根斯坦錯在哪裡了。」

「你說什麼？」大家如同聽到火星語。

「何胖子根本沒讀懂，對懷特海的解釋也純屬胡扯！」

他把提袋丟給夥伴，自己這就去找何胖子。他要與那位化工廠的鍋爐工就歐洲現代哲學一決勝負，不殺個人仰馬翻絕不收兵。

「你先回家洗個澡吧？」他妹妹急得要哭了，「你看你身上臭成什麼了，一身臭氣也不怕熏了別人一家？」

他愣了一下，這才注意到自己的全身，發現自己確實成了一顆毒氣彈，便沒再說什麼。

多年後，他已遠在太平洋的那一邊，音信渺茫，相見時難，但還是不時潛入我的恍惚，觸動我內心中柔軟的一角。我得感激他在我最陰暗的歲月，在我父母雙雙收監審查那一段，也是很多熟人避開我的那一段，經常與我散步在街頭，兄長一樣熱情地解說和鼓動，填補了我身邊的空白。我得感激他引我走入知識之途——儘管他的不少說法並非牢不可破（比如我一度跟著他確信當時的社會積弊是「資產階級復辟」和「修正主義專政」），儘管他的某些興趣話題不無可疑（比如我曾經跟著他熱情關注那些八竿子打不到的四十七軍或三十八軍），儘管他對我的耐心漸少，刻薄之語讓人難以忍受（你怎麼連這個都不懂？你怎麼還不去一頭撞死？）……但我還是承認，他是第一個劃火柴的人，點燃了茫茫暗夜裡我視窗的油燈，照亮了我的整個少年時代。

書是一個好東西，至少能通向一個另外的世界，更大的世界，更多歡樂依據的世界，足以補償物質的匱乏。當一個人在歷史中隱身遨遊，在哲學中親歷探險，在鄉村一盞油燈下為作家們筆下的冉·阿讓或瑪絲洛娃傷心流淚，他就有了充實感，有了更多價值的收益，如同一個窮人另有隱祕的金礦，隱祕的提款權，隱祕的財產保險單，不會過於心慌。這樣，從毛澤東的《實踐論》，到馬克思的《法蘭西內戰》，從左派烈士格瓦拉，到右派好漢吉拉斯，我就是在馬濤的一根根火柴照亮下，一步步走過青春。借來的、抄來的、偷來的書塞了滿腦子以後，我甚至像圈子裡的各位哥們姐們，差不多長出了一張馬濤的嘴，動不動就「我以為」或「倘如此」（魯迅常用語），動不動就蹦一個「邏各斯」或摔一個「布爾喬亞」（「邏輯」或「資產階級」的舊譯），說話口氣回到手搖留聲機時代，回到繁體字和長布衫的時代，暗示自己的學養根底非常了得。

不好意思的那一次，就像大家嘲笑過的，一聽到馬濤推介《共產主義運動中的左派幼稚病》，我甚至立刻跑到書店，一進門就大喊：「買一本幼稚病」——顯然是未能記住長長的書名。

一位老頭營業員愣了，「你是要看病？這裡不是醫院呵。」

「不，我是要買書！」

「那你上二樓看看。治病的書在那裡。」

「幼稚病不是病，是左派。」

「左派？我們都是左派。你從哪個螺螄殼裡拱出來，敢說我們有病？」

我可能真是記錯了。那麼到底是左派的幼稚病，還是幼稚的左派病？是青年近衛軍的幼稚病，還是鐵道游擊隊的左派病（我剛看過這幾本有關戰爭的小說）？……我想了好一陣，越想腦子裡越亂。老頭取來的幾本幼兒書，當然也是離題萬里。我只得摸摸腦袋，悻悻地離去，讓幾位營業員在我身後面面相覷。

出門便遇到小安子。她聽我說完忍不住大笑，伸出一個指頭在我眼前晃了晃，「喂，幾個指頭？」

「一個麼。」

她加上一個指頭晃了晃，「這是幾個？」

「你什麼意思？」

「我要看你是不是腦積水了。」

「你才腦積水呢。」

「你不會說燕雀安知鴻鵠之志吧？小菜瓜，告訴你，馬濤那種狂人純粹是飛蛾撲火，充其量是一點飛蛾之志。你最好離他遠一點。」

她翻一個白眼，揚長而去。

15

當時的鄉都稱「公社」。這個公社的知青散落在山南嶺北，總是在趕集時才集中出現於小鎮。操一口外地腔的，步態富有彈性的，領口綴有小花邊但一臉曬得最黑的，或腳穿白球鞋但身上棉襖最破的，肯定就是知青崽了。他們堅守一種城市的高貴（小花邊、白球鞋等），又極力誇張一種鄉村的樸實（最黑的臉、最破的棉襖等），貴族與乞丐兼於一身，有一點自我矛盾的意味，似乎不知該把自己如何打扮。

每逢農曆三、六、九，農民們來此趕集，交換一些土產品，以貨易貨，調劑餘缺，大多聚集在豬市、牛市以及竹木市。知青們則大多是衝食物而來，見到甜酒、米粉、豬血湯、糍粑、包子、板栗、菱角、楊梅一類必興奮不已。本地小販都不大喜歡這些外地人。有人說，這些街痞子太沒規矩，用磁鐵塊暗貼秤砣，一個錢買兩個錢的貨，太歹毒了。還有人說到更無聊的事：買一個包子，吃完半個後假裝失手，把剩下的一半落在油鍋裡，氣得女店主欲哭無淚：「祖宗，你吃包子就吃包子，這一下吸走我二兩油呵。」

來自四鄉八里的知青在這裡混出了幾分熟，日後不免有些走動，相聚下下棋或打打球，唱唱〈三套車〉或〈山楂樹〉什麼的，再講一個福爾摩斯偵探故事，也算是超爽的文化大餐了。馬濤所在的一夥來自茶盤硯，在集市上結識了另一夥，一些操純正北京腔的知青——據說多是外交部子弟，不知出於什麼原因，通過特殊關係落戶這裡。

天下知青是一家。兩撥落難人隔河相望，一接上頭便有一見如故相見恨晚之感，在小飯店裡吃米粉時免不了互相謙讓，爭相買單，鬧出扭打的模樣。「人生呵人生。」「命運不過是一杯苦酒。」「不在沉默中爆發，就在沉默中滅亡。」……這些話都很耳熟，很對味，也很傷感動人，如同江湖上的接頭暗號，一聽便可引為知己。

「你就是馬濤那個點的？」

「你同閻小梅一個隊？」

「我早就拜讀過你們濤哥的文章。」

「我早就仰慕你們梅姐的詩名。」

「能認識你們，我太高興了。」

「你的普通話說得真好聽……」

一個少年和一個少女，就這樣在郵政所前認識了，互相一陣打量，緊緊地握手，眼睛迸放光芒，立即解下背簍去溪邊深談。他們在柳樹林那邊會不會擦碰出感情火花，會不會眉來眼去進而談婚論嫁，也盡在其他夥伴的想像中。不料大家才逛了半個集市，就發現他們怒氣沖沖各自歸隊，情節急轉直下。

少女回頭大罵了一句：「騙子！」

少男也回頭大啐了一口：「什麼東西，冒牌貨！」

伙伴們後來才發現，也許是相互期望值太高，親密者其實最容易成為冤家仇寇。他們剛才不過是一個有關俄國電影的細節解讀沒談攏，就無不痛感失望，怒不可遏，忍不住噴血相罵——知識的高風險由此可見。讀書是好事嗎？當然是。但讀書人之間的相互認同，一不小心就在相互挑剔、相互質疑、相互教導之下土崩瓦解，甚至在知識重載之下情緒翻車，翻出一堆有關智商和品德的惡語。

不久後，一場讀書人之間的口水仗再度爆發：

「你們讀過《斯巴達克思》？」

「哎呀呀，通俗文學在這裡就不必談了吧？」

「那你們讀過吉拉斯的《新階級》？」

「也就看兩三遍吧，不是太熟。」

「說說《資本論》吧。」

「不好意思。請問是哪個版本？是人民版，還是三聯版？還是中譯局的內部譯本？我們最好先約定一下範圍，不要說亂了。」

「你們知道誰是索忍尼辛？」

「你是說《伊凡．傑尼索維奇的一天》還是《瑪特遼娜的家》？你要是想聽，我都可以給你講一講。」

「那……請問你們如何評價奧威爾的《一九八四》？」

……

這種對話像打牌，各方都決心壓對方一頭，四連炸，同花順，一個個都爭相拍出大牌。對方讀過的書，那就沒什麼好談了，沒讀過的才應該成為話題，才是缺口、軟肋以及決戰機會，必須一舉發現，狠狠抓住，窮追猛打，打得對方暈頭轉向。相比之下，關於辯證法、輝格黨、漢代土地制度一類辯題，是一些難分高下的死局，說起來比較費事，聰明人最好不去那裡糾纏。可以想像，如果他們還懂一點英文或法文，那麼各種版本都掄上來秀一把和攪一把，正事就更沒法談了。

空氣中已隱隱瀰漫敵意。大概是在知識攻防上打平，擂臺爭雄難有結果，於是雙方的比拚轉向更加奇怪的科目：你犁過田？你做過瓦？你燒過磚？你炸過石頭？你下過禾種？你閹過豬？你車過水？你會打連枷？你會打土車？你一天能插多少秧？你遭遇過雷擊？你一次能挑多重的穀？你打死過銀環蛇和貓頭蛇？你知道「趕肉」與「煉山」是什麼意思？你那棉襖上的補丁有我的多？……如此唇槍舌劍，相當於誇富和炫寶的顛倒版，同樣是一種挑釁，一種進犯，一種排行榜競爭，一場爭面子和搶風頭的往死裡打，一種革命和更革命之間的不共戴天，一種英雄和更英雄之間的水火不容。

「罵誰呢？」有人大拍桌子。

有誰開罵了嗎？更多的人東張西望，尋找目標。

「道不同，不相與謀！」另一位站起來，氣呼呼地拂袖而去，跨出了小飯店門檻，帶動了另一些人紛紛起身，嚇得幾個和事佬左右為難。他們這一次不僅沒有爭相買單，而且大多成了氣包子，臉上掛不住，連「再見」也免了。只有閻小梅跑出來大喊：「誰的草帽？是你們的草帽吧？草帽都不要了？」

後來，河這邊有些人罵出了「臭權貴」，河那邊有些人罵出了「狗崽子」，扯上各自的家庭背景，就更為意氣用事了。其實雙方的家長此時都是受到運動衝擊的倒楣蛋，但這一方多是地主、資本家、舊職員的故事，那一方多是紅色官員的故事，雙方的苦情同中有異，好比財主和乞丐都牙痛，但痛得不大一樣，事情不宜往深裡想。

有人把馬濤被捕一事，歸因於對方借刀殺人——懷疑依據之一就是馬濤在辯論時的傲慢曾把小梅氣哭，種下了苦瓜籽。雪上加霜的是，幾天後小梅在買糧的路上被碎瓷片割傷腳，一時血流如注，紅透了半隻草鞋，坐在路邊痛得咬牙切齒一頭大汗。濤哥恰巧路過這裡。他不是沒看見她腳下的血草鞋，不是不知道這裡偏僻得前不巴村後不巴店，不可思議的是，他只是淡定一笑，「怎麼這樣不小心？要防止破傷風呵。」

他取下墨鏡又戴上墨鏡，跨過籮筐和扁擔以及血草鞋，竟然一步步走遠，一只旅行包在背上晃蕩，消失在通往縣城的大路上。

「快去衛生院吧。」他最大的恩惠、最深的關切、最溫柔的言語，就是回頭補上這一句指示。

他以為他是誰？

這也太冷血了吧？連一條路邊的狗都對血跡驚慌大叫，但一個人居然沒停下來，沒蹲下來，沒撕破襯衫幫助包紮，甚至沒想辦法給傷者的伙伴們捎個口信，就這樣臉厚如牆地袖手而去。他就不知道流血過多差一點要了小梅的命？即便他是「沉船派」，與「補船派」的觀點大相逕庭，但他是人，是男人，是一個號稱心繫世界的男人，如果不懂得憐香惜玉，至少也要知恩圖報吧？如果不懂得知恩圖報，至少得有一點人之惻隱吧？抬頭不見低頭見，他沒少吃小梅那些人買單的甜酒、米粉、豬血湯……這些就不說了。有一次過河去借糧，他噴完一通理論口水，還受到對方全體的熱烈鼓掌。換下來的衣服還是小梅和另一個女知青拿去洗過，小梅從北京帶來的書籍也是優先他挑選。他怎麼一轉臉就全部人情歸零？如果不聯繫「狗崽子」的階級背景，這一駭人聽聞的事實該如何解釋？

一個常打籃球中鋒的大個頭，小梅的男友，將軍的兒子，捎來口信要與馬濤約架，一對一，徒手上，血濺五步，生死在天，地點定在河邊林子裡。要不是雙方的和事佬多方勸阻，一場血拚也許難以避免。但事已至此，群體內部的嚴重分裂無可挽回。壯志未酬，大業未竟，胡馬未滅國先亂，靖康猶恥箕豆煎，這日子還有什麼盼頭呵？有一位女知青每想到這一點就暗自流淚。同夥們發現她從此以後沉默不語，茶飯不思，要不是偶然發現她的三首舊體詩和一封遺書，差一點就聽任她悲憤萬分地投江明志去了。

大約一個月以後，一封不知出自何人的告密信，舉報馬濤的危險言行，算得上警察一看就要血管爆炸的大案情，引來了兩臺神祕的吉普車。警察直接來自省城，身穿便衣，換掉了警用車牌，大概是不想打草驚蛇，沒有直撲茶盤硯抓人，只是在村外較遠的路口布控，讓一名公社幹部去誘馬濤入網，其事由是請他去「幫助公社繪製水利地圖」。

這一次祕密逮捕，當然是為了撒開一張更大的網。以致村裡人都不知情，好一段還給馬濤記工分和分口糧，以為他不過是去公社當差了。

沒有太多人打聽他的歸期。

16

我一直為馬濤懸著心，覺得他走南闖北，交友太廣，說話又敞，很可能遇上什麼叛徒或密探。他曾提議建黨，草擬過一份黨綱。考慮到他周圍的面孔太多和太雜，出事的風險超大，我和很多人都表示猶豫和反對。

我得承認，謹慎的別號就是怯懦，我們的勇氣遠不及他。我一直為此暗自羞愧，總覺得自己骨頭軟，一旦碰上小說和電影裡刑訊的老虎凳、辣椒水、大烙鐵一類，肯定會招供，說不定還丟人現眼地尿褲子。我的媽，我太想當英雄但從小就怕打針。我太想當英雄但千萬不要受刑，要死就快死，挨槍子踩地雷都無所謂，只是不要面對老虎凳……我永遠的祕密就藏在這裡。

好幾次眼看就要出事，特別是春節回城聚會的那一次，濤哥進門後摘下口罩，大聲招呼各位，但迅速低語一聲：「我被跟蹤了。」

我如遭電擊，好一陣目瞪口呆。

事情是這樣，他發現自家樓下突然換了房客，是一對夫妻，但女方支支吾吾，說不清自己所在的單位，說不清單位的業務，表情很不自然，估計就是探子。更可疑的是，他收到來自四川的兩封信，從郵戳的日期判斷，都比以前反常地慢了兩三天，那麼這種延誤意味什麼？難道不正是祕密郵檢所需的時間？就是剛才，他出門後發現身後總有一個人影，不遠不近地尾隨。他試探了一下，把一張廢紙揉成團，扔進街口的一個垃圾箱。果不出預料，他後來躲在牆後偷看，發現那個身穿深藍色夾克的傢伙，正朝垃圾箱裡查看，大概想找到他扔掉的紙團。

我們慌了，頓時覺得門外充滿風險，布滿了警察的眼睛和槍口。不知誰撞倒了一個茶杯，發出驚天動地的惆嚇。

馬濤若無其事地一揚手，「打牌。」

他指了指上下左右，又指了指耳朵，意思是這裡也可能有竊聽器。這樣，他接下來要說的話，在一片發牌和叫牌的嘈雜聲中，由他寫在一塊紙片上：第一，這兩天大家不要互相聯繫。第二，分散出門，若被查問，就說今天是打撲克，說說招工的事。第三，回去後銷毀一切可能引起麻煩的文字，特別是信件、日記等。第四，以後見面時吹一聲口哨表示安全……他把這張紙片交大家看過，劃燃一根火柴，燒了。

我們給竊聽器熱火朝天打了一通撲克，分批離開這一雷區。我一路走得胸口大跳，見誰都緊張，見警察和軍人尤其腿軟心慌，於是兩次進入商店，上了一趟公共廁所，看一下路邊牆上的公告，還仿照濤哥的辦法故意丟一個紙團，看是否有人隨後來撿。還好，我覺得最可疑的一個撐傘女人越過紙團逕直往前走了。

也許事情沒那樣嚴重？也許剛才那間房間裡並無什麼竊聽器？我怯怯地這樣想。

一定是某種奇妙的感應在發生。大約半年後的一天，我在深夜醒來，確定自己躺在床上，聽到了窗外的風聲、雨聲、雷聲、樹枝折斷聲，還有火車站那邊的汽笛聲和放氣聲。我還聽到了隱隱約約的一絲呼喚，側耳再聽片刻，覺得那呼喊似與我有關。是的，應該有關。我打開電燈，穿好衣服，開門下到一樓，沒找到保管院門鑰匙的老王頭。

仍然能聽到遠處飄忽不定的什麼，好像那個什麼不是越來越近，倒是越來越遠，消失在郵電大樓那邊。

我只好翻牆出院，撐一把傘，來到了街上。我趕到郵電大樓，發現積水的廣場上空無一人，只有水漬中的路燈倒影。再找一找，才發現聲音已飄至農機廠那邊：「陶——小——布——」

果然是我的名字！這太奇怪了。是誰在找我？是誰用這種方式找我？

我趕過去，發現昏路燈下有一個人影。一張半藏在雨帽裡的臉看上去很眼生。「你找陶小布？」

「你是陶小布？」

「你是誰？」

「你不認識我。」

「你找我……有事嗎？」

「馬濤你認識吧？」

「當然，當然……」

「他進去了。」

我吃了一驚，頓覺脊梁後一股涼氣往上冒。看來，該來的終於來了，既然來了也就踏實了。我覺得自己還不錯，沉著地開始掏菸。

「你好像不太吃驚？」

「進去了就進去了唄。」我得提防來人是一個探子，是一個什麼圈套。

其實對方也不知具體案情。他是一個竊賊，看上去是一個真竊賊，與馬濤在號子裡萍水相逢而已。聽說他今天將獲釋，馬濤便託他捎出口信，而且要求快，十萬火急。但他不知如何才能找到我。從馬濤嘴裡得到的資訊，只知我最近借調在縣電影公司寫幻燈腳本，具體地址並不清楚。因此，他只能大海撈針，乘晚班火車趕到這裡，下車後沿街尋找，借助路燈和手中的打火機，見一個招牌就看一個，直把打火機的汽油燒光，還沒找到電影公司。夜太深，雨太大，他找不到地方買打火機、手電筒、火柴，也不便敲門問路，只好一條又一條街地狂喊，不信自己的運氣就那樣背。

這真是太玄了。假如我這一天睡死了怎麼辦？假如我這一天出差了怎麼辦？假如我提早結束借調然後返回鄉下了怎麼辦？假如我聽到呼喊但沒能追上他怎麼辦？……更脆弱的一環是，他與馬濤非親非故，憑什麼費力又費錢的跑這一趟？假如他不是對政治犯高看一眼，不是一個身為竊賊的活雷鋒，一出看守所大門就把這事忘到九霄雲外又怎麼辦？在這一刻，我不能不相信奇蹟，不能不相信眼前這個竊賊就是上帝之手，不能不相信上帝的另一隻手剛才在風雨中搖醒了我。

「他說了，只要告訴你這個消息，你就知道該怎麼辦。」

「當然，當然……太謝謝你了。」我用打火機點上他的菸，「你都淋濕了，到我那裡換衣吧。你一定也餓了。」

「不行，我得馬上走，明天還有急事。」他執意連夜趕回省城，只是臨走前找我要下了餘下的半包菸，稍有猶豫後連打火機一起塞進他的衣袋。

我回到電影公司的小房間，看看鬧鐘，離天亮還有四小時。我的第一步是緊鎖房門，拉上窗簾，燒掉身邊一切可能惹事的紙片。我總覺得時鐘滴答滴答跑得太快，相信很多事正在這時步步逼近，比如突擊審訊可能在這個雨夜繼續，抓捕名單可能在這個雨夜擴充，布控電話可能在這個雨夜打向四面八方，警察們可能在這個雨夜緊急出動，撲向那些睡夢中的人……祕密逮捕圖的不就是這種迅雷不及掩耳的大突破麼？縣公安局那座遠遠的大樓，還有三四個房間亮燈，更引起我的警覺。那裡的人為什麼還沒睡？他們在幹什麼？……（有意思的是，後來我了解的事實居然證實了這一點——那一夜省廳專案組人員確已驅車抵達這個縣城，比捎信的小竊賊快了一步。幸運的是，一場大雨造成道路泥濘困住了吉普車，加上縣局同行們執意招待酒飯，他們才沒有連夜下鄉去，給我留下了寶貴的時間差。）

早上八點正，我準時來到郵電局，第一個衝進營業廳，搶填長途電話申請單——當時長途電話都只能這樣打。我的慌亂肯定讓營業員奇怪。但我顧不上那麼多，第一個電話打向茶場，讓王會計立刻通知馬楠，「三姑要來看她了」——這是我與她約定的暗語，最高級別的警報。她一聽就知道該幹什麼。

第二個電話打出去了，第三個電話打出去了，第四個電話打出去了……最後一個電話是打給廣聯公社中學的莫眼鏡。這個莫眼鏡與馬濤走得近，是地下建黨積極分子，還曾把武鬥中的一支五四式手槍窩藏下來，雖打光了子彈，把槍丟到河裡了，但是眼下若查出這一段，不僅他要脫一層皮，馬濤也必然罪加一等。

通話的結果，是他此時不在學校。他的同事說他上午要看病，然後隨校長來縣城開會。這似乎證明他尚無危險。不過蹊蹺的是，這莫眼鏡一直無官無職，大頭兵一個，什麼會議輪得上他？

我對「開會」的說法放心不下，便去汽車站攔截。查了一下班次表，發現從廣聯來縣城的最早一班車是中午抵達，太晚了，太晚了，晚得有點玄了。我必須把攔截的位置前移，移到對方上車之前。

但這時已沒有開往廣聯的班車。

我只好立刻上路找貨車，在公路上竄來竄去，太想自己變成一個花姑娘，讓貨車司機們動心；太想衣袋裡有錢，讓貨車司機們對一張大鈔票動心。但這一切都不可能。我更不可能操一挺機關槍立在路當中朝天點射，把開車的嚇下車來，只能眼看著貨車一輛輛飛馳而過。經驗豐富的司機們，越是見路邊有人探頭探腦，越是把汽車開得飛快。

最後一著只能是爬車。我追趕的第一輛，呼的一下如炮彈出膛，只給我一個眨眼的機會，連車影子都沒摸上。我追趕的第二輛，嘩的一下濺我全身泥點，待我抹去臉上的零碎，目光重新聚焦，眼前只剩下一條空空的道路。一直走到三百五十公里路牌處，我才看出一點點門道，發現貨車減速的條件是：一，上坡；二，轉彎；三，載貨重。這樣，我選定一段上坡的彎道，在那裡等了片刻，終於等來一輛搖搖晃晃的運糧大卡。

破釜沉舟在此一舉。我一聽到汽車喘息減速，立刻從路邊躍身而出，拿出跑道衝線的瘋狂，把隨身的挎包首先扔上車廂——這相當於來一次豪賭：能上車則已，不能上車就一輸到底，挎包裡的鑰匙、糧票、手電筒、雨衣統統奉獻給司機，給你大爺盡孝吧——事實證明，這種自逼絕境的一招確實有效。賭徒一旦孤注一擲，腦子便是空白的，眼睛是充血的，兩腳不再屬於自己，爆發力不可思議。不知何時，我發現自己摸到了車廂板，扣住了車廂板，呼呼呼腳下生風，忽感一陣輕鬆——全身飄飛之際，腳下拉成一片的模糊路面已離我下沉。

謝天謝地，我的挎包算是失而復得。

到達廣聯時，我選擇一個上坡地段跳車，在路邊候車的人群裡一眼看見了莫眼鏡，正在與一中年人說話。他看見我，顯得有些奇怪，不知我為何出現在這裡。他身旁那中年人大概就是什麼校長，此時也不知發生了什麼，大概只是把我當作同行者偶遇的某位熟人，衝我點了點頭。

「我要告訴你一件事，你聽了不要慌。」我把莫眼鏡拉到一邊，「我不能確定現在有沒有人注意我們……」

對方已經緊張了，面容開始僵硬。

「看著我，看著我，保持微笑，保持全身放鬆，就像沒事一樣……」

遠處有汽車鳴笛，長途班車已駛近。這就是說，對方馬上要上車了。不過通氣和串謀無需太多時間，哪怕一分鐘，哪怕半分鐘，就已經足夠。

魂飛魄散的十幾個小時就這麼過去了。事後得知的情況是，共有七人在這一天來縣公安局接受訊問，其中三位的住處遭搜查。從警察話裡話外的跡象判斷，馬濤的有些事尚未暴露，幸好這邊的被傳訊者都有備而來，也沒放出多少料，特別是手槍一事提都沒人提，大概能蒙混過去。

這些人事後都來過電影公司，享受我的一包花生米，一盆豆腐乾，兩瓶白酒——算是我給他們壓驚，慶賀意味也在不言之中。

馬楠不知哥哥眼下到底怎麼樣，在我的房間裡急得哭了。蔡海倫在一旁盡力安慰她。我們商議的結果是，不怕一萬，就怕萬一，為了應對事情進一步可能的惡化，有些人最好避避風，到外地躲一段，比如她馬楠。

「我不走！」她連連搖頭。

「就算你相信你哥，但同案的其他人是否扛得住？」我盡量說服她，「你想想，只要證據鏈塌幾環，漏幾塊，案情就是查無實證。這對大家有好處。」

「我就是要他們來抓我，我不怕！」

「馬楠，現在不是逞英雄的時候。一切都要做最壞的打算。沒看出來嗎？這次來的警察非同一般，至少是省廳的，你以為是吃乾飯的？」

「他們能把我怎麼樣？不就是把我判刑嗎，把我槍斃嗎？我們什麼壞事也沒做。如果連這樣的人也只能死，那我就死好了。我陪我哥去死，像秋瑾、趙一曼、江竹筠那樣去死，砍頭也只是碗大個疤。」

橫到這一步，氣壯山河到這一步，我就顯得很小人了。結果，膽小惜命的丟人角色只好由我來勇敢擔當。第二天一早，送她們回鄉後，我在床前扔了三次硬幣，以正面為吉，以背面為凶，竟發現凶凶凶無一例外，嚇出了自己一身冷汗。我不能再猶豫，不能再猶豫，哪怕十個小人也得一口氣當下了，於是留下一張請假條，買了一張火車票，急匆匆去Z縣投靠一位朋友。

17

到底是誰告密？沒有人知道，但大家都在暗中打聽。馬濤下鄉插隊的W縣，離我所在的Y縣兩百多公里。那一次我從報紙上得知，W縣遭遇了一場特大暴雨。河流上游的水庫觀察員疏於職守，喝醉了，睡著了，沒發現洪水來得太快和太猛，形成了深夜裡的漫頂的潰壩。上萬噸固體般的泥漿翻騰跳蕩轟然直下，驚得方圓數里之內的老牛、小狗、老鼠、雞鴨、鳥雀一起嗚咽或號啕。

一個吊腳樓裡入睡的五位女知青，不解動物們的警告，連人帶房被洪流席捲而去。直到七八天後人們才在下游的漫長水岸，陸續找到一具具泥糊糊的遺體——其中便有閻小梅。

我串訪W縣時見過她，發現她身上可能有蒙古人血脈，身體高高大大，說話快人快語，有時還像男人抽上一支菸，特別是在辯論什麼時。

縣裡舉行了隆重集會，追思英靈，表彰勳業。據說小梅的父親出現在會上。這位風度翩翩的前駐外大使，反而為瀆職的年輕觀察員求情，希望有關方面不要重判。他說，他和妻子已失去了孩子，不希望另一對父母也失去孩子。

他只是帶走了一面鏡子，女兒唯一的遺物。

很多年後，我在一個知青網站上發現有人還在回憶這事。一位網友寫到小梅，說她當年外號「老佛爺」，是北京某中學紅衛兵頭，在鄉下時特別愛孩子，一旦發現村子裡有孩子失學，就叫上女知青們去孩子家，責問當事父母為何不重視教育，簡直是開批鬥會。另一位網友還說，小梅當年是了不起的才女，有一次在火車上迷倒一位男教授，對方到站了也捨不得下車，硬是聽她說完了幾部法國電影，到前面的車站再另外買票往回趕。但這個網站上沒人提及當年隔河兩岸知青們的交往，更沒人提到馬濤被密報一事——那封要命的舉報信，到底是出自小梅，還是出自小梅的男友，還是出自其他什麼人，大概都說不清了。是否真有密報這回事，看來也成了一個永遠撲朔迷離的疑點。

人們肯定都希望往事乾淨一些，溫暖一些，明亮一些。清明時節，知青網上也有祭奠活動，掛上了一些亡友的照片、簡介、悼文以及追懷者們獻上的電子花籃。我在這些照片中發現了沒入洪水的那五位花季少女。她們不失滿臉樸拙，如一棵棵白菜天使，水淋淋的動人，與時下的卡通女、野蠻女、職場女、小萌女、豪華女形成了鮮明對比。她們生活在一個沒有化妝品以及敵視化妝品的時代，一個生活尚未精裝化的時代，一個更靠近泥土的時代。

稍感意外的是，閻小梅的名下連照片都沒有，僅留一個黑邊空框。祭奠發起者這樣解釋：當年照相機很稀罕，留下的照片本就不多，何況她父母覺得女兒的照片太傷心，早就把那些黑白片全部毀了。

一個少女就這樣成了一個永遠的空框。

18

對不起，我們兩個並不合適，還是結束這件事吧。

這張字條赫然入目。隨這張字條送來的，有一支我送給她的口琴，還有我存在她那裡的全部飯票——意思已十分明顯。這件事發生在馬濤慘遭判刑之後，她回城打理她哥的一些事，剛剛回到白馬湖。

我不能相信自己的眼睛，怒氣沖沖地趕到食堂。「你什麼意思？什麼叫不合適？我不合適誰合適？」

馬楠正在大木盆前切菜，看了我一眼，低下頭繼續切出南瓜片，「我就是覺得不合適。你走吧，不要在這裡。」

「你……是不是怕你哥連累我？」

「我有別人了。」

「騙人！」

「我一直在騙你，」她投來冷冷一瞥，「你還不知道？你走吧。你要是再來糾纏不休，我就要報告領導，揭發你的一肚子壞水！」

我氣昏了頭，覺得眼前這個人完全陌生——一部像模像樣的愛情片，到頭來怎麼突然變成了批鬥會？

她以為自己能騙人，其實她才是最好騙的，一騙一個準。多次交涉無效後，一封假遺書，無非是從書上抄來一些要死要活的話，無非是失戀者誇張的上天入地來世前生一類，寫得淚巴巴血淋淋的，被我蓄意留在枕下（好像還沒寫完），蓄意讓同室的二毛翻到（他喜歡翻找我的香菸），蓄意讓他立刻去傳給馬楠（他們之間的關係不錯）……接下來的情況不出所料，她以為真要出大事，衝上來擂了我兩拳，哭歪了一張臉。

她捣住這張臉，一口氣說出了真實隱情——其實是我不願聽到的，後來一次次後悔自己費盡手腳去打聽的。生活中有很多祕密，其實應該像地表下的地核，隱在萬重黑暗的深處，永遠不見天日。

流星在頭上飛掠，我現在該往下寫嗎？星空在緩緩旋轉，我現在該往下寫嗎？月光下的山那邊似乎就是世界邊緣，是滑出這個星球的最後一道坡線，我猶豫的筆尖該往哪裡寫？馬楠，原諒我，我不該套出你的故事。

這個故事其實並不複雜，甚至有些乏味。這樣說吧，她哥在一個勞改農場服刑，好幾次寫信回家，希望家人幫他陳情申訴，也需要家裡給些錢。勞改地在湖區，那裡的冬天太冷太潮，他需要皮褥子和大棉鞋。獄中的飯菜也太差，他需要奶粉、肉腸以及囚犯自費的「加餐券」。作為一個「現行反革命犯」，他在交付群眾遊鬥的那一階段飽受拳腳，至今還常感腰痛，左眼視力模糊，身上有好幾處內傷。他雖當上了獄中的文化教員，可以少幹一些重活，但身體恢復看來還是遙遙無期。沒辦法，為了盡快恢復體力和思考力，他需要西洋參、蜂王漿、魚肝油丸——據說一種產地澳洲的鯊魚肝油特別好，是一位獄醫告訴他的。

母親傾囊而出，賣了壓箱底的玉鐲子和金戒指，把僅有幾樣家具也送入了典當行。馬楠還一次次去賣血，為了規避短期內不可賣血太多的醫院規定，每次都是跑三四家醫院，報上一些假名，大喝白開水，然後要醫生多抽一點，再抽一點，無論如何再抽一點……直到自己頭昏眼花，出門時一步踏空，暈倒在醫院門前。

即便如此，錢還是不夠，不久前她去探監，帶上了奶粉什麼的，但還是缺三短四。馬濤瞪大眼，發現沒有魚肝油丸。「你得明白，從某種意義上說，我是一個屬於全社會的人。」

「哥，很對不起……」

「我不需要你們憐憫，明白嗎？」馬濤焦急得做了幾個旋脖子的動作，看天的動作，「我再說一遍，你們怎樣做都對得起我。我可以吃糠，可以吃爛菜葉，餓死也算不了什麼。我只是可惜有些事，比如偌大一個思想界的倒退，也許是十年，也許是二十年。」

「哥，我們盡力了，我們都快急死了。」

「我知道你會這樣說。」

「哥，我們會再去想辦法……」

「你走吧。」

「哥，請你原諒我，沒把事情辦好。聽說有一種國產的魚肝油，品質和效果也不錯，我不知道……」

「不要說了，你回去吧。其實你們以後都不必來看我，你們可以忘了我，過好你們自己的日子。」

「哥，真的，家裡情況你可能也知道。能找的人我都找遍了……」她本來想說說母親的手鐲和戒指，但說不出口。

「你不要說，不要說，我知道你找了哪些人。」對方有一種恨鐵不成鋼的氣惱，平了平氣，轉入耐心的啟發。「楠楠，你努力了嗎？當然努力了。你辛苦了嗎？肯定辛苦了。但我向你說過幾乎千萬遍，那些小布爾喬亞的書生無足輕重，脫離人民的孤芳自賞者注定一事無成。人民，才是真正的力量所在，真正的智慧所在，是一切辦法中最大的辦法，是取之不盡用之不竭的財富源泉，是任何人也不可阻擋的滾滾洪流。如果你覺得孤苦無助，不是人民的問題，是你自己的問題。明白不？」

雖然穿一件髒兮兮的囚衣，顯得有點人瘦毛長，但哥哥依然目光炯炯，說話仍是有腔有板，充滿了面對講堂的渾厚和沉穩，每一句清晰得可供記錄、錄音、錄影，很合適進入歷史檔案。

他上身靠後，微瞇雙眼，再次意味不明地冷笑了一下，走出腳鐐的嘩嘩聲，把身後的妹妹拋棄在茫然中。

「一四五號，你還有時間。」門邊一位警察提醒他。

他沒回頭，腳鐐在鐵門檻撞出咣噹一響。

「一四五號，你的東西帶走。」警察把查驗過的一大包扔過去。

可憐的政治犯就沒打算問一問母親？也不打算問一下姊妹們以及朋友們的情況？也不打算知道大家是如何為他焦急、奔忙以及奉獻？……十分鐘的探視，在這裡其實更像一場伸張權利的逼債。在囚禁與未囚禁的兩方，在受難與未受難的兩方，在負傷和未負傷的兩方，地位立見高下，沒什麼平等。這裡的手銬腳鐐無異於鐵證，自證了高貴，自證了威嚴，自證了情感的最大債權，勝過一萬個理由，使馬濤的任何指責都無可辯駁，任何要求都不可拒絕，任何壞脾氣都必須得到容忍和順從——對方只能心慌自責。如果妹妹在他面前有一點抱屈，有一點聲辯，有一點商榷時的齟齬，那不成了落井下石和助紂為虐？一旦時過境遷，局外的人，後世的人，包括抱屈者自己，難道不會一致認定這種抵賴債權的萬分可恥？

她只能吞下苦鹹的淚水，抱住哆嗦的雙臂，走出冷冰冰的探視室。

她依照哥哥的指示走向人民。但舉目茫茫，誰是人民？人民在哪裡呢？是伸手的乞丐？是拉車的大嬸？是撿破爛的老頭？還是拎一只鋁壺送開水的車站服務員？……她在火車站候車室裡看來看去，目光最終落向一位漢子。那人牙齒白臉皮黑，身上穿得很破舊，顯然是那種下層苦力。高個，長條臉，後腦板削，嘴唇厚厚的，很像一個和泥帶土的山藥疙瘩，應該叫「二順子」或「大寶哥」吧？但馬楠剛搭上話，對方就眨眨眼，問她要不要黑市上的布票和糖票，讓她吃了一驚。她去給對方打一杯開水，回來時發現人沒了，自己的提袋也不翼而飛——她開始以為是開玩笑，但找遍候車室內外，才知沒人開玩笑。天啦，一個好端端的山藥疙瘩怎麼會這樣？這光天化日之下還真有見財起心的歹徒？

她怒不可遏，鐵了心要找回提袋，在車站周圍的街尾裡四處搜尋，不料山藥疙瘩未見蹤影，倒是自己被一個彪形大漢緊緊盯住，把她逼到一個廢橋洞。不知為什麼，在要命的那一刻，在那個無處可逃的死角，對方獰笑了一陣，在目光對峙中終有一絲慌亂，吐下一口唾沫，走了。

她這才冒出一身汗，發現自己全身軟得邁不開步子。

她只能再次求助一位以前的鄰居。說實話，她最怕見的就是那位副主任。對方確有官場關係，能把她哥調入條件相對較好的勞改農場，甚至還答應借錢。申訴一事也能進入他的考慮吧？但副主任每次握手，目光總是停留在她的胸脯和大腿，抓住她的手照例久久不放，有一次還色迷迷地說：

「小楠呀，你哥犯的是大案重案。我這樣做，有很大風險的哦。」

「徐叔叔，我明白，你是我們家的大恩人。」

「你是個聰明孩子，該知道如何謝我吧？」對方笑了笑，擠了擠眼睛，把她的手暗暗捏了一把。

「徐叔叔，你每次握手都這樣嗎？」

「怎麼啦？」

「握得我有點怕，手心出汗了。」

「小楠，小楠，你真是太單純了。二八姝麗麼，怎麼還像個孩子？」副主任哈哈大笑，在她臉頰上輕拍一下，扔給她一片鑰匙——她後來才知道，那是對方的一間閒置房，離他家不太遠。

她不明白這片鑰匙的意思。「有時候也可放鬆一下麼，快活一下麼……」對方是這樣說的，落音之際還擠了擠眼皮。她事後把腦子拍了三五輪，在幹活時發呆五六次，總算猜出了這裡的暗示，禁不住自己一身冷汗——這就是她後來再也不見對方的原因，一聽到那個名字也渾身發抖的原因。

但她眼下能怎麼辦？她不能再逼母親，不能再逼大姊和二姊，更沒勇氣在朋友面前張嘴或去商店裡打砸搶。一分錢難倒英雄漢，事情已到山窮水盡的地步。街上的一輛輛卡車緩緩駛來，每輛車上都有一些五花大綁沿街示眾的罪犯，一律掛上了木牌：「反革命犯」「盜竊犯」「投機倒把犯」「壞分子」……車上高音喇叭裡的口號聲震天動地，「橫掃一切牛鬼蛇神」一類聲聲入耳。

突然，她看見有一個低頭的罪犯很像她哥。她擠擦一些陌生的肩膀，追過一個路口，好容易靠近了那輛卡車。謝天謝地，那不是馬濤，是另一張陌生的面孔。

但哥哥也會在閃閃的步槍刺刀下掛牌吧？也會這樣被惡狠狠的民兵揪住頭髮吧？也會在另一場合被揪得臉部翻仰嘴巴大張吧？……又一陣口號聲浪把她驚醒。她不敢往下想，頓覺眼下自己的自由太奢侈了，太墮落了，太可恥了。一種自由的旁觀簡直是罪惡。一種自由的猶豫、害怕、委屈以及計較簡直是冷血的見死不救。她怎麼能這樣？大不了就是一死麼。既然她連死都不怕，那還有什麼放不下？如果在剛才那個橋洞下她被對方收拾了，不也就那樣了？

她突然覺得自己放下了，輕鬆了，無所顧忌了，在商店櫥窗玻璃前理一理頭髮，一口氣趕到副主任所在的辦公樓，敲響了三樓的一張門。

一個祕書模樣的人過來告訴她，徐副主任今天不在。

「他怎麼不在？」

「好像出差了吧？我不太清楚。」

「不行，不行，我一定要找到他！」這口氣聽上去有點急不可耐，有點深夜裡全力以赴唯恐錯過了末班車的味道。

對方打量了她一下，把她帶到電話機旁，一連撥出幾個號碼，總算逮住了目標，然後把話筒遞過來。

「徐叔叔，我是楠楠……我是來拿鑰匙的。」

她聽到了話筒裡靜了片刻，然後是輕輕的笑聲。

19

我出現了幻覺，一眼識破了他們的狼子野心。他們當然是串通了要算計我。他們吃飯時如常說笑，當然是故作輕鬆在掩蓋什麼。我的臉盆不見了，似乎與屋簷下的兩只麻袋有關係。麻袋準備用來裝什麼？裝了以後是否要往河裡扔？第二天，我發現屋簷下麻袋不見了，但多了一些草繩，那麼情況當然更為可疑。草繩準備用來捆什麼？什麼東西才需要捆綁或者緊勒？

終於，我一舉揭穿了孝矮子的真面目。我沒唱歌，他為什麼要誣我唱歌？我沒睡覺，他為什麼要誣我睡覺？還誣我假裝睡覺？還誣我假裝睡覺時撓了鼻子？就在他氣急敗壞即將出手的剎那，我一扁擔撲掉了他行凶的耙頭，撲得他爬起來屁滾尿流往坡上躥。「小雜種，哪裡跑？」我揮舞扁擔追上去，只是不知何時兩眼一黑，失去了知覺。

醒來時，發現自己躺在床上。

從人們嘴裡得知，我當時如有神助，再尖的碎石也能踩，再寬的水溝也能跳，結果從兩人來高的斷崖飛下來，把自己當成了一隻鳥。我的腿上因此拉開了一條大口子，一個大腳趾翻了指甲，血肉模糊。

不過，人們說幸好這重重一摔，把我身上的勾魂鬼摔掉了一大半。梁隊長找來鮮牛糞擦揉我的胸口，把陳醋燒開，加上幾口唾沫，灼燙我的後頸。他還派一個婆娘提一件我的襯衣，到湖邊去敲鑼，到處喊我的名字，加上「東風」什麼的、「南風」什麼的、「西風」什麼的、「北風」什麼的咒語——據說是給我「喊魂」。吳天保也來過了，看一看我頸後的燙痕，說這傢伙挑擔子是不行了，踩水車也不行了，去水家坡守秋吧。

我知道這是他的照顧。「守秋」就是看守地上正在充漿結實的紅薯、花生、旱稻等，防止野物侵掠，算是比較輕鬆的差事，一般只交給老年人幹的。

這樣，我就來到了水家坡，一個經常落雷的地方。

在本地人眼裡，雷劈者最為可憐，小命不保，還名聲可疑，好像做過什麼歹事終遭天懲。自多年前有一次三人同時死於雷禍，這裡的農戶悉數遷出，只留下一些雜草叢生的斷壁殘垣，還有一個空空的山谷。

這裡的上百畝田土不能浪費，劃撥給茶場後，便成了茶場的一塊飛地，距最近的工區也有七八里。野雞、野兔、狐狸、野豬、猴子是這裡的常來之客，總是沿著秋收的美好氣息前來覓食，其中野豬長鼻子最靈，能嗅出地下的竹筍、土豆、紅薯以及絲茅根，一些人眼莫及的東西。牠們鐵嘴如犁，相當於快速翻地的重裝備，可把田埂和坡牆一舉鏟平，鬧一個天翻地覆。大概是覺得筵席豐盛，牠們越吃越刁，學會了去粗取精和挑肥揀瘦，吐出的穀渣和紅薯皮一堆又一堆，實屬厚顏無恥。

我重要的工作之一就是四處投放屎尿，最好還能到處揮灑汗水和唾液，留下各種人的氣味。在這裡，人的氣味就是防線，就是警告，新鮮氣味更是毒氣彈和地雷陣，能使野物們嗅到人類的凶險和強大，縮手縮腳的不敢貿然越界。

我的另一項工作就是夜裡敲敲鑼，或放兩三個鞭炮，或時而男聲、時而女聲、時而京腔、時而方言的喊上一陣，製造人多勢眾的假象，阻嚇各路來犯之敵。一般來說，野豬擅長防衛，豬窩大多是亂枝結成的木籠，堅硬結實如堡壘，不能不令人驚歎。牠們也擅長攻擊，特別是游擊戰閱歷豐富，常有一些聲東擊西的詭計。不過，這些豬八戒畢竟肚大腦小，有時明明只嗅到一個人的氣味，但還是被自己的耳朵所騙，以為這裡屯兵眾多。一聽到耳生的普通話和外國歌更是遠遠的不敢造次。即便餓急了，眼紅了，忍無可忍了，也只是縮在草叢裡來一番憤憤的嘀咕——

「你呢你呢你呢」的聲音，聽上去有點像第二人稱問候。

給原有的哨棚加些草，再支上一張網床，往坑灶裡架上鍋，事情就算開始了。我守望這一片盛滿鳥鳴和蝴蝶的山谷，目光撒開來向前奔騰，順著坡線呼啦啦抬高，一飛沖天全面展開，狂攬藍天白雲下的連綿秋色，完全可以把自己想像成九五至尊的帝王。

大海航行靠舵手，
外婆出來曬太陽（原句：萬物生長靠太陽）……

另一首是：

我們走在大路上，
手裡拿著一支冰棒（原句：意氣風發鬥志昂揚）……

一些歪歌可在這裡大唱特唱。一些平日裡不敢說出口的話可在這裡大喊特喊，激起轟隆隆的回聲。這一種想躺就躺、想叫就叫、想罵就罵的日子，讓人一吐五臟六腑之濁氣，確有幾分愜意。

困難是後來出現的。首先是山螞蟥。這裡的山螞蟥特別多，總是悄悄地倒立於草葉，一見目標便屈身如弓，一個大跨度彈躍，撲上來偷偷吸血。這些混蛋小如火柴桿，吸飽血以後就粗若筷子，留下的傷口還不易癒合。儘管我用柴刀把哨棚周圍十幾步內的野草統統砍除，身上還是免不了常有血痕。

接下來是蛇，即本地人說的「長蟲」。大概是秋夜生寒，長蟲們都在尋找熱氣。我晚上入睡前必翻一翻墊褥，早上起床後必倒一倒鞋子，防止銀環蛇一類在這些地方盤踞取暖。有一次，聽到身後不遠處有嗞嗞嗞的聲音，我用手電筒一照，發現一條眼鏡蛇冒出草叢正在向我窺視。幸好那張大癟臉也吃了一驚，後來不知去了哪裡。我只是在牠的藏身之處找到一窩長蟲蛋，但也不敢吃。

更可怕的是風雨。在工區時是天天盼雨，讓自己有個理由睡覺。眼下卻是一見陰雲就緊張，一聽到雷聲就叫苦，因為哨棚太簡易，一陣狂風就能把草蓋掀翻，把蚊帳刮走，讓被褥、枕頭、衣服等全泡在水裡。特別是夜裡，天地俱黑，雷電交加，豪雨瓢潑，草蓋垮沒垮都差不多，身上披沒披塑膠布也都差不多。我在濃密的黑暗裡什麼也看不見，只覺得自己在一種分不清上下左右的黑暗中無限墜落，被千萬重黑暗掩埋得透不過氣來。一道閃電劈下，四周的山影和樹影突然曝光，突然白熾化，如魍魎魑魅全線殺出——我免不了發出一道失聲的尖叫。

我只能憑藉扣住木柱的手感，憑藉摸到泥土或草葉的手感，知道自己還在，還活著，還活在地獄的某一角落。我怎樣做都是白費力，只能橫下一條心，看這個天怎麼塌，看它能塌到哪裡去，看它塌一千次又能怎麼樣。嘿！老子今天乾脆什麼也不做了，就同你死拚一把，睡它一個淋浴覺就不行嗎？

好容易等到了天明，等到了鮮潤的陽光。雨後的難事就開始了。不僅需要重建哨棚和晾曬衣物，還有毒氣彈和地雷陣的失靈讓人頭痛。人的糞味、尿味、汗味等被大雨一洗而盡，重要路口全面失守。一個人的排泄在這時肯定不夠。此刻我望眼欲穿的，一是客人，二是客人，第三還是客人！一個採藥佬，大概姓金，以前常來這裡。兩三個牛販子，也偶爾趕上各自的牛群路過這裡。我最大的願望就是這些偉大的救星出現在山口，在這裡留下更多的氣味。不好意思，我還曾眼巴巴地盯住牛屁股，直到牠善解人意地支起尾巴，拉下一大堆，而且一頭牛開始拉，其他牛受到啟發，紛紛加以響應——水家坡的節日就到來了，因為野豬們深知人與牛馬的親密關係，對牛糞馬糞的氣味也疑懼不已有所退避。

「我這裡有豬油，有辣椒和絲瓜，你吃了飯再走麼。」我曾一個勁地挽留採藥佬，害怕他起身離去。

「今天還得去看外孫。」

「吃飯也不耽誤你什麼。」

「嗯，天不早了。」

我無可奈何地看著他身影遠去，痛恨他剛才吃了我的花生和紅薯，抽了我的菸，竟無半點氣味的回報。

老傢伙，你至少也得吐幾口痰吧？

這裡太偏僻了，咳嗽和腳步聲幾乎都是形影相吊的，一聲聲獨霸四方的。我就算把金元寶丟在路口，也不會有人取走。我就算在哨棚裡死一百次，也不會有人前來探望。我這才相信，寂寞，漫長的寂寞，無邊無際的寂寞，能把人逼出病來。我發現自己在哨棚周圍轉遊好幾圈，卻不知要幹什麼。不知何時，我發現自己已把一隻七星瓢蟲看了十幾遍，於是牠不再是瓢蟲，儼然就是一妖婦，五彩羅裙勾人魂魄。我發現自己把一隻花腳蚊子也看了幾遍，於是牠不再是蚊子，活生生就是一超大的戰袍騎士，既能跆拳道，又有花劍功夫，還有三十馬赫以上的飛行動力，一陣之字形的激情飛繞之後，最後立於我的手臂，謝幕的芭蕾動作讓人著迷——我是不是再次瘋了？

雨後的空氣特別透明。呼啦啦的流星雨掠過，如曳光彈紛紛來襲一片無人陣地。無邊無際的星空壓下來，壓下來，再壓下來，深埋我的全身。一層銀色的星光濕漉漉和沉甸甸地打手，在林子裡到處流淌。最早閃爍的一顆星，比往常體積倍增，是掛在草蓋一角的大鑽石，甚至閃爍在我的蚊帳裡，垂落我的睫毛上。在這樣一個遭到群星磨擦乃至重壓的地方，壓得我透不過氣來的時候，我做了一個夢。

夢中的我，有點飄，有點閃，有點稀薄，似乎行走在都市廣場，手臂被別人輕輕一撓。回頭看，沒發現什麼，只見一個男人的背影，有點像採藥佬的駝背。細心地再看看，才發現那男人腋下有一只大挎包，沒扣好的包蓋下，冒出一個小腦袋，毛茸茸的，粗拉拉的，又像松鼠又像無尾熊又像兔子。

天啦，我沒看錯吧，那雙眼睛卻分明有幾分熟悉，清澈而濕潤——馬楠的眼睛。

剛才是她用小爪子撓了我一下，讓我知道她也在這裡，讓我知道她認出了我，一聲招呼到了嘴邊。

我的心在發緊。馬楠，馬楠，你怎麼在這裡？你為何成了一隻松鼠，有了滿臉和滿身的鬚毛？怎麼裝入一只帆布袋任人擺布？怎麼挎在一個老男人的腰間離我遠去？你偷偷撓一撓我，是因為你認出了我，但你已不能說話也不願說話？我們避人耳目地偷偷地聯絡一下，是忘不了往事，但又只能認命，無法改變你被隨意賣掉的日子？我們之間橫隔了幾十年、幾百年、幾千年、幾萬年，早已遙不可及。那麼在擦身而過之際，在無望再會之時，在人頭攢動車水馬龍繁花似錦的這個街面，你實在忍不住了，只能以一個幾無形跡的問好，暴露你曾經為人，曾經有愛，曾經有委屈，黑幽幽的眸子裡也隱藏了一份往世前生……

我醒過來了，發現自己淚流滿面。

我本來以為這一篇已經翻過去了。她已退還了口琴和飯票，我也很久沒再見到她。在路上遇到，雙方只是點頭而已。在食堂裡隔著窗口打飯菜，雙方的目光更是不再交會。但夢中的苦鹹和冰涼的淚水撲面而來，告訴我事情還遠未結束，骨血中隱藏的痛感遠在自己的意料之外。

「馬楠——」

我一躍而起，頂得滿天星星紛紛搖晃和墜落，衝著對面山影的曲線大喊了一聲。

這一喊我就明白了。馬楠，原諒我，我的小辮子，我的黑眼睛，我怎麼能讓你走？怎麼能讓你成為一隻松鼠？你得做我的老婆，老婆，老婆。你明白嗎？我要睡你！我要你生孩子！我要你做孩子他媽！我要你嫁雞隨雞嫁狗隨狗！你明白嗎？馬楠，我要你以後天天等著我回家，天天給我做飯，天天給我涮碗，天天給我疊衣服，天天給我洗襪子……

我不知自己喊了些什麼。

我狂亂地敲鑼，肯定把山谷裡的野物嚇得四散驚逃。

20

隆重的慶典正在這個山谷裡舉行。影響遠及後世的偉大事業正在開啟。她沒再阻擋我的手，任其猖狂地推進，撫過她光滑的肩頭，撥開了她乳罩的扣子，伸向她不算太大的乳房，還有結實豐滿的腿（像男孩子），兩腿間的鬚毛（好像不該有，有點讓人驚慌）……在一片花生和紅薯的成熟氣息裡，月亮是我們的，樹林和群山是我們的，滿天擠眉弄眼的星斗也統統是我們的，一下傾倒在我們下面，一下翻升在我們上面，天花亂墜，叮叮噹噹。

緊要時刻出狀況。我的下體居然毫無反應，一直是棉花條。

「沒關係，你可能太緊張……」她安慰我。

「怎麼會呢？」我急出了一身汗。

「你累了……」

「不可能！我什麼也沒幹，今天特地多吃了兩碗。」

「那就是我不好。」她把頭埋在我臂膀裡，聲音有些異樣，透出某種恐懼和絕望。「你說你不在意，實際上你還是……」

我的汗水更多了，「胡說！這與你有什麼關係？」

「肯定有關係，肯定……」

「笑話，我肯定行，我不可能不行，我今天還非行不可……」但事情往往是這樣，越急越亂，越亂越糟，我把吃奶的勁都使出來，向自己下達一道道命令，逼迫自己全身動員雄風大振投入決戰，但那傢伙依舊軟塌塌，蹭過來蹭過去，還是無功而返。這真是讓人顏面掃地。我長嘆了一聲，懊喪地坐起來抽菸。

「不要緊。就這樣吧。這樣就很好……」現在輪到她來安慰我了。她抓住我的一隻手，讓這隻手落在她的乳房，滑向她的下腹。她的舌頭在我肩頭上下輕舔，大概想舔掉我的焦躁和愧疚。

一個恥辱的初夜就這樣平靜地過去。我們只能用撫摸相互釋放安慰，於是我知道她身上很多瘀痕，據說一碰就青一塊，不容易消褪，幹起活來防不勝防。她整個身體幾乎是一件易碎的青花瓷。我還知道她左腹有一道傷疤，據說是五歲時留下的。

當時三個男孩欺侮她大姊，她衝上去擋在大姊前面，被一個男孩拉扯和推攘，跌下一個坡，扎在一個破酒瓶上。這就牽出了大姊的故事。大姊是她一直崇拜的女王。令人稍覺納悶的是，自大學畢業分配到外地後，大姊幾乎沒有給她寫過信，甚至沒回過信，就像忘記了這一個妹妹。也有沒忘的時候。有一次春節團聚，大姊與大姊夫說起他們的新婚準備，說到他們置辦的腳踏車、縫紉機、手表，即當時流行的「三轉」，算是有個模樣了，唯一的遺憾是尚缺人們說的「一響」，即收音機。大姊摟住她笑了笑：「楠楠，你那個收音機給我吧。你在鄉下當農民，反正也不需要知道什麼國家大事。」

「沒問題。」馬楠想也沒想就答應了。

她為大姊的婚事高興，不可能拒絕女王的要求。不過，大姊兩口子拿到收音機時的相視一笑，讓她覺得不無奇怪。他們在交換什麼眼神？他們似乎預謀過什麼，會意了什麼，不然為什麼要偷偷交流一下成功的喜悅？直到很久以後，馬楠才驚訝地得知——總是晚一拍地得知——他們各自享受的大學畢業生工資，是將近自己的十倍。馬楠還聽說他們已闊綽得玩起了照相機和草原旅遊，這才稍感一點刺痛。是的，妹妹是個低賤的農民，不配照相機，不配草原旅遊，甚至不配聽一聽收音機裡的新聞，但妹妹就愚蠢得需要你們機警地交換眼神？就需要你們躲躲閃閃地努嘴唇或支眉毛？就不能坐在你們身邊，聽你們大大方方爽爽朗朗地說一下婚事？

夜很長，二姊的故事也進入話題。二姊最近一段火氣大，對馬濤入獄一事氣憤不已，幾乎鬧到公開聲明脫離關係的程度——其實家裡常有這種風波。父親生前一直鼓勵子女們大義滅親，站穩「革命立場」，切不可把反動派當作同情、禮貌、尊重的對象。他禁止孩子們去看望那位當過地主的姑姑，不就是這樣嗎？他禁止孩子們談論那位當過舉人的爺爺，不就是這樣嗎？到最後，聽說馬濤在學校裡貼大字報，痛斥父親這位「舊官僚」，積極靠攏黨組織，父親反而高興了好半天。說不定，倘若兒女們在公眾場合給父親踹一腳，啐一口，煽幾個耳光，反而會讓父親更高興呢。用自己的傷痛換來兒女們的政治加分，讓兒子們一路踐踏自己走上光榮的革命大道，含淚的父親有什麼捨不得？

家裡的抱怨和爭吵越來越多了——儘管這種父親期待的對抗並無什麼結果，兒子成績再好，最終還是就讀一個破學校。

眼下，二姊怨完了馬濤，還怨上了馬楠，似乎馬楠如果懂事一點，不那麼瞎起鬨，在旁多扯一扯衣袖，馬濤就不會走那麼遠。眼下好，全砸了，天塌了，一個在押的反革命犯連累全家，整得她在學校裡抬不起頭，獲獎和晉級統統泡湯。

說到氣憤處，她又抱怨這個家不像個家，老的害人少的也害人，陰風習習的，一進門就是進了冰窖，只有一條條冰凍魚。她前不久過生日，家人居然沒有一句生日祝賀（馬楠事後怯怯地想起，自己過生日也從未收到過二姊的問候)。再說母親是她一個人的母親嗎?其他人什麼時候把母親放在心上了(馬楠事後想來想去,覺得自己確實出力不多,但母親的棉衣、棉鞋、棉被不都是自己在鄉下置辦的)?

這一天,二姊得知妹妹一位同學的父親,是火車站管票的,便讓她去求購一張臥鋪票。火車票特別緊張。馬楠好容易把事辦成了,興沖沖趕回家,不料二姊一見車票便沉下臉,「怎麼是上鋪?」

「上鋪已經很不容易了。」

「不行,我這是給校長買的,怎麼送得出手?」

馬楠愣住了。

「你趕快去換。」

「二姊,人家說這張還是想盡辦法才摳出來的。」

「人家當然要那樣說,你信呢。」

「人家還說了,下鋪只有六天以後的了。」

「六天?人家是出差開會,又不是去看猴戲。」

馬楠再次欠下了重重的一筆。

問題是已經沒時間了,明天是假期到點必須返鄉的日子,何況眼下夜已深,公共汽車收班了,同學的父親也回了家,她怎麼去找人?找到人以後又怎麼去車站窗口辦票?……但二姊似乎被一個上鋪激怒,沒工夫想到這一切,更沒想到剛進門的妹妹尚未吃飯。「不能換就退,反正你得去,反正我丟不起這個人。」她去打水洗腳時甚至嚷嚷:「你辦不成就早說呵,我就去找別人辦。你這不是誤我的事嗎?」

馬楠已被鎖定，已被掐死，毫無逃脫的可能，只得重新穿上棉襖，紮緊圍巾，換上雨鞋，毫不猶豫出門而去。她一個人走過空無人跡的公車站，走過幾無人影的跨江大橋，走過只剩下一地路燈餘暉的街道和廣場，在燈下一次次拉長自己的影子又一次次縮短自己的影子。最後，她幾乎穿越大半個城市，在鐵路局宿舍的一張門前，鼓足勇氣敲響了門——她明白，此時的打攪實在過分。她恨不得甩自己一個耳光。

但她能怎麼辦？

也許是她全身發抖的可憐樣，是她丟人的兩眼淚流，讓開門人動了惻隱。接近天明的時分，她懷揣一張下鋪票從火車站走回家，發現母親的身影還立在路口，在一盞路燈下孤零零地等她。她成功避開路燈，沒讓母親看見自己的淚水，也沒一頭撲進母親懷裡——她太想那樣哇哇哇地大哭一場。

天更亮了，馬楠收拾行李動身返鄉。從無送別習慣的母親不知何時換上了雨鞋，取來了雨傘，一個要出門的樣子。

「媽，你不用送。」

「我反正要去買豆醬。」

母親還是執意出門，陪她走向火車站。公車並不太擠，但兩人都說車上擠，於是越過一個個車站一路步行，也不大言語。

「媽，回去吧。」

「嗯。」

「太遠了，你回家還是坐車，不要走路了。」

「嗯。」

「你快走吧，天快下雨了。」

「沒事，我到前面找一找豆醬。」

馬楠看見母親的一臉平靜，看見母親雜亂的頭髮和磨破的袖套，忍不住心裡一酸。她知道母親心裡在想什麼，但母親不會說的。她知道母親心裡的話多得沒法說，也說不清，因此只能一路長送，在她記憶中留下最溫暖的一段。長寧街、中山路、小武門、桂花園、迎賓路……後來都成了她忍不住一次次回味的節日巡禮。出門前，母親給她整理髮夾時襟懷裡湧來的某種氣息讓人難忘，母親清涼的指尖更讓她驚心。早知如此，她一夜勞累又算得了什麼？如果每次都吸吮這樣的氣息，她為二姊跑上十趟百趟也心甘情願吧？

她不敢回頭。她知道，在剪票口的那一邊，母親抬過手了，返身離開了，其實還隱在熙熙攘攘的人群裡偷偷朝這邊打望，目光落在她正在步步登梯的背影。她得忍住，得忍住，不能回頭，她必須扛住滿背的目光，死死地強拗脖子和偏扭臉面，裝出不知道也不關心身後一切的模樣，否則她就會在崩潰的一刻淚如潮湧，哭塌整個搖搖晃晃的車站大樓。

終於登上最後一級階梯了，拐過牆角了，背上的目光漸漸凋落而去。她突然緊緊抱住一個圓柱，為自己背上的輕鬆失聲痛哭。

21

「小布，你怎麼不說話？」

「沒什麼。」

「小布，我有點後悔。」

「為什麼？」

「我可能不該說這些……」

「為什麼？」

「我怎麼……就忘不了這些事？」

「忘不了，就忘不了吧。」

「我是不是很小氣？是不是很計較？」

「換上我，也會。」

「我很怕。」

「不要怕。」

「我會變壞吧？」

「什麼叫變壞？就算變，也沒什麼吧。」

「我怕。」

「你不會變壞。」

「我的意思是，我不願像他們那樣。」

「我們可以不像，沒關係。」

「我怕我做不到。」

「我們能。」

「我怕我會受不了，我會灰心。」

「忍一忍就好。馬楠，有人欺騙我們，我們不欺騙。有人侮辱我們，我們不侮辱。有人傷害我們，我們不傷害。這也很簡單。」

「問題是，太難了。」

「是有點難。事情可能是這樣，戰勝一個人很難，但最大的戰勝是不像對方，與對方不一樣。這就更難。」

「小布，你要幫幫我。」

「我能幫嗎？」

「你已經是我的人了，你必須，你應該。」

「我試試。」

「你要幫我。」

「我會。」

「其實，我並不怨他們，不想說這些，不願意想這些。我還想過的，如果有來世，我還願意與他們成為一家子。」

「你願意？」

「我想過了。我還願意。」

「為什麼？」

「我不知道……」

「我知道，你是心疼他們……」

「也許是吧。假如有來世，我還會去找他們，滿世界地找他們。我說不出什麼理由，但我認識他們，熟悉他們，因為他們臉上有爸爸的影子，有媽媽的影子，還有我的影子。他們都是我們家的東西，很容易辨別的。」

「馬楠……」

「小布，你哭了？」

……

多少年後，我其實並不能確定我與她有過這樣的對話，不能確定有過這樣一個山谷裡的初夜。我也不能確定那個夜晚自己是否活見鬼了，當時全身發涼，腿腳有些麻木，陽具和陰囊內縮得厲害，自己在褲襠裡怎麼也攥不住，怎麼也攥不回來——這就是本地人傳說的「縮陽」吧？幸好馬楠不知發生了什麼，在黑暗中不知我的哆嗦別有原因。

我早就從本地人嘴裡聽過這種怪事，傳得神乎其神的，據說總是群發性爆發，鬧得一兩個班的男生們突然間大驚失色，搗住襠部跑出教室，跳踉不已大呼小叫，要靠成人們前來七揪八攥，還要敲鑼鳴炮，叩天拜地，祈得神鬼之助，才能讓少年們的褲襠裡逐漸恢復正常。我不會也是被某種邪魔盯上了吧？我不是一個輕易迷信的人，對「縮陽」一說從來不以為然，權當一個笑話而已。萬萬沒想到，這種白馬湖流行性的恐怖偏偏說來就來了，居然降臨在我的初夜，使我的終身大事一開始就蒙上不祥的陰影。

這樣的夜晚是什麼意思？這個夜裡天邊那一瓣毛茸茸的紅月亮是什麼意思？

22

這時，一個黑影悄悄來到我們身邊，襲來一股熱呼呼的臊味。

可以說說牠吧？既然想起來了，為什麼不說？

雙眼皮，深眼窩，翻鼻孔，一張嘴便如巨蚌裂成兩瓣，還未成年卻有了嘴邊的白鬍鬚，可能是白臀葉猴的雜串種——在鳥或者狗的眼裡，這差不多就是一張毛茸茸的人臉吧。但牠是一隻猴，因為某一天偶然的離群，某一天偶然的流竄，某一天偶然的飢餓，某一天偶然的入室偷食……牠被梁隊長捕捉，後來又被二毛帶到水家坡的新工區，這就與我有了關係。在馬濤一案不幸發生後，在我和馬楠都受到牽連和追查的陰暗日子裡，牠多少能給我們增添一些笑臉，幾許樂趣。

混跡於人群久了，牠不免人模人樣。大家吃飯，牠也得吃。大家喝茶，牠也得喝。大家睡床上，牠也要擠上床來睡一頭。到最後，大家上廁所，牠也像模像樣地去那裡撅屁股，只是分不清男廁女廁，有時嚇得女士們大喊：「酒鬼，你流氓呵？」「酒鬼，你要當少年犯吧？你思想意識也太不健康了吧？」

大家叫牠「酒鬼」，是因為牠有一次偷喝稗子酒，大概喝得太多，一醉就是兩天兩夜長睡不醒。這個綽號聽得多了，牠明白自己就是酒鬼，於是聞聲必應，必豎耳，必回頭，必眨眼定睛。作為牠的第一主人，二毛不僅訓出了牠的招之即來，還讓牠學會了拿火柴，拿肥皂，拿帽子，拿鞋子，甚至是劃火柴點菸這種高難動作。一個稱職的勤務兵終於就位。只是有一次，勤務兵動作笨，劃火柴時差點燒了手，火柴又點燃屋裡的墊床乾草，呼呼地引發大火，嚇得牠一個倒翻筋斗彈射出門好半天不回來。自那以後，不論二毛如何發令，牠總是東張西望，裝聾作啞，再也不來劃火柴，而且對火柴特別恨，齜牙咧嘴的，快速猛擊後馬上遠退，如是三番，直到把火柴盒拍得稀爛。

說牠排名第十二，是因為這個新工區有十一位男女，這黑娃子跟上大家也確實能幹點什麼。只要稍加示範和訓練，拾禾穗，撿菜秧，摟草捆，下草灰……牠雖幹得有點丟三拉四，有點主次不分，但也能模仿個大概。挖地一類重活幹不了，但牠在地邊跳過來又爬過去，白屁股一閃一閃，很著急和很賣力的樣子，算是精神上參與了。

當然，牠不明白出工是怎麼回事，肯定覺得人類的辛勞不可思議。遊戲不像遊戲（哪像在樹上飛來躍去那樣浪漫），謀食不像謀食（哪有掏鳥蛋、摘野果、扳包穀那樣實惠），實在沒什麼意思。牠的哥們義氣也畢竟有限，一旦乏了，就會不辭而別，倒在樹蔭下大睡，聽到呼叫也裝耳聾。

我們逗一逗牠，說吃飯了，牠仍然不醒。說吃肉了，牠還是不醒。但只要說到「喝酒啦——」牠肯定一骨碌跳起來，兩眼眨巴眨巴，大鼻翼嗖嗖地煽動，四下裡尋找什麼。

大家捧腹大笑。

牠發現自己上當，在笑聲中有些惱怒，一縱身上了樹。這一天，我們回到住處，發現被子到了地上，枕頭到了溝裡，椅子被掀翻，衣服被撕爛，廚房裡的兩口醃罈全部翻倒，鹹菜潑灑在外。值班燒飯的馬楠在地坪裡大呼小叫，順著她的手看去，酒鬼正蹲在屋頂一角，肩披一件花格子衣，揮一把鍋鏟敲打屋頂上的瓦片。

「酒鬼，把鍋鏟給我呵。」馬楠幾乎欲哭無淚，「我要做飯，你也要吃飯呵……」

牠把目光高傲地投向別處，悠悠然遙看夕陽。

我們氣得撿起泥團投射。沒料到牠身手敏捷，左一讓，右一閃，從容躲過槍林彈雨，全身毫髮無損。

「敲你腸子呵？反了你這個王八蛋，看我不剁你的爪子，鉗你的毛……」二毛覺得自己很沒面子，一個勁地升級惡毒。但對方還是不下來。大概覺得咒罵很有趣，牠還忍不住模仿，跳到屋頂的另一頭，衝著下面的兩隻羊和幾隻雞吹鬍子瞪眼睛，來一通「呵呵呵」的怒吼，算是把我們的憤怒照單轉發，把自己撇乾淨了。

我們只好不再理牠。想必是飢餓難耐，牠這一天沒下房，第二天沒露臉，第三天實在忍不住了，不知何時潛回地坪，先是在牆角磨蹭一會，然後在水缸邊磨蹭一陣，雖然還是不拿正眼看人，但離我們已越來越近了。到最後，牠偷偷接近地坪裡的玉米棒，乘人不備，抓了就跑。

稗子酒最終發揮了作用。牠咕嘟咕嘟喝下一缽酒後，兩眼發紅，目光發直，轉眼間東偏西倒踉踉蹌蹌，就擒時沒有任何反抗。我們決心為被子、枕頭、衣服以及鍋鏟報仇，好好地修理牠一下，找來繩索將其五花大綁；一把菜刀殺氣騰騰架上牠的脖子——刑場正法眼看就要開始。在這一刻，牠似乎酒醒了，滿身冒汗，四肢哆嗦，目光裡透出恐懼，冷不防掙扎著向我們彎腰，又撲通一聲跪下，搗蒜一樣滿地叩頭——

這是從哪裡學來的動作？

牠是偷看過人們開批鬥會吧？知道挨批鬥的罪人們都得低頭和叩頭吧？……我們一時都愣住了。

牠看看大家，試探性質地再叩了一個。

我們終於笑得前翻後仰。

肯定是發現這一招有奇效，在後來的日子裡，牠一旦想討我們的高興，特別是想喝酒時，就傻呼呼地鞠躬和叩頭，活像一個驚惶失措的老地主。

後來，酒鬼漸漸長大了，站起來高過桌面，青春期和成年期的臊味很重，時有時無地瀰漫。有時陽具高挺，翻出紅頭，只是自己不知羞恥，晃來盪去的不避人。大概是這個紅頭讓牠不大舒服，牠便自己抓撓，甚至低下頭一陣狂舔，好半天才讓自己慢慢安靜下來。

給牠洗澡的次數不能不有所增加。牠很喜歡洗澡，特別是女人給牠洗澡。在這個時候，牠嘴角微微上翹，分明是笑，分明是幸福感，分明是掩飾不住的洋洋得意，然後在草地上撒手撒腳地躺成一個大字，充分亮出肚皮和陽具。

「牠會笑，真的會笑……」馬楠大為驚訝，即便我們都認為她看錯了，不過是把吃歪的嘴看成了笑容。

夜裡，如果身邊的男女有一點親熱，牠一定鬱悶和焦躁，甚至表現出痛苦不堪的表情，又是拔自己的毛，又是咬自己的手，兩眼呼呼的直冒火，撞牆尋短或操刀殺人一類輕生之舉似乎也有可能。發現這一情形，在場的女人又好笑又害怕，不能不暫緩風月，轉過頭去同牠說說話，摸摸牠的頭，才能讓牠停止自虐。

更嚴重的事故在後面。這一天蔡海倫穿了一條紅褲子。大概是覺得紅色很鮮豔，很撩人，很神祕，酒鬼突然色膽包天伸手一撓，就把褲頭扯了下來，露出了主人的花內褲，嚇得對方發出慘絕人寰的尖叫，摟上褲頭狂逃。不用說，自有了這一聲尖叫，工區的四位女子都活得提心吊膽，再也不敢穿紅色或其他色彩豔麗的衣服。特別是蔡海倫，進入天天防暴的狀態，一見到酒鬼就全身哆嗦，指定牠的鼻子大喊：「你走開！」「你走開！」「你聽見沒有？」……

可憐的她這一段也睡不好，半夜裡還是常有夢中慘叫，在寂靜山谷裡傳得特別遠。

沒辦法，我們只好一致決定把酒鬼送到山那邊。那裡有一農戶養了隻猴，還是隻母猴，大概可與牠配上對。不過新郎剛去了半個月，那家的主婦就翻過山來，苦著一張臉，說我們的菩薩脾氣太大，她家的廟小供不住。原來，酒鬼到了那裡，面對一個比牠高大得多的猴姐，一點興趣也沒有。即便被關在同一個大籠子橫遭逼婚，還是躲得遠遠的，十幾天來不怎麼進食，眼下已瘦了一圈，成天蜷縮在角落裡無精打采。猴姐經常拍打牠的腦袋，想怎麼欺侮就怎麼欺侮，直到對這個窩囊廢完全喪失興趣。

我們只得接受退婚。說也怪，牠一看見我們就眼淚汪汪，就跳躍和嚎叫，就開始吃東西。雖瘦得不成樣子，但牠打了雞血針一樣，一見到我們就往每個人的懷裡撲，大鼻孔嗖嗖地聞來聞去，最後跳上馬楠的肩，摟住她的頭，揪住她的小辮子，咧開大嘴在她臉上狂舔，全然不顧自己多日來沒洗澡，烘烘的臊臭令人窒息——後來馬楠洗掉了兩擔水才把自己洗出個人樣。

賀亦民這時來到了水家坡，不知在城裡犯了什麼事，竄來鄉下避避風。這傢伙帶來了城裡人的高貴腸胃，不耐每日的冬瓜加茄子或茄子加南瓜，建議我們把酒鬼拿去賣了，說不定能賣出兩三頭牛的價錢，多少也能給鍋裡加點油水。有意思的是，酒鬼似乎能聽懂人話。第二天亦民剛起床，便發現被子上有一灘猴尿。一頂帽子不知去向。一條褲子到了水溝裡。一雙球鞋也不見了（後來發現是去了溪邊）。他看了看其他人的床，發現那裡的東西完好無損，這才明白自己遭到定點打擊。

「酒鱉——」他半裸身子出了門，「你欺侮外地人，算什麼本事？」

地坪裡的幾個人大笑。二毛點醒他，「肯定是你說什麼壞話，得罪了我們這位猴爺。」

「老子只說送牠去動物園，是送牠去享清福，吃國家糧，出人頭地，光宗耀祖，又不是送牠去屠宰場。牠好歹也是個靈長類，怎麼這樣沒文化？」

他找二毛借了一條褲子，才得以去溪邊洗臉刷牙，發現溪邊草叢裡自己的球鞋。

後來的一天，酒鬼不幸中毒了。我們在北坡找到牠時，發現牠窩在一塊大石頭下，抱膝蜷縮，目光發直，嘴吐白沫，下體有骯髒的瀉物。一大群黃頭螞蟻，本地人叫「狗蟻」的，已上了牠的身，密密麻麻掛了半個身子。這事肯定又與賀亦民那傢伙有關——他這些天總說胃缺肉，吵吵鬧鬧要打獵，拿一瓶農藥去毒野物。我們交代他定點投餌，還要白天覆蓋晚上暴露，天知道他耳朵裡聽進了多少。

責怪已無濟於事。我們的當務之急是趕快送酒鬼看獸醫。天開始下雨了，很快就形成瓢潑之勢。一束電光射出去，只能照亮眼前兩三步，再前面就是白花花的大片水牆。人間世界已不知去向，只剩下轟隆隆的四野迷茫和八方咆哮。

「這雨是不是太大？」我看看天。

「大什麼大？你不是說你什麼都不怕嗎？你不是吹你一個人還在大雨裡睡過覺？……」馬楠在我背上狠狠擂了一拳。

我與她深一腳淺一腳重新往黑暗裡闖，往天塌地陷的前面闖，往一個幾乎毫無希望的絕境裡闖。我們鑽過一棵倒下的大樹，繞過一堆倒塌的坡土，好幾次是連滾帶爬地滑下坡，掛得嘩嘩枝葉昏天黑地。這一路上，酒鬼好像明白一切，迷迷糊糊但緊緊依偎於我。如果我一時顧不上牠，兩手離開了牠，牠還能緊緊摟在我的脖子上，如同搖搖晃晃地邋鞦韆，沒有掉下去。

牠一定明白我們在救牠，明白可以信賴的面孔在這裡。只要我們在，一切都會好起來，風雨再大也肯定會好起來。

我們在一片狗吠聲中進了村。很不巧，獸醫去女兒家了，我們又驚醒了另一個村子的狗，問到他女兒家。幸好這位獸醫對中毒比較有經驗，一看就知道事情與硫磷有關，馬上給酒鬼灌鹽水和肥皂水，設法導吐排毒。神奇的是，這是酒鬼第一次接受打針，居然很配合，似乎也在行，一聽我們說要打阿托品，立即主動伸出兩條手臂，讓獸醫在猴毛裡尋找針位。

冬天來了，馬楠獲得「頂職」招工的機會，以母親退休為條件去母親所在單位上班——這是當時知青們的另一出路。臨走前，她哭了好幾場，最後給酒鬼做了一頓好吃的，連煮雞蛋和煎油餅都擺上了。但酒鬼賊眉賊眼的面有疑色，大概覺出廚房裡的複雜動靜有一些異樣。直到我們在餐桌邊開吃了，快吃完了，牠還是避開一缽美食，一動也不動。

「牠又知道了。」馬楠捂住自己的嘴。

牠一定是注意女人的淚花，更加確信了什麼，急得一時團團轉，抓一頂草帽戴在頭上，見我們沒笑；又哇哇哇正面大拍自己的嘴巴，見我們還沒笑；最後一個機靈撲到馬楠前，獻上一個久久的鞠躬，還是沒發現什麼反應。

我們笑不出來。

牠撓撓腮，可能覺得自己的表演太不成功，便撲通一聲跪地，給馬楠叩下一個頭，手忙腳亂給每個人都叩上了，叩得自己氣喘吁吁。

我一把攥住牠，「哥們，今天不玩這個。我們喝酒。」

我塞給牠一個搪瓷杯。牠猶猶豫豫地吮了一口，又吮了一口，又吮了一口，把整個腦袋擴張成兩瓣大嘴，分明是要噴放孩子的沮喪和委屈。「噢——」

牠喝多了，喝醉了，滿臉翻紅時步子搖晃，噴出呼呼酒氣，鼻涕和口涎齊下。牠咣噹一聲把搪瓷杯隨手扔了出去，抓一把米飯抹在自己頭上，在餐桌下無羞無恥地撒了泡尿，擂鼓一般捶打胸膛。牠把自己的豪情捶打出來後，突然撲向正在收碗的馬楠，其力度之大和神態之狂前所未有，一下就把對方撲倒在地。

「酒鬼——」我們一齊衝上去解救馬楠。我右腕上的兩三道血色抓痕，就是在這一混亂中留下的。

酒鬼終於被捆綁起來了。牠左一下右一下拚命掙扎，頭上頂著飯渣和菜湯，一個很墮落和很蠻橫的模樣，紅紅的醉眼盯住我們，透出幾分憤怒甚至仇恨。

多少年後，我還能清晰回憶這一次仇恨的離別，也沒忘記馬楠事後的恍惚。在很長一段時間裡，她不時出現幻聽和幻視，看到路燈投在家中一堵牆上的樹影，就說那是酒鬼；推窗看見天邊一堆升起的烏雲，也說那是酒鬼；往陽臺上潑了一盆水，更是嚇了一跳，叫叫喊喊地讓我出來辨認，看對面一堵破牆上的裂紋是否正是酒鬼的輪廓……我知道，她是指酒鬼正面蹲立的那種剪影，有圓圓的頭，兩邊各支一個小耳朵，一種凝固不動的黑色守候。我們以前外出若是回家太晚，朦朧星光下的路口一定有這樣的剪影。我們以前若是早上醒來較早，門外那棵樹上，酒鬼最喜歡攀援的「快樂樹」上，也一定有乳色曙光中的這種剪影，正等待我們的開門和問好。馬楠對這一個剪影再熟悉不過了。

她給酒鬼的新主人寫信。得到的回音是，新主人未能看住牠，牠有一天突然失蹤，可能是跑回山裡去了。

我們重訪白馬湖時，乘船順青陽河而下，在大王嶺下恰好看見嶺上有一群猴子把手連臂呼啦啦吊下懸崖，連成一個猴鏈來河邊喝水。馬楠突然眼一亮，跑到船頭大喊了一聲：「酒鬼——」

那群黑猴紛紛朝這邊張望。

「牠應了，你快聽，肯定是牠……」

她打了我一拳，驚喜地跳起來，但我怎麼聽也只聽到艙裡的機器聲，船下的水浪聲，依稀還有點兒鳥叫，聽不出更多的什麼。

「牠真的應了！牠就在那裡！」她再次朝河邊呼叫，「酒——鬼——」

我還是沒聽到什麼。

機動船噗噗噗行駛得很快，一轉眼就繞過河灣，把剛才那一幕甩到山後去了，把一片鋼藍色的斷崖甩到山那邊去了。

23

賀亦民那一次來水家坡避難，是因為手下人偷了一個軍人的文件包，據說涉及高端軍事機密，全城的警察瘋了一樣拉網嚴查，逼得這位小偷王只好遠走高飛。他是郭又軍的弟，下鄉來找他哥，卻不知對方早已離開白馬湖，無意之間遇到了我。

我再次確認他是我的小學同學，我以前熟悉的面孔，眼下一個二流子，不禁為他捏了一把汗。

「你以後怎麼辦？」

「不知道。」

「這樣下去，總不是個辦法。」

「放心，不會連累你的。」

「你……還是不要自暴自棄吧。」

「你是要我學好？我叫你爺，叫你活爺，給你燒高香，這個世界誰稀罕我學好？再說，什麼是好？你能講得清楚？一個老傢伙同我說過，當一個銀行員工，看見有的人來存一千塊，有的人來存一塊，會覺得人很不一樣。要是當個掏糞工呢，就會覺得人人都一樣，褲子一脫都是拉屎噴尿。連皇后、公主噴出的也是臭烘烘，根本不能看。這個世界就這麼回事。」

我一時不知如何回應這種振振有辭的廁所理論。

工區同事們好奇於他的街頭閱歷，但還是不大喜歡他，覺得他懶惰，還挑食，白吃白喝的，一口下流腔十分刺耳，比如把一些街頭女叫做「馬子」，叫做「樓子」，意義不大明確但聯想空間污穢無比，足令女士們義憤填膺。因為主張賣掉我們養的一隻猴，因為放毒餌差一點毒死那隻猴，馬楠大發一通猴媽脾氣，更是同他翻了臉，不但不給他洗衣，在他面前收拾碗筷也給盡臉色重手重腳。

「他是個流氓犯吧？」馬楠和蔡海倫機警地猜測。

「他是不是搶了銀行？」「他是不是走私黃金？」「看他那樣子不會是殺了人吧？……」其他人也議論紛紛，加強了對自家物品的看管，晚上睡覺時更不忘記緊閉房門。

作為他在這裡的唯一關係人，我只能盡力各方潤滑，陪他下下棋，扯幾手撲克，帶他去見識「醉草」，又叫「睡草」或「懶婆草」的——據說人一嗅到它的氣味就會昏昏欲睡。他肯定沒見過吧？見他沒多大興趣，手操一根樹枝有一下沒一下的抽打草葉，我又推介「笑菌」，一種人吃了後會大笑不止的東西；再推介「麻樹」，一種人沾上木液會皮膚潰爛的東西——以前農民械鬥時常用這種毒液塗抹箭頭，打獵也常用它塗抹矛尖。他初來乍到人地兩生，對這種奇物怎麼說也要嚇一跳吧？

我帶他去打柴，順便去找一找野生的山楂和獼猴桃。天已黃昏，楓林血紅，樺樹金黃，蘆花玉白，一大群蝴蝶在遮天蓋日而來。風在樹梢間梳出嗖嗖的聲響。燒製草木灰的煙霧爬上山坡四處瀰漫。站在山頂上，遠處的群山像凝固的大海，腳下山谷裡秋色的斑斕五彩十分濃烈，交織成翻騰和流淌，是詩人們一見就要血壓上升瞳孔放大並且「呵呵呵」的那種景象——但他對這一切還是看不上眼。

「你們這裡的蚊子也太多了吧？還讓人活不活？」他丟了柴捆，使勁抓撓兩臂，還有額頭上和耳後幾個紅包，一張蛤蟆臉上滿是鄙薄。「做好事，拜託了，這就是你們的廣闊天地？你們在這荒山野嶺也待得住？你們這裡是有金子挖還是有銀子撿？乖乖，換上我，早就喝農藥了。」

「艱苦環境對人是一種錘鍊麼……」我的辯解肯定不大有力。

「屁話。你鍛鍊了，又怎麼樣？」

「我至少會砍柴……」

「濤哥也會砍柴，那又怎麼樣？」

「……」

他哈哈大笑，「我也沒見一年到頭吃生米呵。告訴你，當時居委會也來動員我下鄉。我同他們說，銬了去可以，捆了去可以，自己去肯定不行。」

「你媽也頂得住？沒被那些老太婆們磨死？」

話剛出口，我就知道自己失言了。我忘記了他母親已早逝，對於他來說只是一張照片，只是一些稀薄的想像。

「對不起……」

他面無表情，低下頭，坐下去，一條背脊彎曲，把頭埋在雙膝之間，好久沒有說話，肩頭有一絲不易察覺的顫抖。一條樹枝被他使勁地折斷，再折斷，再折斷，幾近粉碎。

「對不起……」我拍拍他的肩，與他一起挑柴下山。

這一天夜裡，我終於被他說動心，決計不再在這窮山溝裡傻等機會。事實上，自馬濤一案告破，樹倒猢猻散，大難臨頭各自飛，我也在暗暗找出路。「病退」看來是較為可行的首選，很多哥們姐們都成功了。但我能吃會睡，一百多斤骨肉健康得太讓人沮喪，拿什麼哄過醫生的眼睛？我曾廣泛打聽坊間經驗，在照X光時偷偷往肺部貼一錫箔紙片，或在體檢前大嚼麻黃素（據說能收縮血管）與避孕藥（據說能升高血壓），加上量血壓時似坐實蹲，暗暗用力，咬牙切齒，一心把要命的血壓計水銀柱給擠上去。遺憾的是，結果不是錫箔紙片露餡，就是水銀柱升得仍不夠高，我只得一次次垂頭喪氣走出醫院。看著那些出入醫院大門的病人，看那些幸福的肺結核、高血壓、風濕症、胃潰瘍、羅圈腿……我嫉妒得差一點欲哭無淚。

我沒法再裝豪邁，誓言自己一不怕苦二不怕死，臥薪嘗膽也甘之如飴。這些話自己聽了也虛。時間在一年年耗去，我得有一個決斷。

「這好辦。」賀亦民噴了一口菸，「我來打你一個骨折，等你戶口回城後再接上就是。我認識一個妙手接骨的神醫。」

「萬一接不上呢？我是說萬一。」

「瘸了就瘸了，也比你死在這裡強吧？」

「你這算什麼主意？」

「這叫捨不得孩子套不了狼。你懂個屁呵。」

我不願當瘸子，但想一想長痛不如短痛，為了奪回城市戶口，為了合法地回到文明和進步，我既然無望招工和升學，既然沒錢給官員送禮，那還能有什麼招？再想一想，不就是一根骨頭嗎？我在紅衛兵武鬥時中過彈，左腿腓骨已非原裝，眼下再上一次手術臺，不算什麼大事吧？就當自己再一次戰場掛彩，傷痕累累地榮歸故里，比暴屍沙場還是要強幾分吧？

這一夜翻來覆去沒睡好。

第二天，我帶亦民再去打柴，來到一個舊村落遺址，找到幾堵土牆，一條石板路，還有一塊刻有「酒酣醉臥」幾個字的殘碑，似乎有點什麼來歷。這是一個天知地知你知我知的偏靜處，便於動手。他要用扁擔砍我的腿，我擔心舊傷疊加新傷，今後不好治，沒同意。他要用大石頭砸腳，我怕他野蠻操作，搞得我太痛，也沒同意。最後，我選擇了左手（不如右手那麼重要），選擇了中指和食指（據說斷兩指是病退的起碼傷殘標準），塞在兩扇厚重的木門之間。這樣，他一腳踹上來，兩門狠狠地相向一擠，指骨便可望嘎嘣一聲斷裂，我便可能在慘叫聲中一舉成功了。接下去，拍一張貨真價實的X光片，我便可以理直氣壯地拍在幹部們面前，走回自己夢中五光十色的城市呵城市。

他朝我嘴裡塞了一條毛巾，「準備好了？」

「好了。」

「你放鬆，不要運氣。你一運氣還不容易斷。」

「我放鬆了……」其實我早已冒汗。

「你這鳥毛，哆嗦什麼？」

「廢話少說兩句行不行？你要踢就踢。」

「你這篩糠的草包樣子太好笑了。」

「臭疤子，你手腳利索點，不然我把你築到尿桶裡去！」

我再次閉上眼，感覺到對方丟了菸頭，朝目標看了一眼，深吸了一口氣，突然發動全身撲了過來。不知為什麼，鬼使神差的那一瞬，他撲通一聲翻倒在門前，原來是抬腳之際被我橫插一腿，蹬得失去了重心。「神經呵。」他眨眨眼，摸摸屁股，見我的左手早已抽出門縫，「你臭狗屎糊不上壁呵？你連做賊的格都沒有，還想幹大事。這又不是要你的命……」

我癱軟在地上，與他相對而坐，取出嘴裡的毛巾，擦式頭上的汗珠。「對不起，我還得再想想，再想想……」

「尿脹卵，我曉得你就是個尿脹卵。你的事我再也不管了。你最好把你的冬瓜湯一直喝到共產主義！」他跳起來拂袖而去。

回到宿舍，我想給他一支菸，但菸盒已空了，於是我們各自撅起屁股去「打狗」，就是搜尋地上的菸頭。我們照例劃區包幹。我把門廳、寢室、飯堂都劃給他，只給自己留下門外的地坪，算是彌補對他的一份抱歉。「你不要生氣，我再想想麼……」我對他一再賠上笑臉。

這天晚上，我腦子裡再次冒出多年前那個想像：人生是一部對於當事人來說延時開播的電影。與其說我眼下正在走向未來，不如說一卷長長的電影膠片正抵達於我，讓我一格一格地嚴格就範，出演各種已知的結果。我可以違反劇本嗎？當然可以。我可以自選動作和自創臺詞嗎？當然可以。但這種片中人偶然的自行其是，其實也是已知情節的一部分，早被膠片製作者們預測、設計以及掌控——問題是，誰能告訴我下一分、下一秒的情節？那個情節就是我的兩個指頭再一次塞進門縫？

我把這兩個指頭摸了又摸。

24

馬濤出獄是六年後，「文革」的大幕已經落下。那一天很冷，陰雨霏霏，我和馬楠都參加迎接，去了遠在湖區的那個第三監獄。咣噹一聲，他走出鐵門時又黑又瘦，一個老酋長模樣，留著長長的鬍子，身上還套著囚衣——後來才知這是他堅持的出獄條件。獄方要他剃了鬍子再走，他說剃了就不走。獄方要收繳他的囚衣，他說不穿囚衣就不走。最後僵持不下，獄方只好妥協。

他從我六年前的記憶中走出，還是威嚴依舊，身正容端，對無罪改判一事竟無喜色，與各位重逢也若無其事，一直沒說話，只是逐一握手。他去附近農田走了一圈，在鐵絲網前坐了一會兒，去高架哨所那邊四處張望，遙看河對岸的風景，讓我們等候了好一陣。我猜想那都是他留下足跡和故事的地方，突然要離開，還有幾分不捨。

大甲給他抓拍了一些照片，一個長鬚黑漢的雨中孤獨照——他當時執意不讓別人為他打傘，更不願妹妹給他換衣。

總算上了車，一輛七座的小麵包。他聽大家七嘴八舌說了些新鮮事，突然插上一句：「我的筆記本呢？」

這話似乎是衝著馬楠說的。

「什麼筆記本？」

「黑皮的。」

「黑皮？你的東西都在這裡，就幾件衣，一雙球鞋。我沒看見什麼……」馬楠以為對方是指獄方發還的私人物品。

「不是，我是說我的手稿，那兩個黑皮筆記本，要你好好收藏的。」

「哦，那個呀，對不起，當初我讓小布給燒了……」

「你說什麼？你說什麼？你——再說一遍！」

我察覺到問題嚴重。果然，他隨後一把抓住我，臉色鐵青，目光直勾勾的，盯得我的臉皮差一點吱吱吱冒火泡。

「呵——」他雙拳重重擊頭，爆出撕天裂地的一聲長嚎，拉開車門就要往下跳，瘋子一樣的大喊：「讓我回監獄！讓我回監獄！」

「馬濤！」鄰座的幾位驚慌不已地撲向他。

「我寧願坐牢——」聲音已從車門外飄來。

馬楠被嚇哭了。我也手足無措，腦子一片空白。這事可怎麼辦？當初為了對付警察搜查，防止案情擴大，除了一燒了之還能有其他辦法？在保命要緊的那當口，誰會想到一個筆記本是他的心肝？竟把他的獲釋之喜變成了滅頂之災？

我們怎麼也摀不住這座爆發的火山，下車後左跟右隨，七求八勸，足足陪他走出一兩里，才讓他止步在河邊。兩哥們死死攥住他的胳膊，才避免他的額頭在樹幹上砸出鮮血。我們在冷冽的寒風中足足消磨了一個多鐘頭，幾乎每個人都流鼻涕和打噴嚏。但再多同情的噴嚏又有何用？就像他後來說的，兩本寫得密密麻麻手稿即便可以重寫，但很多靈感可能難以找回。六年前寫的與六年後寫的，價值區別也太大，就像唐代的瓷器與清朝的瓷器根本不是一回事。即便知情人都站出來說清楚，證明他的寫作時間，但那些話在法律上並無意義，也不一定被史家們採信……一段輝煌壯闊的歷史奇蹟，一部據說足以比肩《資本論》的《權力論》，可能真是在一根火柴之下灰飛煙滅了。

問題在於，我和馬楠當時怎麼會料到今天？如果警察拿到了那個筆記本，據此把他馬濤送上了刑場，怎麼得了？

問題也在於，如果馬濤壓根就不在乎刑場，寧可一死也要確保自己的名節，捍衛自己神聖的學術生命和思想聲譽，又有何不可？

事實上，他正是這樣說的。「我真的不在乎監獄，不在乎死。喚醒這個國家是我活下去的唯一意義。你們不知道，我病得一頭栽在地上時也沒灰過心，哪怕吃飯時嚼砂子吞蛆蟲也沒灰過心，哪怕被五花大綁拉到刑場上陪斬也絕不灰心。我被他們的耳光抽得嘴裡流血，被他們的皮鞋踩得骨頭作響，但我一直在咬緊牙關提醒自己，要忍住，要忍住，要忍住。我就是盼望這一天，就是相信有這一天……」

他哽咽了一下，蹲下去捧住頭嗚嗚地哭了。

我也眼眶潮濕。

接下來的幾天，大概就為這事，他過得很不開心。有個記者一心想了解他六年的獄中生活，寫出一個傳奇性鐵窗英雄，配合宣傳改革開放的全國新政。不料一開始，對方說錯的一個成語就被他指斥，對方嚼口香糖也被他粗聲制止。對方說到當年判決書上「反黨、反社會主義、反無產階級司令部」三大罪狀不實，一句話使他沉下了臉。「你說什麼呢？恰恰相反，我是貨真價實的三反分子，他們的定性完全正確。難道你不明白？」他惱怒的口氣讓對方吃了一驚，大概思路對接不上，一個勁地撓頭，冒出了一身汗，仍是支支吾吾。

接下來，對方盛情誇他一句「自學成才」，更讓他火冒三丈。「什麼屁話？我自學了嗎？我還成才？」

「你自己剛才說，你只是一個高中生，但自學了哲學、政治經濟學……」記者兩眼大睜，不知自己說錯了哪裡。

「你以為我那是讀《三字經》？」

「對不起，你的意思是……」

「如果你不懂得批判性和創造性的思維，不懂得『六經注我』和『我注六經』的區別，你就不配當一個記者！」

他不顧母親和大姊的勸阻，氣呼呼地把記者轟出門去。

其實，「自學成才」還算是一句好話吧？怎麼說還是屬於流行的褒獎辭令吧？但也許是太流行，常常用於那些無師自通的小廚師，巧手出眾的小鉗工，某個低學歷的優秀教師，某個搗鼓出不少技術發明的大頭兵……這就讓馬濤覺得是罵人了。他不會否認這些小人物難能可貴，但他是馬濤，一個從鐵窗裡走出來的思想家，一個像托爾斯泰所說，「在清水裡泡過三次，在血水裡浴過三次，在鹼水裡煮過三次」的受難者，與這些七七八八的混在一起，什麼意思？把他放在報紙的「青春剪影」「五月花」「創業篇」一類欄目裡宣傳，掛一點花邊，配一點勵志格言，什麼意思？

好幾天裡，他窩在家不見客，不訪友，不上街，不看報，不去醫院檢查身體，甚至每餐都吃得很少，只留下滿屋嗆人的菸霧。我給他說說水家坡和「酒鬼」的趣事，也沒換來他的笑臉。

幸好，有一位剛剛出獄等待復職的老部長，耳聞他的名聲，派車派人來接他去談談。據說老部長激賞他的經歷和見識，把他介紹給一位老朋友，大學校長，名流教授，讓對方允許馬濤跳過本科免考入校，直接就讀研究生。他這才心情由陰轉晴，滿面春風地回到家裡，又是給母親穿針，又是給妹妹講解社會形勢，還與二姊夫碰杯喝酒，滿滿灌下了一瓶白酒。關於政治學和研究生的前景，成了這天晚上餐桌前大家唯一的話題。

後來的故事是，研一還未讀完，因一個觀點上的分歧，他與名流教授翻了臉，差一點鬧到退學的程度。

我對此憂心忡忡，建議他千萬要忍住，屋簷下一定要低頭。

「忍什麼忍？這種書只能把人讀蠢。」

「有一張文憑，算是敲門磚吧。」

「對自己不自信，就別在社會上混。」

「你不是說……」我記得要文憑正是他以前強調的。但我突然想到，這話他可以說，我不可說，否則便有指導之嫌。他不習慣被別人支使得溜溜轉。

「也是，也是，楊魯晉就從來沒打算讀研，連國外的邀請也不接受，反而要去走黃河，搞調查。」我立刻順風轉舵，提到另一位坐過牢的民主英雄。

「他是什麼人？官宦子弟，有人給他鋪路，搭橋，抬轎子，還用得著什麼文憑？他還需要敲門麼？連圍牆都有人給他統統推倒。」

「當然，你是靠自己的實力，與他不是一回事。」

「實力？眼下誰承認實力？」他似乎更冒火，「如果那些傢伙重實力，就不會聯手來打壓我。如果北京大學、中國社科院講實力，就不會不同意我轉學。這個社會，蠅營狗苟，我算是看透了。」

「謝老好像很肯定你吧？我是說那個……給你回信的。」

「謝老？好笑，我對現代權力結構的重新解釋，他幾乎沒看懂。我對自然辯證法的創見，還有對宗教功能的再思考……他隻字不提。他不可能懂這麼多，我可以諒解。但他那些廉價的大帽子，依我看也就是耍耍滑頭。」

「也許你的思想太超前，曲高和寡。」

「錯！我的每一個字都是常識。」

「你的鐵窗經歷非同一般，他們應該對你更關注才對。」

「打住，你說什麼？說什麼呢？」他差一點氣歪了嘴，「我最討厭提坐牢！坐了又怎麼樣，不坐又怎麼樣？我還需要這件事來加分麼？我還需要拿這個金字招牌來招搖撞騙——你是這個意思？」

「怎麼可能呢？當然不是。我是說……」

「陶小布，你也算是跟了我很多年。可悲呵可悲，今天我總算看清了，你完全不了解我，你們沒一個了解我。」

太監當不下去了。君王太難侍候。我不知問題出在哪裡，面紅耳赤，手足無措，發現自己怎麼說都是錯，怎麼曲意順從都只能是給他火上澆油。我驚訝地發現，自從他在老部長的高牆大院那裡三出兩進，自從他的冤案故事和英雄事蹟見諸媒體廣為傳揚，他的脾氣倒是越變越壞。對他的關心涉嫌居高臨下，對他的親熱涉嫌輕佻不敬，對他的規勸涉嫌好為人師，對他的迴避則是卑劣的冷漠無情……連拍個馬屁都可能是冒犯，不是明褒暗貶，就是避實就虛，是可忍孰不可忍。條條大路通羅馬。個個話題通憤怒。他已習慣於兩眼微瞇，用下巴指向來客，目光順著嚴正鼻梁薄薄地下泄，對所有小心翼翼的來者布下一種冷冷的俯視，一種警覺和嚴審。

在這種萬能角度的俯視之下，小人們的驢肝肺一律暴露無遺。在這一把憤怒的鐵錘看來，到處都有欠揍的釘子，都必須一一猛擊。接下來的吃飯就是這樣。郭又軍一定要請他喝上兩杯。但軍哥先給我打電話，然後才給他打電話，已使他的臉色冷卻。軍哥把飯局定在玉樓東酒店，是他不大喜歡的粵菜館，更讓他臉色陰暗。軍哥叫上了一大堆人，據說其中也有楊魯晉，還有羅什麼、高什麼的幾位，首席賓客的定位較為模糊，免不了又加劇他牙關的暗咬。最要命的，出門時我一不小心再次犯錯，說軍哥這傢伙「最近拿了個行業象棋賽冠軍」，可能觸碰他的哪一根筋，一隻已經邁過門檻的腳，突然又縮回來，不去了。沒什麼理由，就是不去了，堅決不去了。

最後，他情願待在家裡炒冷飯。

我和馬楠打回來幾樣菜，還有一瓶好酒，說這是軍哥特意留給他的。他不聽還好，一聽便摔臉子，隨手把菜和酒統統扔進垃圾桶。

「軍哥對你確實是一番好意，今天還以為你真是累了，差一點要騎自行車來馱你……」我說。

「好意？」他重重地冷笑一聲，「他不來這一套還好。他越是這樣，我倒是越懷疑他心虛。」

我和馬楠吃了一驚。他說什麼呢？

「他沒想到我馬濤還能回來吧？」

又是一聲冷笑。

我後來才知道，他出獄後一直想弄明白當初是被誰告密，軍哥也成了懷疑對象。他曾利用某個春節假期，撮合七八個前紅衛兵領袖開過一形勢座談會，知情人極少，軍哥是其中之一。但這一情況居然被警察瞭若指掌，那麼軍哥的可疑程度豈不迅速提升？整個事情是不是從這裡開始出軌？說起來，那個姓郭的畢竟是執政黨黨員，占有人生發達的先機，不管是出於害怕還是出於野心，甚至是出於男人之間的羨慕嫉妒恨，在繃不住時踹出一腳，不是比閻小梅那一夥更有可能？

「他給我裝吧，繼續裝，沒關係。」馬濤從垃圾桶裡取回那瓶酒，含義不明地反覆打量，像打量一件戰利品。

我被嚇出了一身冷汗，這一夜久久不眠，忍不住回想剛才酒宴上的一切。我琢磨軍哥對馬濤的仔細打聽，琢磨他對馬楠的格外熱情，琢磨他一個個開瓶的動作、勸菜的動作、脫大衣的動作乃至醉酒時的一聲輕嘆……看其中有無破綻，有無告密者的蛛絲馬跡。他執意給馬濤捎一瓶價格不菲的五糧液，似乎也確有幾分誇張。

但馬濤為什麼到現在才說破這事？早不說，晚不說，他偏偏在這時說，是最近獲知了新的線索，還是一碗冷飯終於壓垮了他的容忍？

生活真是一張嚴重磨損的黑膠碟片，其中很多資訊已無法讀取，不知是否還有還原的可能。

25

肖婷長得很漂亮，自己對此心知肚明，因此幾乎每天換一套衣，像個衣架子移來移去，大舉收繳客人的目光。她在自家客廳有固定坐位，總是側身若干度造型端坐，配上精心布置的背景和近物，配上最迷人的表情，讓客人們能從最佳角度看她，看到側光或逆光之下脖子、胸脯、腰身的動人線條，上一堂古典藝術欣賞課。

作為馬濤的又一個崇拜者，她輕易取代了對方的前妻，成為丈夫的聯絡主管，長袖善舞地出入沙龍和交際各方，特別是那些說英語的洋面孔。據說每次都談得超精采，但我從未打聽出一二，只能隔牆猜花。「哎呀，都是最前衛的學術思想，都是非常非常……」她搖一搖小手，「用中文沒法談的，中文太糙了。」

臨末還時常交代一句：「這些事你不要說出去。」

問題是，她說出過什麼嗎？

她說過某作家的婚變，但掐掉了後半截。她說過某哲學家的官司，但掐得只剩一個話頭。她說過某位氣功大師不久前的來訪，又掐掉了對方進門後的一切。總之，她是一切名人的朋友，對上流社會無情不知，無密不曉，但她既然身負密友們的深深信任，就不能不閃爍其辭，欲言又止，相當於一個稱職的保密局。

幾年後，他們去了國外，留下了肖婷的一個繼女，馬濤前一次婚姻的結果。這幾乎在朋友們的意料之中。

我很久沒有他們的消息。直到後來陸續遇見一些國外來人，才知那邊情況遠非肖婷以前描述的那般順利。據說兩口子抵達那裡時，發現機場裡沒人鋪上紅地毯，也無媒體記者爭相迎候，更無機會見到議員甚至部長——已令他們困惑不解。更實際的是，馬濤雖名氣不小，但各方的招待也只是兩頓三餐，管不了日常的營養保障。肖婷的父親，一位大學校長，在那裡有不少故舊，但他們的資助能力也有限。幾個月下來，積蓄迅速流失，兩口子不得不開始注意超市的特價食品，還有窮人的食品券。靠一些留學生指點，他們有時也去教堂混上一兩頓，再不濟就去大學校園裡亂竄，尋找一些研討會的茶歇場合，冒充與會者，嚼上一些餅乾，運氣好的話還能喝到葡萄酒。

作為尋求庇護的難民，他們倒是得到了一間住房的救濟。但與鄰居一比，氣不打一處來。那個姓高的小胖子比馬濤名氣小多了，至少沒蹲過監獄，住的房子卻大了一倍，還有個不錯的陽臺。憑什麼？就憑他以前那頂總編的烏紗帽？

馬濤找到難民署的尼克，當過使館二祕的小伙子，以前就認識的。「中國人勢利，你們也勢利嗎？中國的幹部級別待遇，在你們這裡也有效？」

對方聳聳肩，「沒有級別，這裡沒有。」

「為什麼他的房子那麼大？」

「你是說高先生？對不起，你來得晚，只有這一間了。」

「我不信。」

「罵套——」尼克把漢語的「馬濤」發音成這樣，又擠了擠眼皮加上一句：「小伙子，這不是在中國，你不能在我面前抽菸。」

馬濤一時尷尬，掐滅菸頭，塞回衣袋，賠笑點頭道歉。他不知對方為何不講情面，以前在中國好歹也吃過他馬濤的飯，怎麼一轉背就當面打臉？即便你討厭菸，即便制止客人抽菸是你的權利，怎麼說也得有個「請」字在先吧？也得面帶一絲笑容吧？他當然更不相信對方的搪塞。鬼佬們——他現在私下裡這樣稱呼洋人——給那個胖主編送來聘書，從未送給他；多次請那個胖主編去開會，很少請他去，不就是勢利嗎？不就是狗眼看人低？不就是帝國主義的臭德性？——他差一點冒出當年紅衛兵小報的腔調。

他也受邀參加過一些會，關於中國政治和社會的研討。不過，自己的英語不靈，參加這些會得非常小心，有時聽對方哇啦哇啦說一大通，沒抓住幾個詞，只能傻子一般胡亂點頭。遇到一個熱情萬丈的女記者，金髮碧眼，風姿綽約，據說是有名的專欄作家，他好容易折騰一個電子翻譯器，把自己的情況說了個開頭，但對方突然一臉困惑，「你是中國人？你不是井田先生？天啦，對不起。」然後提上皮包走人。他好一陣才明白，女作家一定是分不清東方人的面孔，剛才認錯人了。

這一天，也許是主辦方粗心，會議的Schedule上未注明吃飯地點。他一不留神，在室外抽菸的時間稍長，回來時便傻了眼，不知大家去了哪裡。他在會議室周圍多方打聽也無結果，最後只得找個地方自己買單啃了個漢堡包。

他離開速食店時，一個黑哥們追出店門，衝著他大喊大叫——原來是他把提包忘了。他接過提包，連忙賠笑感謝，但也許是一時激動，也許是近來心裡憋了太多的惡罵，一出口竟把Thank you（謝你）口誤成Fuck you（操你），一連說了好幾遍。他發現對方表情怪異，依稀覺得這怪異可能與自己有關，但彌補已來不及了。對方暴睜雙眼，把他當成一個麵包上的蛆蟲，左瞧右看好一陣，最後來一個齜牙咧嘴獅子大開口，半瓶啤酒不偏不斜淋在他頭上。

「Shit——」對方的大拳頭總算沒落下來。

更讓人窩火的，是會議上的主題發言人辛格教授，列舉中國傑出的民間思想家，只把他排在第十一位，僅在「等等」之前，差一點就要「等」掉了。這不是欺侮人嗎？如此排序顯然是別有用心，是要黑掉他最近可能獲得的一個獎，也太豈有此理吧？他本想站起來當場反駁，但一眼看上去不認識幾個人，一聽別人嘴裡的滔滔英語又有些怯，最終沒把手舉起來。他黑著一張臉回到家，一股邪火全撒在肖婷身上。「你怎麼辦的事？溝通來，溝通去，最後就是這樣的結果？你還說那個辛格真誠，什麼博學，什麼睿智，我看就是個大騙子，兩頭吃，欺世盜名的傢伙！」

肖婷從醫院下班回家，累得伏在餐桌上已睡著，被他嚇得跳起來，面如紙白，好一陣搓揉胸口。「我就給他打電話，我一定同他說清楚……」

「你現在就打！」

老婆連忙走向電話機。

「你告訴他，還不是一個排名的問題，是歷史能否還原真相的問題，是歷史觀能否正本清源的大是大非！」

冗長的電話談判就這樣開始。依照丈夫的指示，肖婷與辛格嚴正交涉，包括再次詳述丈夫的業績，如坐牢十年（她在英語中調整為「六七年」），如祕密建黨（她在英語中調整為「祕密籌備建黨」），如武裝起義（她在英語中調整為「有一些武器」，意思比較模糊，便於多種理解），如卓越而獨特的理論建樹，在中國最早提出改革和開放，提出了民主與法制，比鄧小平什麼的要早得多（以一本著名的「黑皮筆記」為證，只是這本筆記尚未發表）……總之，她悄悄修剪了丈夫一時氣憤之下的誇張，掐掉了一些難聽的話，但基本上表達了申訴原意。「教授，我們非常尊重你，但遺憾的是，你身邊的那些人提供了完全錯誤的資訊，歪曲事實，誤導輿論，影響我家先生的政治前途。依照貴國法律，我們強烈要求這些人道歉，並保留經濟上索賠的權利。」

她把板子打在辛格教授後面的小人身上，是礙於對方一直對他們有資助，每月一千元美金，已持續了一年多。

「馬太太，你們中國人真是很奇怪……」

「為什麼是中國人？教授，你不覺得種族是個敏感話題？」

「對不起，我是說馬先生很奇怪……」

「該奇怪的是我們。」

「是呵，沒錯，你們是奇怪。」

「我們一點兒都不奇怪。」

「哎，剛才你不正是這樣說的？」

這就有點糾纏不清了。

一個又一個電話，交涉持續到深夜，耽誤了做飯，只能叫一個外賣的夾肉餅了事。肖婷顧不上吃，在丈夫催促下又緊急寫信，力圖在有關媒體和有關人士那裡消毒。丈夫不大滿意的遣詞造句，她一讀再讀，一改再改，廢紙團扔出了一大堆，頃刻就填滿垃圾桶。在這期間，馬濤也打出一些電話，向幾個華人朋友控訴辛格教授的無恥，痛快淋漓地用了一把漢語。偽君子、兩面派、猶太奸商、到處拍肩膀填支票的做秀大師，美國中情局的白手套，說不定還是中國國安部的雙料間諜……他罵完那傢伙又順帶罵上鄰居，比他排名前幾位的那個胖主編。那傢伙表面上道貌岸然，但常去逛紅燈區，欺騙女留學生，生活上腐敗靡爛，嘴裡那一套慷慨激昂的說辭，充其量是騙色騙財的一樁生意。什麼人呢？

「那是人家的隱私。」一位華人報紙的女記者提醒他，「馬哥，這裡是自由世界，你這樣說不大合適了吧？」

「既無私德，何有公道？」

「你說話……還真有點像共產黨的紀委。」對方笑了起來。

馬濤氣紅了臉，摔了電話。「二鬼子！不就是多喝了幾年洋水嗎？」

「我看就是個婊——」他把後半句掐了，總算給自己留了一點風度。

罵來罵去，最後肯定還要罵到馬楠和我。他痛恨我們當年燒了他的手稿，其嚴重後果眼下已顯露無遺。一把火燒去了那段歷史真相，以致他無法實證自己應有的地位，讓那些小人們統統閉嘴。

26

再次推開這一張門時，母親已經走了。她的枕，她的床，她的房間，已經空了。她的一些破舊衣物殘留穢跡，但散發出一種熟悉的餘溫，已被打成一個包，拋入黃昏中的垃圾站，很快就被蒼蠅飛繞，被螞蟻攀爬，讓我不忍回看。我後來每次走過垃圾站都有幾許心悸，至少有幾分茫然。

從道理上說，我知道這是好事。將心比心，我要是她，也會希望早一點解脫。她病倒已數年，即便那一次在醫院裡恢復得最好，也是食不甘味，神智混亂，常常拉壞褲子和被褥。這樣的日子實在痛苦。每次醒來後看一看電視，實際上看不清，也看不懂，只是一種漫長的呆坐，一種面對五光十色的時間苦刑。在大姊家住過，她不大習慣，據說每晚都坐在床頭不能入眠。在二姊家也住過，她還是不習慣，成天站在陽臺上守望，還恢復了咳嗽和喘息。我同馬楠商量，還是接回來吧。於是，我把她背上五樓——當時我並不知道，那就是她最後一次回家。她再也不能活著從這張門走出去了。

她從來記不住我背她上樓的事。包括每次送醫院，包括上公園或躲地震，我背來背去的結果是她的感慨：「濤兒力氣大，上樓下樓都虧了他。」

馬楠忍不住說：「哥在國外，他的魂來背你呵？」

母親指了指我，她的女婿，「不會吧？是他背的？」

她似乎明白了，但後來再提此事，肯定還是張冠李戴。「嗯，濤兒力氣大。」

她已這樣認定了。正如她把馬楠買的生日蛋糕，說成是兒子買的；把馬楠買的棉鞋和電熱器，說成是兒子買的；連大姊、二姊買的衣服和床單，都成了寶貝兒子的一份孝敬。三個女兒一提起這事就很不高興，就說老人太偏心，重男輕女。「你們去打個電話呵。濤兒要回來吃晚飯吧？」她有時突然這樣發問，似乎必須把一個多年來未曾回家的兒子，想像成身邊的事實，一種看得見、摸得到、嗅得著的孝順。

她的胃口稍好了一些。稀飯、麵條、蜂蜜水、生黃瓜，多少能吃一點。她顯得高興了，便多說一些話，甚至能開一開玩笑。她說大姊長得俊，但對大姊夫太粗心，太凶，由此說到自己年輕時對丈夫也凶，現在想起來心裡還是欠欠的。接下來，她嘆了一口氣，宣稱自己快要死了，頂多也就兩三年了，以後給丈夫掃墓都很難了。

我問她還有什麼事放心不下。

她搖搖頭，突然眉頭緊鎖地抱怨：「他對我不好呢。」

「他不是給你寄來了藥？」

她不吭聲，似乎知道我在騙她。

「他太忙了，沒辦法，也許秋天能找機會回來。」

「今天天氣真熱。」她把話頭岔開。

我知道她其實希望我繼續往下說，包括說那些假話。

「他不是來信了嗎？不是來電話了嗎？依我看，他對你比以前好多了。昨天他聽說你睡著了，就要我們不去驚動你……」

「他不是對我不好，不是。」她終於點點頭，闔上眼皮，摸了摸毛衣，陷入一種含混不清的嘀咕。「就那個姓肖的主意多……」這大概是指她的兒媳。

不知什麼時候，她把目光投向我，眼巴巴的像個孩子。「你說，這次發病，怎麼就不回頭了？」我看出她眼中的失望和惶亂。放在以前，只要我與馬楠在她面前，只要我與馬楠說她的身體沒事，她就會點頭，就會放心地入睡，發出均勻的鼾聲。可這次情況有點不同。能想的辦法都想過了，能找的醫生都找過了——他們都含糊其詞。她肯定感覺到這一回我們的目光不像以往那樣堅定，口氣不像以往那樣爽快，便不再多說話，再次嘆一口氣，看電視螢幕上的浮光掠影。「這隻雞怎麼沒毛？」她指著螢幕表示驚訝，其實螢幕上是一位比基尼女郎，在她的眼裡恍惚了。

吃藥和注射仍在進行，但充其量只能減少她一點咳嗽。這一天，她吃了一個湯圓，一點麥片粥，一點燕窩湯。第二天，她只吃了幾勺稀飯，一點麥片粥，兩片蘋果，但精神似乎還好。馬楠勸她多吃時，她還能發發脾氣：「不吃就是不吃。老問什麼呢？」第三天早晨，她氣息變得有些虛弱，說自己的腳痛，讓馬楠揉了好一陣，但已不大說話了。十點十分，馬楠發現她額上開始出汗。十點二十五分，馬楠發現她呼吸開始變粗。十點五十分，救護車應召抵達，醫生進門來，發現她睜大眼睛，死死地盯住床邊的牆，手腕上的脈搏已消失。十一點二十二分，醫院急診室裡的搶救開始，呼吸機、起搏器等設備悉數上陣。

我請假提前下班，匆匆趕到醫院急診部，發現醫生已放棄了搶救，將大白布拉過來蓋住她的臉。這時是十一點五十分。二姊和二姊夫已經到了。大姊和大姊夫隨後也到了。馬楠與大姊趕快去買鮮花、取壽衣以及準備遺像。二姊則同一個老太婆吵架，說對方的潔身費和整容費要價太高。

根據老人生前的交代，沒有任何追悼儀式，甚至沒有通知任何外人。在兒子的電報到達後，塞進她懷裡後，我們便從醫院太平間出發了。靈車一路緩行，被很多汽車超越，到大橋時卻突然不動了。司機鑽到車下去修理，忙得滿頭大汗，也讓我焦灼不已。後來想一想，這也許是母親還捨不得走，想多看一眼江邊的風景？或許是她不明白電報是怎麼回事，覺得送行者當中還少了一個身影，她還得在這裡等一等，再等一等，再等一等？

火葬場正在改建，到處堆放石材、水泥、磚瓦，是一個亂糟糟的工地。待一切手續辦完，母親被焚屍工轉到輪車上，送入黑洞洞的爐膛。電閘一拉，巨大的鏽鐵爐門發出咣噹震響，震得輪軌和輪車都顛簸起來，母親的一縷黑髮也從白布裡抖落。馬楠要前去整理一下，被焚屍工攔住了，於是只能眼睜睜地看著老人以她一縷黑髮向世界告別。她的白髮一直很少，因此白布下掙扎而出的一縷黑髮，似乎是一道閃電，一道鞭影，一道裂痕，向髒亂不堪的火葬場暴現一個女人頑強的青春。

鼓風機轟轟響起來了。我們追到室外，見煙囪裡飄出一道薄薄的青煙，越升越稀疏，越搖越透明，最後完全消散在藍天。

馬楠忍不住，終於捂住臉，一頭撲進小汽車，躲到那裡放聲大哭。她一定是哭母親的消失之地如此不堪，哭鏽鐵爐門粗暴的巨響，哭爐牆和地面的骯髒，哭其他幾具陌生屍體在爐前的混亂擁擠，哭自己未能在焚屍工前堅持一下，最後為母親理一理頭髮——回報母親這一輩子為女兒千萬次理過的頭髮。當然，她也可能是哭這十多年來的日日夜夜，一次次在老人走失後的滿城尋找，一次次在老人拉壞後的全面洗涮，一次次在老人誤用灶具後的撲滅火情和收拾殘局，還有一輪輪應對老人徹夜咳嗽的焦慮不眠……好了，火情不再有了，咳嗽不再有了，一切煩惱和折磨都已結束，她應該輕鬆了，自由了，高興才是。她怎麼有那麼多淚水奪眶而出？

那麼，她是哭母親這一次不僅帶走了愛，也帶走了自己的全部委屈——或者說與委屈等值的愛，讓她哭得如此孤單。

她是哭母親的最後一句話吧？

這一句遺言是：「濤兒，你再給我揉一揉腳。」

27

蔡海倫是不是被馬濤誤了青春，人們說法不一。因出身基督教家庭，她便有了這個洋名。馬楠是她的好友，曾一心想讓她當自己的嫂子，也不明白哥哥為何不感興趣。在她看來，馬克思身邊有燕妮，列寧身邊有克魯普斯卡婭，那麼哥哥身邊就應該有海倫姊，有這個讀書成癖的才女。至於海倫姊的大手、大腳、大鼻子、大嘴巴，大門牙……有些人一說起就笑。那有什麼好笑呢？如果這算不上漂亮，那什麼樣的門牙才能算得上漂亮？

馬楠再次慢一拍，很晚才明白一點男人的心思，才明白小安子為什麼對她大笑，笑出了美人咳和潑婦叫。

這件事的結局可能也讓海倫很受傷。回城後，一別多年沒有消息。我再見到她時，發現她依舊單身，寬大飽滿的額頭上仍是短髮，但比以前更垮一些，有點大娘模樣。她已當上教授了，背一個小女孩常用的熊貓雙肩包，倒有點馬戲團的味道。架上深度近視眼鏡，思考時偶爾挑一支香菸，又有一種理科男的深刻風度。唯一的怵人之處，是她笑點太高，差不多是一個面癱，好像一輩子沒笑過幾次。

也許是因為長期專心授課，她說話有一個習慣，幾乎每一句都有重複，不是重複關鍵字，就是重複後半句，似乎眼前有一群學生在緊張筆記，她重複一下可讓大家跟得上，聽得清，記得準，知識點傳授無誤。但這樣說成了習慣，就成了舌頭自帶回聲，一個人包幹兩步輪唱，不無嘈雜喧譁之感。比如勸母親吃藥時，她的開導就成了這樣：「……你不吃藥是不對的，不對的。這是對自己的身體不負責任，不負責任，不負責任。這種丸子是眼下降血壓藥物副作用最小的，副作用最小的……」

她說得再對也沒用——她家保母說，老太太拒絕吃藥，其實是耍耍小脾氣，鬧一點事端，讓兒女多關注她，並非不知吃藥的重要性。

但教授不大理解這種邏輯，覺得自己夠孝順了，吃藥治病是硬道理，科學化的關照方案無懈可擊。第一，她給母親買了五種保險，買了五種保險；第二，她每個星期都來探視兩次，探視了兩次。第三，她每次探視都帶來了價值不少於百元的禮品，不少於百元……那麼她還能怎麼樣？還能怎麼樣？還能怎麼樣？她覺得保母的說法，不過是推卸責任，誇大老人的心理變態。好，就說變態吧，她好幾次帶心理醫生來看過。幾個小時下來，圖片看了，遊戲做了，連最新款的心理測試儀也上了，搞得老人很高興也很糊塗。醫生們最後都說，老人各項指標正常，資料擺在那裡。

她也曾與母親深入交談，但每次都不歡而散。母親還是希望她放下那個姓馬的，另找一個男人，不能像個遊魂和野人，不能像個沒鍋的鍋蓋。這天下不是只有姓馬的一個吧？……她立即糾正母親的大男子主義，說女人不是鍋蓋，男人更不是鍋。有一本西方著名的理論《第二性》是這樣說的，這樣說的，這樣說的……母親不懂西方的這一性那一性，氣得一閉眼，摔東打西的，後來索性冒雨出門，下坡時勇敢地摔一跤，摔斷了右手兩根骨頭，大概是想用骨折事件一舉擊破女兒的「第二性」，粉碎教授的各種混帳話。

但女權是海倫不可放棄的原則。面對一種極其錯誤的腐朽觀念，她能不警覺和批判？能不苦口婆心和循循善誘？能不擺事實、講道理地據理力爭？對的就是對的，錯的就是錯的。如果她連身邊的家人都不能說服，還有什麼資格去啟蒙學生與大眾？還怎麼挑戰中國幾千年封建主義思想傳統？吾愛吾母，但吾更愛真理。作為一個現代知識分子，海倫覺得自己的學術道德底線不可動搖。

她母親病故於秋天，是不是與氣惱有關，不得而知。

一些老朋友參加了追悼會。答謝餐聚上，綽號叫「尿罐」的不知何時的一句「娘們」，涉嫌對女性不敬，被海倫義正辭嚴地追究了一通。我也很栽，雖知自己身分敏感，一直小心翼翼，躡手躡腳，瞻前顧後，但無意間嘴裡溜出「太太」一詞，還是踩響了女權主義的地雷，炸出了筷子落下和杯盤碰撞的聲音。順著聲音看去，海倫緊緊捂住嘴，一個要吐的樣子。「行行好，」她搖搖手，喝了口水，長舒一口氣，向大家表示自己忍住了噁心。「什麼腔呵？是不是還要說『賤內』？是不是還要說『奴家』？」

她的一聲冷笑似乎與我有關。

「我怎麼啦？」

「『太太』不是你說的？」

「說了嗎？好像說了吧。這是不是……」我不明白。

我以為這一個文雅的詞，拍了女人們的馬屁，沒想到在海倫那裡還是禍從口出。她聳了聳肩，搖一搖頭，大概覺得我等凡胎愚不可及，使她無心再費口舌，便起身退席了，去另一間房翻看雜誌。

整個場面僵在那裡。大家面面相覷，不知「太太」錯在哪裡，更不知還有多少詞在這裡危險萬分，隨時可能讓女主人拂袖而去。也許我們確實無知，但今天不是來開追悼會的嗎？大家七嘴八舌回憶海倫她媽的一些往事，回憶她媽當年如何一次次來鄉下送豬油，如何給大家洗衣服和縫被子，如何幫馬楠收割白菜差一點一跤摔到了湖水裡……感懷老前輩之際，是否一定需要展開學術討論？是否一定需要在所有學術討論會上都把女權主義和女性主義（海倫認為這兩者大有區別，大有區別，絕不可混淆，不可混淆）年年講、月月講、天天講？是否一定需要像剛才海倫對「尿罐」那樣，時而英語，時而引述，時而舉起雙手撓動一個指頭（表示此處有單引號）或兩個指頭（表示此處有雙引號），說到激動處便伸出一根食指在空中朝前點擊，一下又一下，如一槍槍精確地戳過來，戳得「尿罐」這樣的水果販子張皇失措丟盔棄甲？

我們這些臭男人，肯定是滿身毛病，但也不一定每個毛孔裡都充滿男性陰謀，都把女人當成了玩物、陪襯以及奴隸吧？我們再大的罪過，也不妨在追悼會以外的什麼地方來清算吧？

大家悶悶地吃完飯，各自散去。我本來想說一下老場長吳天保的死，我不久前在白馬湖聽說的，終究沒找到機會。

28

父母離婚時，法院依照女方要求，把笑月判給了父親。但肖婷似乎一直不能勝任繼母的身分，總是嫌笑月舌頭大，說不好普通話更說不好英語，又嫌她刷牙弄髒衣，喝湯聲音響，走路的步態像螳螂，還不知從哪裡帶蝨子回家。

有一次，抽屜裡的十塊錢不見了，到底是孩子偷了，還是繼母記錯了，一直是說不大清。但一場大動干戈的追查後，兩個女人之間的關係無法彌補。笑月的眼睛幾成噴火器，填裝了彈藥，扣緊了扳機，一再瞄準繼母的香水瓶、試衣鏡、絲織旗袍、各種首飾……肖婷後來強烈要求遷居國外，據說就是不堪自己的物品總是莫名其妙的消失或毀壞，不堪小刁婆沒完沒了的陰謀。她也沒法把孩子甩還給那個下落不明的生母。

馬濤一出國就音信幾無，似乎不知道父親的電話對一位八歲女兒意味什麼。那一段，笑月瘋了一樣，總是披頭散髮，找遍了所有親戚和父親的朋友，找遍了父親以前出入的一切場所。她在父親以前帶她遊玩過的公園甚至守了整整一夜，一直呆坐到天明，覺得樹林那邊的路燈下有可能出現奇蹟。

我告訴她，她父親一直在關心她，給她帶來了禮物。

「你們騙我！」

我說，她父親不久就會來接她。

「你們騙我！」

我說，我們最近也沒有她父親的新消息。

「你們騙我！我知道，他給晶晶她媽媽打過電話，給豔豔她爸爸打過電話，給帥佗他爸爸打過電話，就是不給我打……」

她淚流滿面大哭起來。「姑爹，爸爸不要我了，是嗎？爸爸討厭我了，是嗎？你去同他說，求你去同他說說，我再也不砸家裡的東西了，不行嗎？我再也不吃手指了，不行嗎？我再也不要冰淇淋了，我再也不撕課本了……」

我只能把她緊緊抱在懷裡。

「我每天寫生字一百遍，每天都做最難最難最難的算術題，四位數加四位數的，再減四位數的，再乘以四位數的，不行嗎？……」

「笑月，你是好孩子。這裡有你的姑爹，還有你大姑，你二姑，你三姑呢。」

「不，我要爸爸——」

她哭得嘔吐起來。就在這天，她再次街頭閒逛，在路邊撿了一塊玻璃片，在腿上劃破一道口子——這是劃給她父親的；再劃一道口子——是劃給她生母的；再劃一道口子——是劃給自己的。照她後來的說法，她要用血來報復那兩個傢伙，當然還要懲罰他們的孽種，就是她自己。跑得了和尚跑不了廟。冤有頭，債有主，血債要用血來還。她必須讓世界上本不該有的這一家人統統痛苦！她懷著一種興高采烈歡天喜地大獲全勝的心情，看自己皮開肉綻，看鮮血橫流，想像那個叫馬濤的人一時束手無策。

她幸災樂禍地笑了起來。

她成了三個姑姑家的女兒。吃飯穿衣倒不是問題，但沒人能幫她找回一個爸。有一次，她在大姑家玩布娃娃還算高興，看大姑爹與兩個表姊躺在床上，不知說到什麼高興事，唧唧喳喳笑成一團，沒大沒小地滾成一堆，她突然臉色慘白跑到另外一間房，撲倒在自己的床上，用被子緊緊摀住雙耳。待大姑爹發現她時，她在右手上已咬出兩處血痕。哪怕大姑燒的獅子頭是她的最愛，她後來再也不願住大姑家。

三個家，六個長輩，家規不統一，也是教育孩子的難題，是孩子目光日益混亂的原因。有人說可以這樣，有人說不可以這樣。有人說可以那樣，有人說不可以那樣。一幅畫被油畫、粉畫、水墨畫好幾種顏色塗抹，難免不是奇形怪狀。光是一個給不給零花錢的問題，我就與馬楠嗆過好幾次。我用三個古代少年英雄的可愛小故事，好容易說服了孩子，讓她收回了要錢的手，但一轉眼馬楠就把鈔票塞入她的衣袋，差一點讓我吐血。馬楠的理由是：「人家都給了，我們怎麼可以不給？我們不疼她，還有誰疼她？」

幾乎在我的預料中，她蹺課了，成績下滑了，考試作弊了，還學會了躲閃和逃避，比如一遇考試就宣布腹痛或頭痛，不知是真還是假。她小小年紀就偷偷地描眉、抹口紅、做捲髮，塗指甲，出入網吧或酒店，吹噓自己將去國外繼承遺產。

我覺得應該找她好好談一談了，但馬楠再一次衝著我瞪眼睛。「你知道什麼呀？你根本不了解她。」

「你了解，那你說一說看。」

「你以為她不愛學習？你以為她不刻苦？你以為她缺乏同情心？……告訴你，根本不是你想的那樣。」

「三歲看大，七歲看老。她的來勢可不大妙……」

「閉嘴。不准你這樣說她！」

「馬楠，你沒看見嗎？她怎樣對待鄰居的？怎樣對待郵遞員和保潔工？她是不是已經被你們慣得……」

「你胡說！」

馬楠委屈得臉歪了，眼眶紅了，衝到孩子的房間，清理那裡的積木和圖書，摔東打西的聲音震天響，激動程度讓我大吃一驚。她憑什麼把自己當作孩子的知己？她們倆真有什麼說不出來也不可追問的共同祕密？莫非是生育這一塊心病，使她就把孩子當作自己的傷口，舔來舔去，最終舔昏了頭？

我尤其不能提到一位女鄰居，名叫陶潔的那位，上過報的特級教師。有時我不過是說起鄰居的合理化建議，不要給孩子太多玩具，不要給孩子太多零食，長輩的意見口徑務求統一，諸如此類，馬楠就氣不打一處來。「開口陶潔，閉口陶潔，她是你什麼人？」

「你這是什麼話？」

「你們都姓陶，本就是一家的。你去同她過吧，去呀！」

這事就沒法談了。

我知道，一次人工藥流手術不當，是她一直不孕的原因。我反覆安慰過她，說事情都過去了，既然已經這樣，我們當一當「絕代佳人」也不錯。但她很長一段難以釋懷，總是切齒詛咒她當年的遭遇的那個男人——我們多年來不碰的傷口。

大概是因為不孕，她活得較閒，也不無自卑和心亂，於是對婚姻常有點神經兮兮，對我的女鄰居女同事女同學等很在意。她接到這些人的電話時，不時粗聲悶氣，想大方也大方不起來。她對我多看兩眼的那些雜誌封面女明星也警覺萬分，一旦發現這種情況，便要數落她們逃稅的醜聞，假捐的醜聞，違犯交通規則的醜聞，要不就詆毀她們的假睫毛或者假鼻梁，似乎怕我一轉眼就去雜誌裡偷情，甩下她不管。如果我有幾天話不多，她就疑神疑鬼，不相信我是太累，一再逼問我是否在外面有人，是否有流行歌或電視劇裡的那些情節。即便我一再強辯自己的清白，她還是不厭其煩地反覆求證，比方逼問我想不想她，是如何想的，在什麼時候想的，都想了她一些什麼——恨不得我自剖腦袋，提交一大堆腦電圖，供她仔細比對和研究。

「你可以出軌，可以不要我，沒關係，我不計較。但你得實話實說。」她一次次逼我招供，一心撬開我的鐵齒鋼牙。

「你煩不煩？」

「不，就要你說，到底愛不愛我？」

「你是一個愛情犯，天天打砸搶呵？」

「就是，就是要打砸搶。」

我曾經說過，我不大習慣「愛」這個詞。它有點過於歐化吧？與西洋電影關係密切吧？多少有點臺詞的感覺吧？我更能接受的是「喜歡」或者「情」。在我看來，把愛情、親情、友情、熱情煮成一鍋其實更好。但她就是偏好進口臺詞，像一個投錯了胎的西洋女，每天不被幾十句I love you餵飽就不放心。

她掐我，揪我，打我，拉扯我，恨不得擺上老虎凳和辣椒水，撬出了進口臺詞後才可能結束刑訊。「你等著，哪一天我非用針線把我們兩個縫在一起不可，再也分不開。」她喃喃自語地憧憬未來，終於睡了過去。

縫出一個人肉搭褳，不至於吧？這種血淋淋的憧憬只能讓我心驚肉跳。

不知從何時開始，她簡直變了一個人，讓我無法聯想多年前那個看見公牛爬背也大驚小怪的「懂懂」。一個同事來過了，一切都很正常，但她根本不關心也不明白來人談的是什麼，不關心也不明白來人說的住房改革是何意思，只是一口咬定：「他同老婆的關係不正常了，肯定是這麼回事。」又有一次，在街上遇到一個熟人，她沒同對方說上一句話，整個見面也不過短短一刻，她不知憑什麼就扭緊眉頭：「可恥！」

「你說什麼？」

「他手淫時說不定會亂想，噁心死了。」

「你怎麼知道……」

「你沒看他的眼睛？」

「他眼睛怎麼啦？」

「他往哪裡看？往哪裡看？……不同你說了。你這個瞎子。」

我承認，與她的明察秋毫相比，我基本上是個瞎子。我沒法在生活中一眼準，甚至只是鼻子嗅一下，就能發現那麼多色魔、失戀人、悶騷漢、小三、早戀者、性冷者、單相思者、性變態者、老牛啃嫩草的傢伙……在她眼裡，世界似乎不是由公民組成，不是由人組成，只是由情欲激素組成。柯林頓的伊拉克戰爭不存在，只有風流總統與誰好上了這件事存在。普京的強國政策不存在，只有英俊總統是否吸引了女粉絲這個問題存在。飛機的速度、材料、配置、推比度、渦噴氣流統統不存在，只有乘機蜜月旅行這一美好圖景存在。總之，萬水千山總是情，粉色是個綱，綱舉目張。

這並不是說她風流放蕩。恰恰相反，她的性取向其實十分保守。即便高潮之際，顛鸞倒鳳，蝶醉鶯迷，嚮往一些新花樣，甚至氣喘吁吁地贊同春藥、性工具、三P……但只要一轉眼立馬變臉，摟上褲子就成了聖女，束好頭髮就成了中學班主任。

「想得美，我絕不能讓你學壞。」她狠狠瞪我一眼。

「這可是你紅口白牙說過的。」

「怎麼可能？告訴你，你一肚子壞水，休想賴到我身上。」

「怎麼就成了壞水？」

「你們男人好得了嗎？」

再同她爭辯下去，她又要扯上女鄰居了。

又一個政治熱季到來了。電視機前的人們都在關注螢幕裡的軍車和坦克，揪緊了一顆顆心。在這樣一個思想和情緒終遭撕裂之際，她居然像個高齡兒童，雖然也關注，雖然也焦急，雖然緊張得摀住眼睛從指縫裡朝外偷看，但東一句西一句的感嘆總是不得要領。螢幕上出現一個燒成焦炭的年輕軍人，還有相關的生前照片，立即引來她一把傷心淚。「可憐呵，這麼年輕，這麼單純，肯定沒談過愛的……誰下得了這個手？」不一會，螢幕上出現了一位女子，是政府通緝的要犯，她不管自己剛才哭過了什麼，立即連連跺腳搓胸口：「真是扯！她怎麼可能是個壞人？你們看她那氣質，那風度，那種冰雪聰明的眉眼……」

當時電視機還不太多，一些鄰居在我家看電視。其中一位逗她：「你還要窩藏這個人是吧？」

「為什麼不？我要是遇到她，肯定……」

「你吃了豹子膽麼？」

「我就敢。」

「嘿嘿，你不怕引狼入室？那女人比你可漂亮多了，同你老公勾搭怎麼辦？同你老公私奔了怎麼辦？」

衝著一片笑聲，她愣了一下，覺得有點為難，「他真要是跟這樣的人私奔，那我也就服了。」也有人沒把這些看作笑話。幾天之後，警察大概接到舉報，上門前來調查，看到底是誰打算窩藏通緝犯，是否真窩藏了亂黨。他們又是詢問又是筆錄又是四處查看，鬧出不小的動靜，引來鄰居們伸頭探腦地圍觀，以致多年後，我在機關裡遭遇麻煩，有人還曾拿這一段來說事。

她承認自己有點糊塗，也接受我的建議，決定今後少看一點愛情片。她練習毛筆字，把口琴找出來吹一吹，甚至把少年時代的《卓亞和舒拉》或《青春之歌》翻出來，正襟危坐地讀幾頁，大舉返回人文經典，直到自己讀得昏昏欲睡。但這一天她還是慌慌地跑來，搖著我叫喊：「五十歲怎麼就成了老大娘？」

我嚇了一跳，也去看一眼電視，發現那裡沒有地震和戰爭，不過是一條有關社區衛生工作的小新聞，純屬雞毛蒜皮，只是記者現場解說時，不知何時說出一句「五十來歲的老大娘」，竟然讓她如遭高壓電擊。

中年婦女不至於如此心理脆弱吧？在人家小青年的眼裡，五十來歲的人可不就是老了麼？

「電視臺是黨和政府的喉舌，怎麼能胡說八道？」

「放在以前，三十多歲的都能做奶奶。」

「以前是以前，現在是現在。中央電視臺，中央的，國家的，總不能開歷史的倒車吧？不能恢復封建主義吧？以前還有童養媳呢，以前還裹小腳呢……難怪呵，連電視臺都這麼亂來，社會上的坑矇拐騙殺人放火，當然少不到哪裡去。」

她真是越扯越遠。

接下來，她執意封殺電視臺，說這些爛節目不看也罷。即便我開機，她也餘怒未消，在一旁現場監督，時刻準備投入鬥爭。一見電視裡宣揚商品經濟，她立即表示抗議：「什麼商品經濟，說得好聽。我前天買一雙鞋，只穿了兩天鞋底就掉了，裡面全是紙……」一見電視裡報導企業承包制，她也怒氣沖沖。「承什麼包？都成了私家菜園子，憑什麼呵？你看八幢的那個趙廠長，一天一瓶五糧液，是喝他自己的錢？……」電視裡播放衛星上天的實況，該是舉國同慶的好消息了吧，該沒什麼話好說吧？但她仍然鼻子不是鼻子臉不是臉。「我就奇了怪了，好多人連飯都吃不飽，國家燒這種錢幹什麼？你上了天又怎麼樣？放個禮花不是更好看？」

總之，自電視臺冒犯了中年婦女，通過一個小記者的嘴，劃出了五十歲這條青春終止線，她便耿耿於懷，以牙還牙，有仇必報，禍及其他所有的內容。她幾乎懷著一種審看敵臺的心態，對螢幕上的一切都挑剔和譴責，把電視機裡的零部件都當作狼心狗肺。她必須同這個胖大傢伙拚到底。

「馬楠，你還講不講理？不能這樣神經質吧？」我哭笑不得，「你好歹也是個電大畢業生，好歹還是你們公司的業務組長……」

「陶小布，我說得不對嗎？」

「你說出口的話，總得有點分寸，總得過過腦。」

「你也覺得我是老大娘了？」

「這可是你說的。」

「你就是這個意思。」

「我覺得，你是得考慮吃藥了。」

「你咒我是吧？」

「不是咒。解除心理障礙，藥物介入很正常。陶潔說她的表姊就是……」

我話未說完就知道自己觸電，哪壺不開提哪壺，想改口也來不及了。我只能眼睜睜地看她五官線條一古腦彎垂下來，胡亂收拾幾件自己的衣物，哇的一聲哭著跑出門去。這一夜，她不穿棉衣也不戴圍巾，一個人跑到江邊廣場站到深夜，凍得自己全身發抖嘴唇烏紫，讓我開車好一番尋找，苦口婆心地解釋和規勸。我得讓她相信我沒打算甩下她不管，真的沒有，真的沒有，對老天起誓沒有。好，我的設計報告是沒法做了，這且不算。家裡的水壺燒了個底兒透，差一點釀成火災（慌亂中忘了關火）。我的一個手提包不知掉在哪裡（肯定在哪裡忘了鎖車門），裡面的身分證、駕照、信用卡等都需要麻煩透頂的重新補辦。這亂糟糟的一切後果，就是她快意的懲罰？就是她不屈不撓的愛呵愛？

我差一點大喊：馬楠呵馬楠，我一輩子為你打蟑螂，一輩子為你開瓶蓋，一輩子為你掏臭水溝，一輩子為你背包扛箱，一輩子幫你解開繩子的死結，一輩子為你修理自行車，一輩子為你撓癢癢——你撓不到的背上我都能撓……這樣的老公還不夠嗎？你還要我怎麼樣？你就不能在一個女鄰居的問題上消停一點？你笨得連自行車都不會騎，連電視遙控器都永遠是胡亂摁，但折騰老公如何一套又一套？

最後還是藥物發生了療效。謝天謝地，氯硝安定和阿米替林終於鬆弛了她緊張的神色，臉上還有了久違的笑。她在這一份化學所挽回的週末寧靜裡，看了一個美國婚外戀題材的影碟，哭濕了一堆紙巾，長長地嘆了一口氣。「婚外戀也有好美的故事。我真是沒想到。小布，我是不是太狹隘？

是不是像個狼外婆？是不是像個母夜叉？是不是成了一個好壞好壞的傢伙？」

「那倒不至於。」

「你說真話？」

「當然。」

她停了停，「你要是碰上了那樣的好女人，我不會怪你……」

「是嗎？你要是碰到這樣的男人，我也不怪你。」

「你還會幫我吧？」

我一時語塞。

「你說，說呵。」

「也許吧……」

「也許什麼？你的意思是會幫我？」

「你一定要把我整得那樣崇高？戴個綠帽子還得爭先恐後？你是不是……」

「你愛我，就不能太小氣。你絕不是個小氣人。不過，你要是幫我，我肯定會更愛你。小布袋，到那時我可怎麼辦？我不能把自己劈成兩截吧？我不能把一隻手縫給你，把另一隻手鉸給別人吧？」

我緊緊擁抱她，打斷她有關縫紉的又一輪驚魂想像。

她後來翻讀小安子的日記，不知讀到了什麼動心事，又搖動我的肩膀。「小布袋，你要去找找她呵。你在國外有那麼多朋友，就沒有一點辦法？」

「丹丹都找不到她，我能到哪裡去找？」我是指小安子的女兒。

「她把日記都交給了你，這意思你明白嗎？這說明她信任你，指望你，說不定偷偷喜歡過你。你不要給我裝傻。你總得為她做點什麼吧。一個女人在外面飄，心裡肯定苦。你還是去想想辦法吧，至少，你得幫她整理一下日記，想辦法給大家看看，讓大家不再誤解她……她其實真不壞，不壞。小布同學，我同你說話，你聽見沒有？要是連你也不理她，把她當一個笑話，當一個瘋子，那她就……」

我的小辮子和黑眼睛又紅了眼眶。

「別急。我會去找的，會去找的……」我給她遞上一條毛巾，想再提一下陶潔，同她開個玩笑，但想想後還是嚥了回去。

29

陸學文很關心笑月，經常說到他的一位老鄉，就是笑月所在那個中學的一位年級主任。據他說，笑月有一次偷了班主任的進口手表，本來是要取消學籍的，他給老鄉打了個招呼，就大事化小了。笑月同幾個男同學玩感情，搞得其中一位差點自殺，也是靠他給表弟打個招呼，把笑月調換到另一個班，抹平抹平就算了，沒讓男方的家長來吵事。

他說到這些時，臉上總有一種曖昧不明的笑，像是貼心貼意的前來串謀和報功，也像把柄在手時的暗暗得意。

我一再強壓怒火，假惺惺地表示感謝。

我不知道笑月這孩子何時進入了他的視野。事情看來是按部就班步步推進的。有一次，他請我吃飯，餐桌邊竟冒出了馬楠的大姊，嚇了我一跳。這傢伙什麼時候同我家大姊混成了熟人？又一次，他笑眯眯把手機遞給我，說有人要與我通話。我接電話時更是嚇了一跳：肖婷，遠在國外的大嫂，我平時都不常聯繫的，與他更是八竿子打不著，如何也同他通上了熱線電話？……

「俺大嫂哥什麼時候回來？」他收線時興沖沖地問。

他大嫂哥是誰？我突然明白了：他一聲「大哥」在前，自居我弟的身分，那麼我老婆當然就是他嫂，我老婆的大哥當然就是他的大嫂哥。這裡的邏輯一繞八千里，七彎八拐，倒也扯得上。

「你是說馬濤？……」我恍然大悟。

「他從奧斯陸回來了吧？」

「我沒聽說。你怎麼知道？」

「俺侄女今年也該升大學了吧。」

「侄女？……」

「笑月呵，你看你。」

「對不起，我腦子沒轉過來。」

原來他把我的侄女也一併接管為親人，原來他已讓我的親人全面暴露，一個個乖乖地落網。這使我有一種被包圍的感覺，被瞄準的感覺，似乎黑洞洞的槍口正指向我的後腦勺。我不知道這傢伙要幹什麼。

說實話，我太不願意同他拉扯。這傢伙身為副廳長，上班卻幾乎只有一件事，就是打聽和傳播各種人事消息：誰要提升了，誰與誰的關係鐵，誰上面有天線，誰看上了哪一個缺，誰的嫂子與誰的老婆經常一起散步，誰的小舅子與誰的表姊夫是老同學加牌友，誰的老爺子病了並住進了哪一家醫院……他對很多大人物及各位親屬的姓名、履歷、愛好、人際關係、家人狀況都如數家珍，如同情報局的活檔案，記憶力堪稱驚人。

辦正事卻是一條蟲。他簽批文件，永遠只有兩個字「同意」，或一個字「閱」，批不出任何具體的想法，更談不上任何具體建議，一輩子吃定了這個三字訣，鐵了心要當一名高薪的雙向無障礙文件傳遞工。哪怕內部會議上的兩分鐘發言，他也要手下人寫稿，如果不能照稿念，他就結結巴巴，一路顛三倒四，十之八九是離題萬里的大話和套話。為了不讓這傢伙太壞事，我絞盡腦汁，廢物利用，平時只安排他「陪會」，即應付一些泡沫性的官樣文章，讓他帶上耳朵就行，沒聽明白也不太要緊；或去市縣參加一些儀式性活動，反正對方要的一張領導臉，並無實質性工作。但日子久了，各方面都覺得他很像個領導，很合適在臺上坐坐，連我也覺得沐猴而冠只要足夠長久，就不再是猴。

這種感覺的悄悄變化有點怪。

其實這傢伙廢得沒底線。據同事們說，他到了市縣，一端酒杯就狂吹自己在上面的關係，還有自己的詩詞空前絕後，被各大學中文系爭相研究之類，活脫脫就是瘋話——隨行同事都恨不得就地蒸發。行業政策細節總是被他說錯，得靠隨行同事一再事後擦屁股，才不至於留下隱患。有一次，辦公室一位女科長安排會場，把他的名牌擺錯了位置，也就是右二錯成右三，大概有損他的尊嚴。他在這種事情上口才倒是出奇的好，拍桌子足足罵了好一陣，從祖宗罵到長相，根本不要稿子，罵得女科長當下雙手捂臉一路淚奔。

在場人都覺得太過分，只是敢怒不敢言。

同事們後來都不願同他一道出差。「老大，你行行好。」有人曾這樣求我，「你派別人去吧，誰去我請誰吃飯，出辛苦費。」

或者說：「我又沒犯錯，你不能這樣整我吧？」

但就是這麼個陸大寶貝，不僅一路官運亨通，調來省環保廳後還出了個小風頭。他不知從哪裡找來幾個大學生，給北京某位大人物編了一本《×××生態文明思想淺論》，不過是一些剪刀加漿糊的工夫，卻成了學術大作（是「編」還是「著」，說得比較含糊），還出了一個英文版，讓那個退休的老爺子大悅，立即傳召編者進京，一賞家宴，二賜合影。電視和報紙也大張旗鼓推介這一本「劃時代的好書」。

聲勢所及，蘇副省長也好奇，在某縣見到我，把我叫到一個僻靜處。「學文同志編的那本什麼……到底怎麼樣？」

「太扯了吧？誰都會說那些話。是不是要給每個大人物都編一本？」

「你這樣認為？」

「我當面這樣說過。」

「後天上午就是首發式了。」

「他邀我參加，我沒打算去。」

對方淡淡一笑：「好多事，大家其實都明白，說不說是另一回事。」

副省長看來並不糊塗，雖然後來參加了首發式，對上對下都給了面子，但不再提及此事。即便有人提及，只要我在場，他大多會看我一眼，有一種私下的會意。

陸學文大概覺得這事熱得不夠，遭遇到四周的某種寒意，神氣之餘多了幾分悲憤。他上班時故意打開辦公室的門，在室內高聲打電話：「中央軍委嗎？」「國務院嗎？」「財政部王部長嗎？」「×辦嗎？」……怕別人沒聽見，有時還操一支手機打到走道上來：「老兄，你搞什麼搞？我們省的這三十個億扶貧款，得趕快撥下來呵。這事不能再拖啦……」這種巡迴廣播當然是要嚇唬同僚，狠狠回擊大家的不敬。

「陶廳，」另一位副廳長滿臉苦笑，「我們這裡出了個中央領導呵。」

「我們環保廳什麼時候改成扶貧辦了？」另一位說。

「豈止是扶貧辦，還是中央軍委的分部。」又一位說。

……

這一天，我終於下定決心，去副省長那裡給他下藥，覺得這個膿包非得擠一下不可。他多燒點電話費和飛機票倒是小事，問題是再這麼亂下去，機關裡很多正事都沒法幹。

「你們按規定辦吧。」對方默默聽完，不動聲色丟下這麼一句，「規定就是高壓線，不按規定辦肯定犯錯誤的。」

我等待他說下去，見他給小茶壺續水，見他翻了翻筆記本，見他把祕書叫進門。「你們的環評工作會定在什麼時候？讓小李記一下，到時候我會來……」

我繼續等待，包括繼續搓手，繼續撓一撓耳根，繼續盯住對方的眼睛，繼續忍住喝一口茶水的衝動，沒料到最後只等來他的一個笑臉。他指了指牆上。「小布，你看我這些片子怎麼樣？」

我吃了一驚。他剛才什麼也沒聽見？我明明彙報了那傢伙在設備採購、規畫審批等方面的重大嫌疑，有理有據，簡明扼要，準備充足，語勢強勁，他居然什麼說法也沒有？他下定決心，不怕犧牲，排除萬難，堅決不表態——什麼意思？

牆上有幾幅風景照，有紅的夕陽和黃的秋林，有慢速曝光的江邊燈火，還有兩張潛水拍的海底風光。以我外行的眼光來看，這些片子畫數度高，構圖不算差，大概出自哈蘇H系列單反。

「這是您的新作？」我胡亂應付，「很好看麼，拿到展覽廳去，又是一顆攝影新星冉冉上升了。」

「哪裡，也就是一個攝影器材的新星吧。哈哈——」

「搞攝影可是個體力活。」

「誰說不是？」他指了指牆上一方夕陽，「為了等最佳光線，我在雲霄嶺足足等了兩個多小時，被蟲子咬了一身的包，代價慘重呢。」

我們的談話從此再未回到正題。走出這幢辦公樓時，我把此前的情景在腦子裡重新過了一遍，只能這樣揣測：

一，他根本不相信我的讒言，暗示我不該雞腸小肚，捕風捉影，對同事搞小動作。

二，他已被姓陸的搞定，說不定與那些設備進口商也有利益瓜葛。

三，他也覺得姓陸的確實爛，但只要我沒拿出貪汙、受賄一類確證，搞掉一個副廳級就那麼容易？插手人事管理不是他的分內事。何況那個人關係背景複雜，他腦子再暈也犯不著蹚這一坑渾水。

四，像有些人一樣，他可能樂見下屬之間的矛盾，哪怕這種互掐影響工作，但避免了下面的鐵板一塊和獨立王國，未嘗不是好事。一種互相盯防，在很多情況下能形成制衡，減少一些腐敗，或使腐敗容易暴露。

五，當然還有一種可能：他不是不願幫我，只是覺得我謙卑得不夠。這並不意味他喜歡那些提包、打傘、開車門的媚態，但如果有人從不在車前迎送，從不盛讚領導大筆揮就的書法或詩詞，從不畢恭畢敬地掏出本本隨時筆記上司指示，哪怕是一些有三沒四的閒聊廢話……那麼這人是否標榜清高太甚？是不是也有些刺眼？即便從愛護我的角度出發，他也太希望我多懂一點什麼。人呵，都是人。事都是人辦的。長官們可以不貪私利，但至少得有一點禮貌和感情的回報吧？焦頭爛額的訴苦，氣急敗壞的辯白，一把鼻涕一把淚的請求，千恩萬謝的領情和效忠，只是一些嘴皮子工夫，但能使公事透出幾分私情的味道，容易把人心焐熱。你小子如何連這個也不懂？如果你沒做足感情養護的功課，人家到時候憑什麼要把你的事急辦和特辦？

……

我感覺到問題嚴重了。得不到直接上級的支持，我不知自己還有什麼辦法擠破那個膿包。查帳取證嗎？派人外調嗎？找知情人逐一談話嗎？……當然可以。問題是，我不可能事事親為，同時又無法保證手下的辦事人不被收買，在紅包面前清一色的錚錚鐵骨剛正不阿。既如此，一次興師動眾的調查，只要塌掉其中兩三環，就很可能煮成一鍋夾生飯，說不定還會燙手。我再天真也不能指望燙手時大家都來呵護有加。

官場上的這一類中場盤帶進退兩難，最讓人煎熬。

更奇怪的事發生了。組織部門的考察組抵達機關，要求推薦和考察一名廳長人選。全員民主推薦隨即展開。我拿到選票，發現四位副廳長在候選之列，詭異的是，依選票上的解釋，受薦人須有五年以上副廳資歷（其中一位條件不符），須在這一級別任過兩個以上的職位（另一位條件不符），須五十二歲以下（另一位條件不符）。這樣，表面上是四人候選，合格的卻只有陸副廳——照蘿蔔挖坑呵。

會場上一片寂靜。大家顯然對這樣的選票大為震驚，你看看我，我看看你，一時不知該怎麼辦。有人開始舉手表示疑惑：

「答案都有了，還讓我們投什麼票？」

「我今天忘了帶老花鏡，看不清呵。」

「這選票上的標題和說明都有語法錯誤，太不嚴肅了吧？」

「以前不是畫鉤嗎？怎麼這次要畫圈？圈就是個零，很不吉利的。」

……

他們肯定是看到陸學文本人在場，不便公開反對，便枝節橫生，胡攪蠻纏，陰一句陽一句地裝瘋賣傻。聽組長解釋過三四遍了，有些人還是把票寫錯，寫錯了便要求換票，換了一張還要求再換一張，怎麼像文盲就怎麼幹。有人抗議身邊的人抽菸。有人抗議身邊的人放屁。嚴肅會場充滿了哄笑和胡鬧——他們顯然是在發洩情緒。

我一直沒抬頭，感覺到眾多目光叮在我臉上，火辣辣的失望、憤怒、輕蔑像小蟲子在這張呆臉上爬來爬去。我無話可說，甚至不敢對視任何人。我知道，如果這樣的荒唐事無可阻擋，那麼我當然就是坐在這裡的頭號大騙子，可笑的大尾巴狼。平日裡那些折騰，什麼廉政，什麼民主，什麼獻血和扶貧，什麼講座和考試⋯⋯都成了羊頭狗肉。零×任何數＝零。這一張選票偷越底線，是一個巨大的零，足以使大家今後對任何事都破罐子破摔。

散會時，我叫住了考察組長，「我要同你們談一談。」

「當然。你是一把手，我們會找時間聽你的意見。」

「不，我要求馬上談。」

「馬上？」

「我要求考察組全體在場。」

「全體？」

天色已晚，窗外已黑。組長看看手表，與一位女處長交換了眼色，似乎有點為難。但他們看一看我的臉色，沒再說什麼。大家在空蕩蕩的會議廳找一個角落坐下。組長安排人去買飯盒。女處長打開了記錄本，專等我開口。

30

一連幾十個電話都是為那傢伙說情的。可見眼下的人事保密規則形同虛設，我向考察組說的話，記在保密本上，卻差不多是大街上廣播過了。

來電話的人當中，有老同學，有前同事，有首長的祕書，有司機，有處長，有報社的記者，有北京的朋友，甚至有一位老鄰居，又自稱是蔡海倫最新的閨密……不過，其中一些人倒也沒怎麼強說，有點虛應人情的味道，只是點到為止。一旦聽我解釋，便嗯嗯哦哦沒有下文。看得出，對於他們來說，打這個電話很重要，打電話的結果並非特別重要。他們只需給託付人一個交代。

馬楠說，這幾天家裡總是接到奇怪電話，話筒裡什麼聲音也沒有，只是透出一種粗重的呼吸聲，讓人毛骨悚然。不管你說什麼，對方總是不回話，明顯透出一種惡意。她說要去報警。我說別費事了，查出幾個公用電話亭又有什麼用？既然對方只是來呼吸呼吸，你拿什麼去告？

社區保安慌慌地來尋找車主，說我的汽車慘遭損毀。我到現場一看，發現擋風玻璃碎成一片粉末，一塊大磚頭砸進車裡，落在駕駛座上。玻璃渣、落葉、雨水、泥土等，灌得車內一片狼藉，水淋淋的。沒人知道這是怎麼回事。是高樓墜物？是小孩搗蛋？還是歹徒報復？或是更大報復前的警告？……這是一座尚未安裝監控探頭的住宅區。保安沒找到任何目擊者，跑到現場旁的公寓樓裡挨門挨戶訪了幾家，還是無功而返。

在權力要害部門供職的老范，算是我一個老熟人，與我共事過多年，也神神祕祕打來電話：

「老弟，你還好吧？最近有一些事呵，我不能給你說。你也不用猜……對呵，我不能違犯紀律。不過，你是個聰明人，我是很關心你的，明白吧？……這些事你以後自然會知道。我是看在我們的老交情上，才與你先通個氣。明白吧？……你看我，這樣說已經不合適了，已經過了。但誰叫我們是朋友呢？……你不必知道是什麼事，也千萬別去打聽。我可是什麼也沒說呵……一切都很正常，很正常，非常正常，組織上絕不會放過一個壞人，也絕不會冤枉一個好人的。對不對？」

他用最機密的方式說了一通最空洞的廢話，讓我支起雙耳一無所獲，忍不住打斷，「喂，不就是有人告我的狀嗎？」

「哎，這可是你自己說的……」

「第一，告我嫖娼，對不對？第二，告我在大學期間鬧過學潮，對不對？第三，告我在機關裡排擠黨員，提拔了兩名非黨人士當處長，是不是？……」

「你不要有什麼情緒麼。你要相信組織……」

「沒關係。我早說過了，誰查出問題，我給誰發獎金。你們一定要派人來，最好是大隊伍開進，全面發動群眾，舉報材料公示，查它一個天翻地覆，否則我跟你們沒完。你們要是樂意，就把舉報人送到北京去，上至中南海，下至省裡五大家，讓他一家一家給我全部告到，少一家也不行！」

我沒好氣地摔了電話。

馬楠的二姊也來找我了，把我約到一個咖啡館，要了咖啡和奶油草莓，說起笑月的求職一事——去電視臺當記者。據說有關表格已拿到手，也填過了。「你鬆鬆口，放他一馬，他就辦了這件事。」

我知道她是說誰。「你怎麼也認識他？他是牛皮王，可以指揮中央軍委的。他的話你也信？」

「你放心，我也不是省油的燈，還能被他耍了？」

「他真是想得出。」

「小布，這是一個機會。」

「二姊，你不了解情況。」我把事情略加講解，「不是我不願意鬆手，但這裡是一個大糞坑，是一個大陷阱，你得明白。」

她驚訝得摘下墨鏡，把我盯了好一陣，指頭敲敲桌子，「你太過分了吧？你沒病吧？你是笑月的姑爹。你不管誰管？你要是不管，你和楠楠以後同馬濤還見不見面？你們這些當官的，要名聲，要保官，要勾心鬥角爭權奪利，我都可以理解。但你萬萬不能……」

幸好，她的手機響了。幸好，她接完一個電話，手機再次響起。於是一場談話下來，她穿插了五六個電話，讓我多了些喘息的機會。她又是說樓盤，又是說稅務，又是約髮廊，又是交代兒子的晚飯，還不耽誤隔三岔五地同我爭辯。這個女能人給我的感覺，是眼下再給她一個隨身聽，一個跑步機，一個頭髮烘罩，一兩臺電腦，也不夠她忙的。她一心多用三頭六臂，能把任何情況下的千頭萬緒都一併拿下。

我被她批鬥得心情很壞。與她分手後，我不知何時發現一名警察擋在車前，面色嚴峻地對我舉起手。下車一看，才發現自己鬼使神差駛入了逆向的單行道。警察扣下駕照，開出了罰單。

我擔心自己下一步還會闖紅燈，甚至直接撞上校車什麼的，便停下來，在路旁公園裡抽了一支菸。公園裡有一些孩子，還有一些三口之家的高低身影，搭上氣球或童車，躍動出週末的輕盈感和幸福感，還有烤玉米的氣味。我其實不太愛看這種場景——原因當然不用說。我家只有一個笑月，差不多就是我們的孩子。事已至此，她就是我們家的孩子，就是我們家的一脈骨肉。那麼我將如何向她解釋我剛才的拒絕？記者、主持人、電視臺……是她經常掛在嘴邊的話題，是她的五彩夢。我該如何向她說明白，向她的爸爸馬濤說明白，砸碎這個夢，不是我的自私，恰恰是為了她真正的安全和健康？一個孩子如何才能理解，人家塞來的這個大甜餅，連周圍很多成年人也在驚喜的這個大甜餅，其實暗藏了可疑的毒藥？

或者，我是不是看事物太誇張了？是不是像二姊說的，變態了，Out了，有點沒事找事，在一件尋常小事上賭得毫無意義？

我又抽了一支菸。

回到家裡，我不知如何向馬楠開口，不知如何才能說明白，二姊接來的這樁爛事，美其名曰「破格」、「特招」，其實明明是腐敗，明明是荒唐，是把孩子往是非泥潭裡推。我沒料到馬楠這一次倒是特別清醒，沒等我說完，就開始抱怨二姊多事。「她什麼時候能上點道呵？她家那個浩宇被她換了十幾個單位，不是被她換廢了嗎？」她還主動請纓要去說服她二姊。另一條，下一學期由她去租房和陪讀，讓笑月進一所更好的學校，一位朋友在那裡面當教務長的學校。全家來一個重金投入，全程緊盯，全方位服務，不信啃不下孩子高考這一塊骨頭——這個計畫由她迅速敲定。

我激動得馬上給她解圍裙和剝香蕉。

意外的是，她聯繫學校的電話剛打出去，就跌跌撞撞衝進我的房間，「笑月——笑月她——」

「怎麼啦？」

「她跳樓啦……」

「你說什麼？」我腦子裡轟的一聲。

「她……」她兩眼翻白，手扶牆壁倒下去了。

我喳喳喳的毛髮炸立，不知自己是如何救醒了她，不知自己是如何衝出房門，鑽入計程車，一口氣狂奔醫院，直撲急診室。一個茶杯蓋一直攥在自己手中，竟不為我所知。

二姊眼裡淚花花的，衝上來指著我的鼻子，「就是你幹的好事！」

二姊夫也如熱鍋上的螞蟻，搓著手走來走去。「這可怎麼辦？怎麼辦？我們如何向她爸交代？這孩子倒真是狠呵，真是狠呵……」然後他開始接電話，一個火爆的男聲從手機裡斷斷續續傳來，大概是一個正在抓狂的父親，在電話線那一頭正在震驚和憤怒。

大姊家兩口子也趕來了。

後來才知事情是這樣：笑月聽說電視臺去不成了，把自己關在家裡，坐在電腦前一言不發。二姊從外面回家，沒看見她，以為她逛街去了，沒準是去大姑或三姑家了——她反正從來都是說走就走，很少預告也很少留言的。二姊夫倒是多心了一下，說這孩子神色不大對，不會有什麼事吧。想到前不久有學生臥軌的傳聞，他決定出門看一看，竟發現樓下果然圍了一圈人，是在樓後的一側。一隻粉色的深口山地鞋，落在路邊的草叢裡，被他一眼認出，當即一口氣上不來，趕快抓摸自己的速效救心丸。

目擊者說，孩子是從三樓的樓道窗口往下跳的，幸好三樓以上的窗口都有鐵欄柵，也幸好她下落時被樹梢攔了一把，又被一個臨時棚蓋托了一下，最後砸中一個垃圾箱。醫院檢查的結果：雖無性命之虞，但有腦震盪，還有膝蓋、腳踝、胸口的五處骨折。

知道這一切時，我已來到病床前，發現笑月還未醒來。她只剩下半張臉，右臉似乎都轉移到左臉去了，其實是瘀腫的左臉過於膨脹和暴發，淹沒了一隻眼，也擠掉了另半張臉。面對親人們有關手術的複雜討論，這位半臉和獨眼的女孩保持驚愕的表情定格，一種事不關己的漠然態度。一條血汗尚存的腿被護士們簡易地固定和懸吊，像一腳踢出豪邁的步伐，整個人要向天空走去。

「笑月……」我湊近這張過於陌生的臉，感到自己無比虛弱，靠扶住牆才得以止住自己的搖晃。

31

知青下鄉算作工齡的政策規定，使我獲得申請權，遞過一份提前退休申請，但被上司拒絕了。我沒料到他們眼下回頭來成全我，強調這只是尊重我的意願，與其他事沒有任何關係。

這當然是他們的客氣話。

事實上，我的受挫難以掩飾和辯解。一大堆照片擺在面前，有餐館前拍的，有歌舞廳前拍的，有度假村拍的……一個個公車牌號清晰入目讓我無話可說。兩次車禍的調查報告更讓我無話可說。我得承認自作聰明的公車制度改革失敗。原以為提倡頭兒們自駕，可省下十來個司機，減少一半以上的油耗和廢氣排放，也防止有些長官把司機當家奴使喚……好處似乎不少。但我高估了一些人的自律。按下葫蘆浮起瓢，省是省了些，但公車私用的積習未除，一旦有人告狀，有人跟蹤拍照，有人蓄意捅給媒體，就成為事了。我更高估了一些同事的能力，比如那個負責法規研究的副巡視員，手比腳還笨，腳比屁股還笨，一抓方向盤就是多動症和羊角瘋。我已不下三次嚴令禁止他摸車，但他偏要摸，手下人誰也攔不住。他不撞入人家雜貨店裡去還能有別的結果？

他只是斷了兩根肋骨，沒一口氣輾死七八個小學生，割下一路娃娃菜，已是很給我面子了。「車輪上的腐敗」，「改革改出了殺手」，如此等等已成為媒體大標題，我一上網就隨處可見。上司方面的問責也順理成章。

接受正式談話回來，已到午休時間。辦公樓裡空空蕩蕩，只有一個女工勤探頭看了一眼，問我要不要幫忙。我謝謝她的好意，然後最後一次翻動臺曆，最後一次簽收文件，最後一次清洗茶杯，最後一次關上抽屜和鎖上櫃子，最後一次獨坐在桌前聆聽整個大樓裡的寂靜。我一鍵刪除了電腦裡的所有文本，自己曾投入心血的那些文案，嗞嗞嗞地清空了自己公務生涯的十二年，清空了所有的酸甜苦辣。面對零亂的房間和幾箱即將粉碎的廢紙，我發現自己一直想離開這一切，但真到了這一刻，到了房鑰匙和車鑰匙都擺在桌上之時，心裡又不免有點亂。我捏摸了一下兩把鑰匙，不知這一切舊物，包括自己用熟了的鍵盤、滑鼠、釘書機、筆筒、臺曆、電話什麼的，今後將被拋棄在何處的黑暗，將在什麼地方蒙垢和破損。我覺得它們幾乎是自己的骨肉，從此天各一方。

走出辦公室，我發現同事們都上班了。很多人聚集在走道上前來握手，有送別我的意思。他們肯定已看到電子螢幕上新廳長即將上任的通知，都有些神色沉重，投來的目光較為複雜。特別是有幾位女士眼圈紅紅的，揪的揪鼻子，掏的掏紙巾，讓我不免心頭一熱。我不能再說謝謝她們的話，一說就是壓上催淚彈，有點像電視劇裡的煽情套路了。

我得趕快往壞裡想，一舉打掉自己的感動。抹什麼貓尿呵？別逼我情意深長呵。哪一天，你們也許會慶幸我滾蛋的，比方說你們婦女節公費遊香港的計畫一旦獲批，你們會不會跳起來，歡呼摳門的前廳長終於不再擋道？你們會不會吐出瓜子殼，高興得相互擊掌三聲？

或者，哪一天，我騰出的位置一旦被小人補位，你們會不會咬牙切齒，把一肚子氣撒在我頭上，罵我秀清高，賣耿直，到頭來害人不商量？

我與大家一一握手，包括握別淚水最多的一位，就是曾被陸大寶貝辱罵得一路淚奔的那位女科長，在她背上拍了拍。

他們肯定也從電子螢幕上看到，陸學文也同時調離了，據說是去某學校出任第四副校長，算是與我同時出局——這對於我來說是一個不錯的勝盤，至少暫時是這樣。

回家的路上，手機一直在發熱，同事們的短信嗡嗡嗡的不斷發進來。

事後回想起來，手機中似乎沒有小杜的短信。這小子以前三天兩頭要用短信肉麻我一下，進我的辦公室也絕不坐下，絕不伸直腰桿，哪怕被我命令入座，也屁股下長刺，沾一下椅子就跳起來，繼續點頭哈腰，臉上永遠是打不爛煮不熟咬不動的一堆諂笑。他眼明手快，不是給我倒茶水，就是給我抹桌子，有時還偷偷塞來一包菸，小動作讓人防不勝防——我知道他家裡窮，沒有大動作的可能。但身為宣傳科長，他最大的忠誠就是在每篇報導裡把一號長官胡吹海捧，全然不顧報導主題是什麼。我懷疑他就是要用這樣的文章來惹我生氣，讓我當面動筆大砍大刪——他笑嘻嘻的根本不相信我是真生氣，只能讓我更生氣。但面對這樣鐵了心拍一輩子馬屁的可憐人，我能較什麼真？

老潘也沒來短信。這位潘夫子負責財務報銷，最喜歡認死理，卡過姓陸的那傢伙一些票據，為此屢遭對方報復。為了讓他順利晉升副科長、科長，我沒少費心思。奇怪的是，好幾次民主測評，除了姓陸的，就是他給我扣分最多——這種投票雖採取不記名方式，但只要注意每一張票的打分全貌，來一點排除法，來一點交叉比對，猜出投票人的真實身分其實不難。問題是，他對我到底有何不滿？他給我扣分時心裡在想什麼？他連胃痛和肝痛都分不清，自己胡亂吃藥，越吃病越重，被我強行帶到醫院裡就診，難道就是對他的羞辱？他被老婆打得頭破血流，無家可歸，在辦公室一睡兩個月，被我派人一輪又一輪去加以調解，難道就是對他家庭幸福的粗暴破壞？……或者，從根本上說，他認為自己當上科長不是什麼好事，純粹是我心狠手辣地給他添麻煩和下圈套？甚至是我與那個姓陸的一個紅臉一個白臉暗中串通迫害忠良？

十二年過去了，場面和聲威看了不少，門道和機關也看了不少，其實都沒什麼好說。它們絕不比周圍幾個尋常人影更讓我迷惑。

這是我卸職後第五天，門鈴響了。開門一看，是一身皺巴巴的領帶和西裝。我想了一會，覺得對方應該姓劉，是研究室的一位科長，因報假帳被我狠狠修理過，不僅少漲一級薪水，還在大會上公開檢討。

「你在家呵……」他嘴皮哆嗦，在桌邊放下一個紙袋，二話不說便閃向門口，如同鼓足勇氣砸下炸藥包後手忙腳亂逃離危險。他不至於被自己的一個紙袋嚇成這樣吧？

「嘿，你怎麼就走？」

「不麻煩了，不打攪了，陶廳……」

「喂──」我趕緊抓了一件東西追出去。事後才知道，他送來的兩條香菸已經發霉，不為他所知而已。相反，我追上去的回贈卻是一瓶價格不菲的ＸＯ，別說是老婆，就連我自己，對這種亂抓一氣也痛悔莫及。

我一直追到院裡，追到院門外的公交站，才把禮袋塞到他手裡，完成了一次緊急交換。這全賴我日前閃了腰，沒法走得更快。

「老劉，你也太過分了，茶都沒喝一口。」

「變了，變了。」他看看大路盡頭，不知何故長嘆了一聲。

「你說什麼變了？」

「沒辦法，沒辦法呵。」他搖搖頭，還是語義不明。

「家裡人還好吧？」

「陶廳，恕我直言，你這房子的風水不敢恭維……」

公車遲遲沒來。我在站上只能沒話找話，其實大多是答非所問，各說各話，尿不到一個壺裡去。我想說一說他的字（確實寫得漂亮），談一談機關裡的青年書法講座（我以前交給他的業餘任務）——莫非這就是他來看望和送禮的原因？是他多方打聽終於找到了我家的原因？他卻不願意談字，改不了說話的老毛病，嘴裡呼嚕呼嚕一鍋粥，一開口便有點無厘頭，這一句和那一句之間強拼亂接。剛才還在說老婆的怪脾氣，沒等我聽明白，便說到李白的名詩不合格律，還是沒等我聽明白，又說到報上的礦難新聞，還是沒等我聽明白，又說到機關裡鬧鬼……據他說，政府大樓前的臺階，從下往上數是三十六級，從上往下數是三十五級，一定是這樣。大廳裡八幅名人畫像，每天晚上少一幅，到了早上又會恢復原樣，好多守夜人都發現過的。他瞪大眼睛說，這一次環保廳有兩個子弟沒考上大學，肯定是大樓前面那兩個花壇太像兩個零蛋。

我慶幸自己已退位了。放在半個月前，我豈不會火冒三丈，再次打斷他的胡言亂語，罵他一個暈頭轉向？我會不會一怒之下再降他的薪水？

但我相信他此時並不是要同我說風水，不是。他今夜跑這麼一趟，肯定是有話要說，只是嘴皮哆嗦和唾沫翻飛，最終沒說出來。

我揮揮手，把他送上了公車。

想到以後再見機會不多，想到這個怪哥們從此與我擦肩而過，不再有鬥氣的可能，我在汽車站上多站了一會，然後慢慢走回家。「你要內外兼修，好好進步呵。」我想起他很久以前曾像一位大首長，拍過我的肩，驚嚇過我一次。

32

馬濤回國時未能見到女兒，好容易撥通了對方的手機，但無論如何熱情和慈祥，總是聽不到回音。馬濤後來再撥，發現那頭已關機，幾天後甚至成了空號。

「這孩子，怎麼能這樣？」肖婷撇一撇嘴，「該寄的錢，我們不也都寄了嗎？一套套衣服，那都是正品。她以為是地攤貨？」

「眼下這種教育體制，除了毀人，還是毀人。」馬濤另有一番理解。

我用手機撥打了好幾次，也通不了。

與朋友聚會時，若肖婷不在場，也會有人偷偷問到笑月。大概是喝多了些，大概是撞上了有關世道的話題，馬濤的回答更讓我意外。「這有什麼奇怪？我對這一切早就習慣了。別說是我女兒，就是你們，要是同我走近了也得小心呵。不知什麼時候你們的電腦裡出現了異動，不知什麼時候有陌生人深夜敲門，不知什麼時候你的某個親人或鄰居失蹤……都在情理之中吧？你們的手機也得注意了，一不小心，就成了竊聽器。」

他的這些話嚇了大家一跳，好半天沒人回話。「尿罐」後來在廁所裡結結巴巴地問我，他那些話是什麼意思？

「我也不知道。」

「他是不是……那一路爺？」

「那倒不是。」

我知道對方是指什麼。據我所知，馬濤早已遠離政治，從那個鬧轟轟的江湖脫身，甚至對往日的許多朋友大不以為然。他的最新身分定位是哲學的王者歸來，與哪一派都不沾包的民間思想達人。據說「新人文主義」就是他的首創，至少這個詞是他首提，白紙黑字，有案可查，不容他人攪水冒功。依他的說法，這種主義多面開戰，側著身子迎敵，左手打擊宗教的暴政，右手打擊科學的暴政，對所有的政黨、教派、財團、學閥勢力都形成了真正的釜底抽薪之勢……因此他不可能不孤獨，不可能不感到壓力倍增和危險四伏。一般情況下，他不會把文稿放在行李裡托運，不會在路邊小店複印材料，盡量不使用手機和座機。一般情況下，他總是把手機放在離身很遠的地方，用毛巾包住，用面盆蓋住，當竊聽器防著，保持必要的戒備。他最近已發現有一夥來歷不明的人正在網上對他明槍暗箭，並且對他的日常情況知道不少，看來很不正常。

二姊不愛聽這些離奇故事，倒是樂意讓哥嫂兩口子去看看她的獨棟別墅，幾乎是以熱情為鐐銬，以客氣為槍口，押解他們觀賞了每一個房間，看了大理石地板，北歐式壁爐，黃花梨明式家具，澳洲羊毛地毯，水流按摩浴缸……連一個小小的儲藏間也不放過。歡迎客人入住的客房早已備好。光是牆頭一幅名人真跡，據說就值一輛桑塔那。家宴當然更不可少。最會做菜的大姊夫被邀來主廚，很快就做出了滿滿當當一大桌。多盞燭臺齊明，照相機舉起，四家人終於有了一次歡樂的團聚。

馬濤氣定神閒，略有矜持，意識到自己的主角身分，照例是餐桌上的話題中心，巧妙的引導和掌控不露痕跡。二姊多次打聽國外的房價、金價、名牌手袋，但三五句之後，必被他不知不覺地引回來，回到他的「新人文」。條條江河歸大海。世界經濟五百強你們知道吧？雲計算和反物質你們知道吧？New Age你們知道吧？前不久的奧斯陸高峰論壇你們肯定聽說了……他的新主義幾乎就是這一切，至少與這一切有關係。作為一種根本性的全球解決方案，一種避免地球生命第六次大滅絕的治本之策，「五百強」之類與之相比，實在算不了什麼。他還不失時機地找來手機翻出一條短信，是某位朋友發來的。據那位朋友說，「新人文」理念已在南非開花結果，使那裡的吸毒者比例下降六成……六成是個什麼概念？想想看，如果各行各業的效益暴升六成，這世界會怎麼樣？如果各族各地的惡行都減少六成，這世界又會怎麼樣？

我半醉半醒地進入美好未來：在那樣的世界裡，哪還會有貧困、汙染、貪汙犯、長舌婦、人肉炸彈？所有的人都會住進獨棟別墅吧，都享有燭光大宴吧？

大家再一次為他的事業前景乾杯。

他又翻出蜂群自殺和病毒變異的什麼消息，證明地球生命第六次大滅絕其實已迫在眉睫。不過二姊對大滅絕無感，聽得哈欠連天，好幾次伸懶腰，翻白眼，看手機或看電視，早早地撤了。二姊夫也是眼皮子重，雞啄米似的點頭，冷不防卻發出一道鼾聲，雖一個機靈醒過來了，振作精神繼續往下聽，但已讓馬濤大為掃興，一時有點說不下去。

二姊夫力圖有所彌補，「你的專利費肯定不少。」

「專利費？」馬濤有點懵。

「這麼個好東西，得好好評估一下，爭取包裝上市呵。」二姊夫討好的意味依舊，掏出名片匣，說要介紹一家香港的資產評估公司，一個很靠譜的秦總。

「你真是好幽默……」馬濤搖搖頭，嘴角咬出一絲笑。

我見勢不妙，忙上前攬和一把，「二姊夫，你的酒還沒完呵。哪有你這樣喝的？喝酒留一口，這樣的幹部要調走。喝酒留一半，這樣的幹部要查辦。這話沒聽過？來來來，走一個，再走一個！」

這時，隔壁房間裡一陣高腔，引起大家的驚愕。原來肖婷不知何時也離席了，正在那裡清理行裝，準備下一步行程。她發現一瓶葡萄酒實在裝不進箱子，放在提包裡又怕碰碎，便交給二姊，說送給二姊夫。二姊一聽就沉下臉，掂了掂酒瓶，終於忍不住一聲笑。「大妹子，不是我說你。你也是見過世面的呵，怎麼這樣不會說話？」

她見肖婷不明白，衝著她直眨眼，氣得一個臉盤子更大。「這幾天，你們在這裡紅的、白的、土的、洋的，都喝夠了吧，知道我們根本不缺酒，是吧？但這麼多年沒見面，你們也算是千里迢迢海外歸來，送我們一瓶酒，不算過分吧。怎麼到這時候，裝不進去了，才想起這一齣？」

肖婷炸出一個大紅臉，「對不起，我不是這個意思……」

「是我聽錯了你的意思？你講的是英文還是日文？是月亮文還是太陽文？我兩隻豬耳朵聽不懂？」

「我是真心地想讓二姊夫品嘗一下……」

「什麼瓊漿玉液，要走了才拿出來品嘗？」

二姊夫這時急忙趕過去，把肖婷一把拉走，又回頭使勁遞眼色，「說什麼呢？人家在國外多年了，不習慣送禮了麼……」

「國外？不習慣送禮，就習慣受禮呵？」

「你少說兩句行不？」

「人家做都做了，我為什麼不能說？告訴你，我就看不慣有些人，喝了幾年洋水，以為自己人五人六。又不是元妃省親，把別人都當叫花子嗎？有什麼了不起？說不定也就是住兩間破房子，開一輛破車子，到超市裡淘一淘大路貨，幾個鋼鏰還拿皮套子攢著，也不怕麻煩。邀個飯局就像過年，我的媽，幾個星期前就翻地圖，看菜單，想來又想去……得得得，我今天得了一瓶酒，恩重如山，情深似海。謝謝！謝謝了！」

嘣的一聲——誰都知道，那瓶酒被她隨手扔進了垃圾箱。

這一扔攪亂了後面的很多事。本來是馬濤兩口子住在二姊家的，結果突然轉來我家，打我們一個措手不及。本來是約好四家一起去給父母上墳的，結果是二姊不去了，大家都悶悶的，怏怏的。肖婷一直拘束不安，從墓園回來後洗臉時終於忍不住地哭在濕毛巾裡。她說這次回國，名義上是陪馬濤參加一個研討會，實際上是要訪兩位名中醫——馬濤前不久患肺癌，手術還算成功，剝離得很乾淨，不過癌細胞的復發和轉移仍有可能，中醫的效果到底怎麼樣，也是天知道。

說這話的時候，馬濤不在家。

她不會是博同情吧？不是編個故事破解難堪吧？不管如何，她說出的隱情足夠驚心，讓我很快聯想到馬濤這一次瘦削的臉，頭上的髮套，還有大異於從前的灰白臉色，像抹過一層薄粉。整整一個晚上，大家都不再怎麼說話。

第二天，他們兩口子要走了。馬濤一大早起來便掃地，擦地，抹桌子，整理零散書報，用酒精棉花團清洗電話機。不知在哪裡發現了一根膠皮管，他還用釘子在膠皮管上打眼，要給陽臺上的盆花做一個滴灌系統——其勞碌讓人頗不習慣，頗為驚訝，更添我們幾分心慌。沒多久，大姊兩口子來了。二姊夫也來了，只有二姊遲遲未露面。她還是要來送行的吧？她已經在路上了吧？只是在哪個路口被堵住了吧？會不會是去買什麼旅途食品？……馬楠撥打了幾次手機，沒什麼結果。

直到掛鐘再一次敲響，馬濤對了一下手表，勉強笑了一下，深吸一口氣，拉上旅行箱終於出門了。

「謝謝你們，這些年照顧媽媽，還照顧笑月……」這是他上車前的一句，是我記憶中他這輩子第一句軟話。在遲疑片刻後，他終於憋出了一份謙卑，憋出了一份大哥式的溫厚，對於我來說不啻於青天霹靂，好半天才沒讓我回過神來。

「我只能抱歉……」他囁嚅了一下，聲音小得幾乎聽不見。

也許是太反常，這種低聲和氣短的青天霹靂便有了重大的意味，宣告了一個重要的儀典，暗示了一個重要的時刻，一個萬里之別和百年之痛的關頭。儘管沒人說破這一點，儘管他的目光躲閃而飄浮，啄來啄去的，但已讓人不忍對接。親人們嘩啦一下都眼圈紅了。馬楠更崩潰，沒等到握手，更沒等到揮手，便一把捣住嘴跑開去，咚咚咚一口氣撲向樓門。一個急著要去關爐子或關龍頭的主婦模樣，匆忙的背影有些不近情理。

我發動了汽車，見馬濤盯住了後視鏡，盯住了那一個個漸漸滑出鏡面的人影。他還有機會再回到親人面前嗎？我不知道。我故意起步很慢，讓他多看一下後視鏡。當汽車一路飛馳，一路上升，升至拱形跨江大橋的頂端，與對面同樣上升的城區遙遙相會——他還能再一次駛上大橋嗎？金色的萬頃波光在橋下閃爍——他還能再一次跨越家鄉的江面？低沉的輪船汽笛聲在江岸迴盪——他還能再一次聽到家鄉的汽笛？一道道斜拉鋼索的影子在窗前嘩啦啦閃過——他還能再一次看到這鋼索的第九根、第八根、第七根、第六根、第五根、第四根、第三根、第二根、第一根？……

我打開了音碟機。一曲男聲獨唱轟然而起：

茫茫大草原，
路途多遙遠……

我注意到他閉上了眼睛。

我突然有一點鼻酸，被俄羅斯草原上一個馬車夫臨終的故事打動。我慶幸自己能送上馬濤一程，哪怕這一程永無終點和歸期，哪怕這一秒延綿成萬年。我真想悄悄伸出一隻手，放在他的手上。我真想汽車來一個急轉彎，於是自己不由自主地身體傾斜，能呼吸到他更多的氣息——嗅到我的多年以前。

隨著汽車駛下大橋，林立的高樓在前窗升起，繼續升起，大規模升起，把我們的汽車一口吞下。一座座新樓房太整潔而光鮮，就像眨眼間變出來的幻境。特別是一幢玻璃牆面的摩天樓，反射太陽的光芒，給這個城市隨意插下一支巨大的利劍，全無真實感，簡直就是貼上去的。奇怪的是，熙熙攘攘的行人對這種天幕上的隨意剪貼毫不在乎。

「太像暴發戶了，你看這些樓房新得——」肖婷尋找話題，「不能都這麼新呵。當年那些老房子其實滿有味道的，怎麼扒得一間不剩了？大家都瘋了麼？」

馬濤沒有應答。

「My God! 這些汽車怎麼滿街亂跑？都嚇死我了。要在這裡開上一個月車，不在心臟裡搭三五個支架，恐怕還不行吧？」

馬濤仍無應答。

33

我陪他們到了Y縣，又到了W縣。肖婷說要拍一些尋訪舊地的照片，為馬濤的一本傳記準備些影像資料，知青生活那一塊不可或缺。

W縣是馬濤當年插隊和被捕的地方。可惜老縣城的木板房和麻石街都沒有了，河邊老碼頭也面目全非，一個龍王廟改建成小百貨批發市場，安徽和浙江的口音不少。我們把全城轉了個遍，也沒找到太多可入鏡頭的素材，沒找到傳記作品中常見的那種奇特、浪漫、神祕以及滄桑感。歷史被清洗得太快。千篇一律的寫字樓太可惡了。面目雷同的大廠房太可惡了。俗豔的擁擠超市簡直應該一炸了之。生活在這裡的人看上去都是塑膠人，是互相陌生和互相仿製的冷面人，居然可以容忍故鄉的消失，居然可以容忍大路口那一座惡劣萬分的雕塑——用肖婷的話來說，有點像嫦娥，更像三陪女，舞動的一把彩虹哪是什麼彩虹，完全是大師傅散拉麵——她在這裡倒是咔嚓了一張，想傳給朋友逗個樂。

入住旅店，我們倒是沒有攝影鏡頭的戀舊癖，選了一家最摩登的大賓館，據說是四星級的，在這個縣城屬價位最高。果然，水晶條墜吊燈琳瑯滿目，菊紋石板牆面富麗堂皇，紅衣侍者幾乎跑步前來殷勤地鞠躬並接下行李，立該讓客人自我高貴起來。肖婷在接待臺要下了一間套房——九百八，這個價格嚇了我一跳。想到現錢可能不夠，我急忙找人打聽提款機在哪裡。

我不想說他們揮金如土，更不想說自己與老婆出行也從未如此豪放。預感告訴我，即便自己那樣說了，他們也不會相信。肖婷除了暗挑一下眉梢，對我的裝蒜不以為然，還會有別樣的表情？

我要了一個標間。在房間裡洗刷一把，走下大堂時，發現他們已躺在美容廳裡，貼上了面膜，大概是想彌補一下這幾天的日曬。我照例去結帳，照例再受一次驚嚇。乖乖，光是活氧面膜就是每件三百多，還有什麼乳液、爽膚水一類，都是一把把快刀。

「你也來做一個？」一張大白面膜向我發出肖婷的聲音。

「不用。」

「風塵僕僕這些天，都成鱷魚皮了。」

「土包子受不了這一補。」

「放心吧，我又不是紀委，沒人查你的腐敗。」

「這同紀委有什麼關係？」

「嘿嘿。」白面膜擠了一下眼睛，「不說了。不過，這可是你們自己的媒體說的，不是我造謠哦。」

她是指那些關於腐敗的報導吧？是指官員們五花八門的公款消費吧？我這才恍然大悟，明白了他們為什麼又挑套間又貼面膜，為什麼一路上心安理得地等我買單，坐著一動不動視而不見。看來我這一路沒買來他們的感激，只是買來了他們全程的輕蔑，還有反腐除惡的堅定決心和昂揚鬥志。

我能說什麼？我怎麼證明自己的錢乾淨？我即便長出一萬張嘴巴把事情說清了，就能使這一趟旅行變得更愉快？……我只好找來一份報紙，從新聞版看到娛樂版，從天氣預報看到分類廣告，一直說不出話。我去門外的停車場走了好幾圈，把一池金魚研究來研究去，還是說不出話。

直到晚飯時分，肖婷看了我兩眼，可能覺得事情有點過了，第一次慷慨破費買來一袋鮮桃。這時，馬濤換上浴後的晚裝，也容光煥發地來到餐廳，對肖婷說，他找衣服時，發現一件球衫不見了。

我這才想起來，是一條美國某球星的紀念衫，很好看也很少見的。在吳天保小兒子家的那一晚，我把它洗過後晾在陽臺，事後竟忘記收撿。

這事可怎麼辦？

肖婷看看我，又看看馬濤。「可惜了。不過沒關係，你還有好幾件。」

馬濤沉下臉，「你以為那是一塊抹布？」

我說：「這事只怪我，是我忘記收了。這樣吧，送走你們後，我馬上去取回來，給你們寄過去。」

「萬一寄丟了呢？」馬濤盯我一眼。

「不至於吧？」

「國內的郵政，怎麼能讓人放心？」

我立刻敏感到事情有點複雜。他說過這是黑人球星的私人贈品，比那頂巴勒斯坦的軍帽更珍貴，比那張瑞典的簽名照片更榮耀，是對他事業的大力支持，因此這事不可能有別的解決辦法。我今晚必須讓這一份尊榮物歸原主。別說來回只有四百公里，就是千里萬里，就是上刀山下火海，這事也得速辦和妥辦。

肖婷居然沒這種敏感，「哎呀，去取是來不及了。要不這樣，到時候我再求柯大叔補一件？我們明天得趕火車哩……」

馬濤打斷她，「火車？」

「我們不是……」肖婷十分驚訝。

「什麼我們？你憑什麼代表我？我同意過？我答應過？我簽過字？你什麼時候問過我的意見？」

肖婷頓時面如紙白，「我們不是說好了的嗎？走完了這兩個地方，就去成都和西安，再去北京……」

「沒說坐火車吧？」

「是呵，是沒說坐火車。這不是飛機票沒訂上嗎，當然……」

「什麼叫『當然』？為什麼不能坐汽車？為什麼不能坐船？或者推遲幾天走？告訴你，肖婷，我最討厭你這種擅自作主和自以為是。對不起，你不是我的Boss，我不是你的聽差。你不要把全世界都當成你的服裝店。」

「你說什麼呢？」

「我同意過坐火車了嗎？我同意過住這家賓館了嗎？我同意今天晚上在這裡吃飯嗎？……告訴你，肖店長，這一路上我一直忍住，不想同你在小事上置氣。但你不要太過分。人生而平等，哪怕你是總統，哪怕你是石油巨亨，你也沒有吆三喝四的權利。你必須學會一個文明人最基本的規則：尊重他人！」

劈頭蓋腦一通罵，罵得肖婷淚水閃動，嘴一歪，朝門外跑去，連太陽鏡也忘在餐桌上。

現在只能由我來勸解：「算了，吃飯吧，有話好好說……」

「我沒好好說嗎？我怎樣才算好好說？我哪一句說錯了？」馬濤拍下筷子，閃閃利目橫掃餐廳，回頭戳我一個猝不及防，差一點在我的全身捅出篩眼。「陶小布，不是我說你，你這一次也讓我非常吃驚。我知道，你春風得意，當過什麼弼馬溫，在體制內討一口嗟來之食。我不會苛求你。我不會要求所有的人都敢於擔當，都深明大義，都特立獨行，但既得的一點蠅頭小利算什麼？不可憐嗎？入鮑魚之肆，久而不聞其臭。你得明白，日子過舒坦了，離人民大眾遠了，良知慢慢就會喪失，追求真理的勇氣就會慢慢磨滅。」

他緩了口氣又說：「當然，我們之間已經有了階級鴻溝，逆耳忠言你是不大聽得進去了。但作為一個過去的朋友，我還是要送你一句話：好自為之吧。」

我不知道他火氣從何而來。應該說，他的每一句話都沒錯，每一個標點都在智慧和真誠中浸泡過千遍，都是為天地立心為生民立命的卓見精識，但我與他之間到底有什麼鴻——溝——？我們的鴻溝是他住套間而我住標間？鴻溝就是他享受昂貴的養容護膚而我習慣於十塊錢的理髮？鴻溝就是他拍拍屁股出國而我一直在代他奉養母親、照看女兒、然後對他盛情接待？鴻溝就是我無法像他那樣到處接受幫助但無處不可翻臉正色並且永遠占住道德高地？……沒錯，弼馬溫一錢不值，但這裡的人們沒自殺，沒瘋癲，沒蹲大獄，就是滔天大罪，就是無恥的苟活和叛賣？如果這些凡夫俗子沒有追隨你和膜拜你，沒有哭著喊著向你歡呼，就是見利忘義惡俗不堪拒不悔改負嵎頑抗？大人，馬大人，是這樣嗎？

我把這一腔憤怒大喊出來，劈頭蓋腦拍在他臉上。

當然是在想像中。

事實上，我只說了一句：「我會把你的球衫取回來。」

不就是來回四百來公里嗎？不就是一個晚上不睡覺嗎？我摸出車鑰匙，立即走向停車坪，發動了汽車。我知道，這是最後的一夜——想想吧，摀住嘴再想想吧，明天他們就要乘火車，就是我們之間的分離甚至是永別。那麼，在這個滿天星斗的夏夜，在這個完全陌生的偏僻小城，讓我成為他最後的沙袋，最後的槍靶，最後一番教訓和羞辱的對象，多大的事呢。只要他高興，就算我守住最後一次的侍候與報答。母親早就對我說過，做人寧虧己勿欠人，得一輩子在事上磨。不被自己的親人磨一磨，不會死得塌實的。

母親——我的淚水一湧而出。

有人拉開車門，上了副駕駛座。我回頭一看，發現是肖婷，還未結束匆匆的塗唇補妝。

「對不起，他就是一個這樣的人。」

「沒什麼。」

「你不知道，他把我的朋友差不多都得罪完了，我也不知受過他多少氣。有一次，我只是說了一句，說可能沒人竊聽我們，他就把我的電腦扔到游泳池去……」大概想起了什麼傷心事，她開始抽泣，粉色指甲捉一塊濕紙巾輕蘸眼角。

「沒多遠，我一個人去就夠。你去休息吧。」

「我反正也睡不著。」

「你沒有中國駕照。」

「我陪你說說話，你就不會那麼睏。」

「他會更生氣。」

「不，他的氣大多是罵出來的。找不到人罵，可能還好點。」

車燈射光楔開前面的黑暗。一個個路牌在黑暗裡不斷綻放又不斷熄滅。成群飛蛾在車燈中嗖嗖嗖撲面而來，打得擋風玻璃叭叭響。一陣沉默之後，我給她講了一個小故事：當年在鄉下時，大家曾吃到一個奇苦無比的葫蘆瓜，覺得實在費解。為何一根藤上結出的瓜，別的都甜，唯獨這一只充滿毒液？當地農民也解釋不了這件事。也許，這只瓜在授粉和打苞時遭遇了事故，出現細胞或基因方面的錯誤，才積下了滿肚子悲憤。你也不妨這樣想像：月光遍地之時，別的瓜都睡了，只有它不睡。早上雞叫時，當別的瓜興致勃勃地歡呼陽光和雨露，只有它在沉默和蟄伏。它一心一意要做的，是暗中收集蟻毒、蚊毒、蠍毒、蜂毒、蛇毒、蜘蛛毒……把自己熬製成一顆定時炸彈，然後在主人的餐桌上轟然爆炸。它就不想希望自己也能甘甜一生嗎？當然不是，肯定不是，絕對不是。但它的悲情無人可知……

我不知自己為何要說這些，讓肖婷聽得神色慌亂。「你要抽一支菸嗎？你抽吧，我不在乎。」她可能覺得我有些異常。

「肖婷，他坐牢時留下了腰傷，注意不要久坐和久站，睡的床要硬一些。」

「我知道。」

「據說靈芝對提高免疫力有良效，很多癌症患者都吃。」

「我明白。」

「多說點逗笑的段子，可能是最好的養肺。」

「我懂……」

「你自己也要多保重。」

一隻冰涼的小手悄悄伸過來，抓住了我的手。

茫茫大草原，

路途多遙遠……

車裡再一次響起音碟上俄羅斯歌手的男高音。一種全世界海平面都在呼呼呼上漲的感覺，從聲浪中淹沒過來。

34

一個將要死於車禍的人正在碰杯，一個將要死於癌症的人正在購物，一個將要死於衰老的人正在給女友獻花，一個將要死於水源汙染的人正在奉承上司，一個將要死於戰爭或地震的人正在點擊網上關於死亡的話題……這些話有些難聽，但都是事實。生活就是由各種將要死去的人組成，或者說由大地上的暫住者們組成。死亡不過是每個人與永恆的預約，使生命成為一種倒計時——滴滴答答聲無一例外的越來越響。

不是在那一天，就是在通向那一天的路上。

那一天是何等景象？親友故舊會不會在身邊？如果在，他們的容顏會不會蒼老得難以辨認？其面目會不會在悲傷的扭曲下完全失形？如果他們不在，或早已不在，或從來沒有，那麼你的視野裡會有什麼？陌生的護士、醫生、清潔工、整容師、保險公司代表、一群路邊的好奇者或不好奇者……在這些陌生面孔之下，你不會覺得自己走錯地方，有一種迷失者的孤立無助？

窗外也許是秋陽或春雨，是一片幽靜森林或錯亂群樓。事情就是這樣，我們最後看到的世界，與我們最初看到的世界，其實不會有太多不同。太陽照常從東方升起。月亮照常向西方墜落。天空還是那樣。群山還是那樣。流水還是那樣。暮色降臨之際的玻璃窗上總是閃爍一些光斑亂影。幾十年間耳聞目睹的一些變化，對於生者也許很重要，對於垂死者卻沒那麼重要，甚至算不上曾經發生。

重要的是生命已經見底，重要的是以前很多事實際上都成了最後一次。人都不免有些粗心。最後一次在車站握別朋友，最後一次在街頭觀看櫥窗，最後一次在城南大道打哈欠，最後一次走出四號線的地鐵站，最後一次接到物流公司的電話，最後一次開車送客人駛上斜拉索的拱形大橋……你原以為那些事是可以重複的，還有下一次，但你錯了。包括你兒時的萬花筒或紙飛機，抄作業或買糖果，早就是此生的最後一次——只是當時沒有行刑官高舉白手套，宣布那些日子的死亡。

在這個意義上，每個人都早已開始死亡，或說部分的死亡，永別了數以千計的最後的一次，就像一棵樹凋落了一片片葉子。

眼下是摘去這最後一片的時候？

你來自黑暗，又歸於黑暗，經歷了一次短暫的甦醒。你將回到父親和母親那裡，回到祖父母和外祖父母那裡，回到已故的所有親人那裡，與他們團聚，不再分離。你是不是有一種歸家的歡欣？當你想像自己將重返中年，重返青年，重返少年，重返幼年，嘩嘩嘩的記憶鏡頭一路閃回繈褓歲月，聚焦於你爬向那個紙飛機的背影，聚焦於小小的後腦勺，只有父母才可能暗記在心的後腦勺，你會不會喜極而啼？

出生前也是死亡，是不存在，是無。既然人們不曾懼怕生前的黑暗，那麼為何要懼怕死後的黑暗？不就是再來一次嗎？不是早已經歷了的千萬年嗎？勞累其實不怎麼愜意。摘下呼吸機更像下班，把白布拉下來蓋臉更像回窩，是一個工匠哼著小調走向輕鬆假日。以前不大顧得上的，以後都可以顧上了。以前沒安逸夠的，以後盡可以放鬆全身大睡一場。一切成功者或失敗者、快樂者或悲傷者、富貴者或貧賤者之間最為平等的長假，就是死亡的到期歸零。一個人沒理由對此憤憤不已。

當然，如果你怕死，不妨接受一種有關輪迴的想像，如等待舞臺上新的一幕，等待進入新的角色和劇情，以便把此生未辦成的事補辦一次，把來不及、錯過了、不敢想的事盡力補償……問題在於，要識別新劇情就必須保留舊劇情，就像要識別二．〇版就必須比對一．〇版。然而一旦新舊交雜，兩個版本混在一起，當事人該如何取捨？會不會有顧此失彼的兩難？就像輪迴說描述的那樣，當前生骨肉統統成為陌路人，或變成鳥在窗前叫一叫；或變成馬湊過來蹭一蹭——他們眼中的依稀往事會不會使你心如刀割？

這可能多出補償，但也會多出欠債。那麼一個沒有債務的新版，即刪除了任何舊版記憶的新版，本身就是無可比較的孤本絕版，仍是一齣無前亦無後的獨幕劇。於是，所謂補償在這裡既沒有根據也沒有對象，其實沒有任何意義。關於輪迴的許諾，更像是只欠不還的無賴，更像是只算利潤不算成本的天真財迷。

在一個暗夜無邊的宇宙裡悄然劃過，以眾多星體為伴，與茫茫塵埃共舞，布下無形的步履和飛翔，漂泊於無始無終的浩瀚和深遠——我們還是高高興興地接受獨幕劇吧，接受孤本絕版吧，接受身體的最終熄滅吧。退出記憶幾乎就是退出清醒，退出失眠症，退出一種過於漫長的失眠症。滲漏會使我們身體成為大地的一部分。蒸發會使我們身體成為天空的一部分。我們飄散於是成為大雁長鳴的一部分。我們腐爛發臭於是成為花瓣上一顆露珠，或泥土中一棵新芽。這種失眠的結束也許算不上什麼代價，但能換來我們今後的無時不在和無處不在——這種在，這種最大的在，當然就是上帝。

「……再給我揉一揉腳吧。」上帝最新的一句話是這樣。

35

根據宇宙大爆炸的理論，空間應該一直在不斷地膨脹。但白馬湖為何偏偏在收縮尺寸？——比如記憶中的堤壩如何變得這樣短、這樣窄？湖面如何變得這樣小，看上去不過是一些稍大的水塘胡亂拼湊？

是不是我記錯了？

記憶中的白馬湖就是山坡上的兩排土平房，總是以空寂無人的面目抵達夢境。記憶中的白馬湖煙波浩渺，波浪接天，縱目無際。月亮升起來的那一刻，滿湖閃爍的鱗形光斑，如千萬朵金色火焰燃燒和翻騰，熔化天地間一切思緒，給每一個人的睡夢注滿輝煌。有風聲，有浪聲，有槳聲，有魚躍聲，有偶爾飄過的口琴聲……不知來處也不知所往。當各種聲音飄落於深夜，群山下這一大片琥珀色的遍地殘火，注定無人在場，也舉世莫知。

那樣的白馬湖到哪裡去了？

當年我們舉著火把去偷襲野鴨的白馬湖到哪裡去了？當年我們放船去採菱角的白馬湖到哪裡去了？當年我們草繩束腰破衫蒙頭去砍伐蘆葦的白馬湖到哪裡去了？當年我一個人累倒在湖洲中以至呼呼一直睡到天明沒有任何人察覺的白馬湖到哪裡去了？當年那一夜螞蟻咬不醒蚊子叮不醒寒風吹不醒飢腸鬧不醒的昏昏大睡，從泥土中睡去從泥土中醒來的那一片大空白大寂靜大虛無，還能否重返我的失眠之枕？

小船搖，槳聲響，
湖面閃閃是月光。
兩腿泥，一身汗，
天涯遊子夢故鄉……

這是小安子當年寫的一首歌，據說歌詞還出自我的手，曾一度在知青中傳唱開來，但我完全不記得這回事了。

我只記得最後離開白馬湖的那一天，早已不在茶場的秀鴨婆，聽說我要走，一大早還是從村裡趕來送行，往我衣袋裡塞了兩個碩大驚人的鵝蛋，還有一堆板栗，又挑上我的被包和木箱，一直送到公路口。

「你們這些城裡伢，不是這個八字，其實本不該來的。」他嘆了口氣，「看看這一坡坡茶樹，這些年苦了你們，也苦了你們父母。」

「沒什麼。」

「男子漢嘴大吃四方，但吃死人骨頭那事，以後不能再搞了。聽見沒有？」

「你還記得那事？」

「不管什麼時候，都要靠自己一雙手，靠自己做。」

「當然。」

「你們有文化，是幹大事的人。不過，萬一哪天你們在外面不好混，就回來吧。這裡沒什麼好東西，但有我們的一口乾，就不會讓你喝稀。」

「我知道。」

「你曉得的，我們眼下也有水泵了，有碳銨了，有薄膜了，有噴霧器了，還雜交了……」他是指正在推廣的雜交水稻種。

我知道，他的意思是，現在可以多打些穀子了，不會再餓我們了。哪怕我往後是拖家帶口的來，鍋裡也不會空，桶裡也會有的。

我眼眶有點發熱，去溪邊洗了一把臉。早春的溪水還是透骨涼，一沾就好像手指頭都被鉸掉。

36

我幾乎忘記了白馬湖，更忘記了吳天保。那次陪馬濤兩口子回訪鄉下，見到了吳家老三吳糧庫，才從對方嘴裡聽到他爸的一些後事。

其實也沒多少事好說。吳天保既沒發家暴富，也沒做奸犯科，屬於記者和作家通常不感興趣的那種庸常多數，比較平淡的故事缺乏者。自茶場承包給私營公司，他回村裡務農，連個退休幹部的待遇也沒撈上，還是被村裡女人叫做「猴子」。鄰居失了雞，他就去燒紙符。鄰居要辦席，他就去殺豬。鄰居有小孩病了，他就到處去敲鑼喊魂。一旦幹得腰痠腿痛，他把椅子放倒，屁股坐在椅背，背脊靠住椅面，說這種彆彆扭扭的姿勢最舒服。一個猴子的尖屁股需要特別的安放。

「怎麼就不開會了呢？讓我開一下天會塌麼？怕我的銅牙鐵齒嚼爛你鄉政府的飯碗呵？」他對鄉領導的不滿也越來越多，「再不開會，再不學習，再不搞思想，我就把一擔穀把這個黨員賣了它。」

他的日子看來過得過於寂寞。

算來算去，他最有面子的一件事，是教訓過一位局長。那次是他去鄉上找會開，覺得美國那旮旯炸塌了兩棟樓，發生了這麼大的事，不可能不開會的。但他最終沒開上會，只見鄉長在設宴款待縣裡一位局長。局長酒量大，氣焰囂張，不一刻就把鄉長放倒，把兩個副鄉長也灌得眼睛發直，於是嘴裡很不乾淨：你們如何這麼不禁喝呢？幾個尿壺，上不得檯面呵。幾塊肉皮，擺不成宴席呵。我是想在稅收上照顧你們，但我這酒杯不答應，你們說怎麼辦？這白馬湖也真是太沒人了，連酒鬼也沒一個……

吳天保從窗外路過，覺得這人罵得好，罵得大快人心，但一聽到那人說到白馬湖，忍不住一踢門進了餐廳。「說得好，白馬湖一沒酒仙，二沒酒鬼，只剩一點酒精了。四妹子——」他一招手，「來，撤酒杯，換大碗！」

這意思是他要替白馬湖來做一回人。局長打量他身上的泥點，還有亂糟糟的鬍鬚和手裡一根扁擔，覺得自己沒必要說話。

「我姓吳，吳不倒，又叫無底洞，隨你怎麼叫。」

一位副鄉長忙介紹：「他就是茶場以前的場長……」

客人對陌生人不感興趣，看一下手表。「各位，時間不早了，下午三點半局裡還有個會……」

「不能走，不能走，沒喝好如何能走？」吳天保一掌按住對方，「我們這鬼地方的規矩，豎著進來，橫著出去。四妹子——」他又喊開了，「去把張醫生喊來，把吊瓶準備好，今天不喝出個急症，恐怕是對不住人的。」

局長這才明白自己遇到難事了，不過大話剛出口，一時不好改，加上敬酒者是一個老人，是兩手端碗，是鞠躬在先，也不便過於無禮，只好硬著頭皮接招。第一碗下去，他還能笑。第二碗下去，他已有點像哭。待第三大碗咕咚咕咚灌下肚，他一臉僵硬，成了個鬥鬥眼，對吳天保喊「鄉長」，對鄉長喊「親家」，起身去廁所卻走向了廚房，走了一陣十字步，最後撲通一聲倒在門外，連眼鏡也飛出老遠——果真是橫著出門了。「我沒醉，我沒醉，我不怕你們掛吊瓶……」他躺在地上還嘟囔不休。

「開會去，開會去，好好地開。」吳天保搭上一手，幫忙把對方抬上汽車，朝汽車揮了揮手。

人們事後說，這一天縣財稅局長顏面掃地，威風不再，從此在白馬湖抬不起頭來，開口要茶葉不再那麼海，還同意給這個鄉減稅。對蔡海倫、顧小佳等一些老知青募來的救災款，也同意不再列入營業稅徵收範圍。

鄉幹部對吳天保感激不盡，送來一箱酒，又接他去縣城看大戲，「保爹」「保爹」的喊得很熱鬧，只是仍然不提美國的兩棟樓和老革命們的開會待遇。吳天保後來一提起這事就上火。呸，請我看戲，那也能叫戲？一無鑼鼓，二無行頭，三無腔調，連皮影和猴戲都不如。臺上只有一群小妖精，綠頭髮，紅頭髮，黃頭髮，一張嘴就是幾十個「愛」呵「情」的，豬油拌白糖，不怕膩死人。個個都像澡堂子裡跑出來的一樣，脫得身上只留幾寸布，還不時下臺來逗騷，找這個握手，找那個握手，血盆大口嚇得死老鼠。嘿——她們的父母都半身不遂麼？如何不操一把菜刀來剁腳？

他發現一個香噴噴的女子已扭到眼前，鞠了一個躬，手裡抖動一個裝有零散鈔票的草帽，分明是索要賞錢。

他閉上了眼睛。

「愛哥哥，別緊張呵，看看我嘛。」

他幾乎要發出鼾聲。

「好花不常開，好景不常在，你別裝睡呵……」

他實在賴不過去了，被對方拉扯得沒法再裝，忍不住腳一跺，睜開眼大喊一句：

「毛主席萬歲——」

小女子以為自己遇到了瘋子，嚇得一伸舌頭趕快溜走。周圍的人也大驚失色，紛紛探頭，指指點點。

他對這種效果很滿意，朝空中某個地方看了一眼，目光降落下來後，站起來衝這個點一點頭，衝那個點一點頭，叫板和謝幕的意味混為一體，負手揚長而去。小兒子糧庫追出劇場大笑。「爹，爹，你也真是土，又沒人送你上刑場，你喊什麼口號？人家同你一樣熱愛毛主席，不過是你票子上的那個毛主席。」

「太不像話！要省布，也不能這樣省吧？以前還好點，頂多是扒開褲子看屁股，現在成什麼了？扒開屁股看褲子？」

「不就是娛樂麼？時代不同了，你不能翻老黃曆。」

「娛樂就是看肉？」

「好看呵。」

「給你天天看又能怎麼樣？給你們每個發一個放大鏡，又能看出一朵花來？沒見過你們這些憨貨，看一下，就拍錢。」

這樣說來，他似乎又只是對虧本生意惱火。

糧庫是個廣告公司小老闆，在縣城置有公寓一套，家境不錯，頓頓有酒肉，還是沒餵出父親的老年騷。吳天保也不擅打麻將，在婦女們那裡輸過幾回錢，便恨上了麻將機，老是說中國應該同日本打一仗，最好同美國打一仗，等美國導彈把這個國家打爛了，打成豆腐渣了，大家就好夾緊屁眼紮緊褲頭打起精神搞建設，省得去打麻將——否則麻將機還不玩死人？他想串一串門，同鄰居商討一下這樣的治國謀略，但鄰居都大門緊閉，他樓上樓下轉了半天，沒好意思敲門，即便鼓足勇氣戳一下門鈴，但對方只打開一條門縫，防賊一樣地上下打量，問他有什麼事。

他有什麼事？他能有什麼事？但不討飯不逼債就不能來坐一坐，喝杯茶，抽根菸，把掃蕩麻將機的問題議一下？大卵子一甩，把全國的歪風邪氣掃一下就那麼難？

不用說，見對方急急地關上門，他氣不打一處來，差一點再次跺腳高呼：「毛主席萬歲——」

要是那樣，鄰居肯定更不敢開門了。

老人過日子省慣了。攢下的舊衣、舊鞋、舊瓶子、舊盒子都捨不得丟，要丟就是丟他的命。客人喝剩的可口可樂，他也拿來喝。客人丟下的紙巾團，他也撿來擦嘴，擦完往衣袋裡塞。一不留神就盯住路邊的垃圾桶細看，似乎那是一個個百看不厭的聚寶盆。兒媳說他這根本不是節約，是存心找病，是拿藥費單子坑人。兒子的道理更時尚，說他這是對抗政府擴大內需的政策，極左思潮阻礙市場經濟，無非是想餓死一家家企業，餓死滿天下的打工弟兄。最後，這家的一隻貓也暗下陰招，大概是恨他打劫魚骨頭，對他從無好臉色，不是尖叫恐嚇就是利爪襲擾，有一次還把貓尿拉在他的皮鞋裡。

面對人獸聯手的全面圍剿，他招架不住，只能閉上雙眼再來一個絕地反擊的殺手鐧：

「人民萬歲——」

他的跺腳高呼，至少把那隻貓嚇得無影無蹤。

他以前就不習慣廁所，眼下更看不上兒子家的抽水馬桶，蹲在馬桶上吧，又滑溜溜地摔跤，有骨折或脫臼的風險。他只好去附近的菜園裡遊遊蕩蕩。這一天，他在酒廠後的草叢裡提起褲子，感嘆縣城的乏味，發現幾個娃娃貼著工廠圍牆蛇行鼠竄，開始以為是小蟊賊，後來才知道他們是不敢走大路，是學校裡「郊農班」的被「擇優班」欺侮。後者多為富家子弟，家裡出得起擇校費的，有手機，穿名牌，袋裝零食不斷，還有學校裡最好的教師精心執教。其中幾個男生被高脂肪和高蛋白餵成了小巨人，又肥又壯的超大型兒童，肉勢逼人，趾高氣揚，眉飛色舞，滑旱冰時連成一隊「開火車」呼嘯而過，令其他子弟只能躲閃。在最近的一次群毆之後，郊農班的這一夥小青菜不僅鼻青臉腫，還被對方責令永不得走大路，更不得向擇優班的女生吹口哨和拋媚眼，癩蛤蟆休想吃天鵝肉。

「你們老師呢？搓卵去了？」吳天保大為吃驚。

「不能告官。告官就休想在江湖上混。」一個掛了鼻涕的娃說。

「還江湖？你老娘打地洞吧？生了一窩老鼠，連路都不敢走。」

孩子們疑惑地看看他，低下了頭，嘟嘟囔囔。不知誰冒了一句：「我們打不過……」

「打不過？你們是沒爪子，還是沒蹄子？每餐三碗飯都吃到屁眼裡去了？胯裡那兩顆蛋蛋被鷂子叼走了？」

「我們不會打。」

「不會打？我教呵，師傅在這裡呵。」

吳天保的一套「牛皮鱗」拳法已經荒疏，但老底子還在，教孩子們幾招不是很難。他著重教了一個側身護胸，還有一個勾拳連擊……其實打架主要是打一股氣，照他的說法，實在顧不上了，就上牙齒，扯褲子，吐唾沫，撒泥灰，什麼爛招都是好招。幾個娃娃學得興起，相互試拳，精神大振，拉的拉褲帶，抹的抹鼻涕，一個個綻開笑臉。只有一個傢伙不好好學，老是喜歡打岔：「老師傅，你的牙齒好黑呵。」

吳天保只當沒聽見。「今天是什麼日子？七月半，鬼門開。從今天起，你們不要做人，要做鬼。明白麼？」

「明白了！」

「世界上只有人怕鬼，從來沒有鬼怕人。哪個要打你們，你們就要打得他們天天晚上做噩夢。

明白麼？」

「明白了！」

小屁仔還是打岔：「老師傅，你的牙齒太黑了吧？」

一支抗暴維權的起義隊伍初步建立。孩子們始而驚異，繼而緊張，最後是一派興奮的歡呼雀躍。吳天保把這些小武士帶去理髮店，全部剃成光頭，據說這樣打傷了也好包紮。又買來一堆大饅頭，讓他們每人吞下一個。「記住了：哪個不敢打，老子就要打他，還要告訴他的父母，不給他飯吃！」

這是他最後的戰鬥動員。

「耶——」一群小光頭憑藉大饅頭的氣勢，朝大路上掩殺過去，決心一洗天鵝肉之恨。

下午，孫女放學回家，帶回了爆炸性的消息。據她說，學校裡一場惡鬥，把警察都驚動了。「郊農班的好酷呵，把籃球搶回來了，把旱冰場占領了。他們個個都是光頭，都有金鐘罩，還有九華派傳人掌門哩。我們都看見了，那個掌門仙姑白頭髮，白眉毛，白袍子，就在學校對面那個啤酒屋裡施法……」直到父親重重抹來一掌，這個小麻雀才住了嘴，伸伸舌頭寫作業去了。

吳天保聽說這些，一聲不吭只顧喝酒，繼續看電視碟片。據說電視劇裡的一個人物，就是他多年前挖墳埋葬的那位將軍，因此這片子他百看不厭，雖未看到自己挖墳的情節，還是十分過癮。唯一的缺點，是將軍的幾粒麻子，還有一條大狼狗，在這部「電視戲」裡竟然無影無蹤。

這年冬天，他的左腿越來越跛，腳踝部分還變青和變黑，醫生說是什麼動脈炎，須截肢以防進一步的壞死。他絕不同意，說他以後到陰曹地府還要見娘的，他娘要是問兩條腿怎麼少了一條，他該如何回答？

拖到年關，他只能架拐杖出門了，但還是一拐一拐在村裡轉，甚至去一些喪家聽夜歌。那一天，他大概喝多了，喝得胸口都紅潮一片，興之所至，情之所迫，也想唱上一嗓子。他一句上板沒翻過去，便空張著嘴，目光呆呆地看天，不知呆了多久，終於仰面倒了下去。人們後來說，他是不小心起調太高，把自己的腦血管唱炸了。

依照他生前的交代，三個兒子給他做足了水陸道場，新舊兩套祭奠禮儀，鞭炮放了幾籮筐。要命的是，喪禮過後不久，幾位面生的債主找上門來，有的有字據，有的無字據，但都說吳天保欠下了錢。照理說，吳天保的三個兒子都混得還不錯，也還算孝順，給過老爹不少錢，但誰也不明白他為何還要四處借錢，還要在雜貨店和魚販子那裡賒帳。這天殺的老財迷把東西到底藏在哪裡了？全家人撬牆磚，翻樓板，拆雞窩，上房揭瓦，門前屋後到處挖，幾乎掘地三尺，除了在棉衣裡找到一些捲成小棒棒的小票，在豬欄房一個瓦罐裡找到包藏若干硬幣的油紙包，其他錢財還是無影無蹤。

家人終於在一個柴灶上方的吊簍裡找到了幾大紮，看上去是原形尚存的錢，但經過柴煙的長期熏烤，成了乾透失重的紙灰，幾乎一吹即散一觸即破。三個兒子小心翼翼連簍子帶錢一起捧到銀行，但銀行職員看了一眼，說這是一堆灰呵，哪是什麼錢？

老太婆在他的遺像前怒火滿腔，脫下一隻鞋子猛擊門檻，每擊一次就罵一句：「你無聊呵，你缺德呵。這年月一不逃荒，二不打仗，三不吃公共食堂，四不搞階級鬥爭，你藏你娘的腸子肚子肺呵？你害了我一輩子，當死鬼還要害我呵？你那些東西到底藏在哪裡？你說！你快說！你說不說？你不要在我面前裝死。我追到陰間也要揪死你，掐死你，一屁股坐死你。老娘要踩住你的兩頭打中間，要把你吊起來一天打八遍，你這個死猴子呵……」

只有幾個小孩好奇地聽她罵。

日子久了，孩子不見了，只有三五隻雞遠遠地聽她罵。

37

我需要再次離開小說主線，拾取一些記憶碎片，比如「秀鴨婆」這個綽號，一個我剛才重新想起來的人。

我常常猜想，上帝大概是不讀小說的。因為我獨自一人靠近上帝時（就像現在，在深夜的鍵盤前，在遠處有輪船低鳴之際），心中閃爍的更多是零散往事，是生活的諸多碎片和毛邊，不是某種嚴格的起承轉合。

對不起，我的寫作由此多了很多猶豫，也會有些混亂。

這個秀鴨婆眼下就坐在我面前，提到的一段婚禮胡鬧，倒是讓我略有印象。當時是婚後第二天吧，大家意猶未盡上門起鬨。姚大甲用一個陪嫁的馬桶罩住他腦袋，整得他兩手困於糖果，騰不出手來摘馬桶，只能甕聲甕氣地喊：「憋死我了，憋死我了……救命呵……」那樣子實在好笑。

大甲樂顛顛地強令他交代洞房勾當，否則要剮掉他的褲子。他死死抓住褲頭，一個勁地央求：「我講，我講。」

有人不耐煩，「那你就快講！」

他左看看，右看看，發現自己無處可逃，才吞吞吐吐地說：「昨天晚上見她眼睛翻白，全身出汗，以為她會死了……後來才曉得，那是她喜歡……」

大家一片浪浪的大笑。

他乘機逃出魔掌，跳到遠處，一臉漲紅。「你們這些城裡崽……好拐呵，好拐呵，好拐呵……」一時竟罵不出別的什麼話。

新娘子正巧挑水回家，見新郎叫罵不已，又聽到眾人大笑，猜出了什麼，一張粉臉羞得通紅，放下擔子就跑，灑了好多水在青石板上。

這以後的故事是別人告訴我的，還有一些是經別人提示，我從遺忘中慢慢打撈出來的。是茶場裡蓋倉庫，還是蓋宿舍？反正都差不多吧，這位隊長去梁上釘簷條，一腳踩空了，從梁上栽下來，砸在一堆亂磚上，據說把男人的東西砸壞了。坊間的傳說是，從此他很少回家去，有一天走進家門竟發現老婆抱住一個漢子在床上打滾，脫下的衣服丟得滿處都是。要不是狗叫，把床上人驚醒，他當時進退兩難，羞惱萬分，竟把自己一張臉憋出了豬肝色。他後悔自己回家來取棉衣。

他老婆倒是大方，下床整理衣裝和頭髮，把衣服遞給野漢子，等對方穿戴好，還當著老公的面送野漢子出門。她回來後一聲不吭，做好了飯菜，自己卻不吃，收撿了幾件衣物，抱孩子出門去了娘家。

村裡幾個後生勸他去把老婆接回來。他眼睛紅紅地說：「沒用，沒用。她身子回來了，心還是在外面。」

有人怒氣沖沖，鼓動他去把那個狗婆子打一頓。

他抹了把臉，「這事怪不得她，只怪我。」

他變得沉默少言，只是一說到兒子就津津樂道，十分陶醉，眼中透出明亮的光輝。據他說，那個小崽子還不滿兩歲就能抓筆寫字，雖然滿紙都是天書，但一個格子裡畫幾下，很有章法似的。

他也惦記兩個妹妹。大妹三歲那年，小妹出生那年，因為家裡窮，又因為陰陽先生算出了兩個命該過繼的八字，被父母一起送給別人。父母去世以後，他常常買上幾尺布和一包點心，翻過大王嶺去看妹妹。兩個妹妹一見他就哭，抱住他久久不放手。她們又黑又瘦的臉，結成麻繩一般的亂髮，凍得滿是血口子的手背，還有補丁疊補丁以致結一大團的棉褲襠，讓當哥的心痛如割。每次回家時走到避人處，看到山坡上那兩個小黑影看不見了，溶化在天邊晚霞裡了，他就淚如泉湧。

三十歲那年，他去給父母上了墳，然後來到兩個妹妹的繼父母前，撲通一聲雙膝跪地，前額砸在地上，「對不起，我要把她們帶走。」

妹妹的繼父母相互對視了一眼，不好說什麼，只是請他起來。「也難得你當哥的有情有義，不過這七八年下來，不算我們兩家說妥的三擔穀，我們就算是養兩隻羊，也要吃掉成山的料吧？就算養兩隻雞，也要吃掉一船的穀吧？」

「你們放心，我絕不讓你們吃虧。你們說多少，就是多少。」

「這不是小數，你再想想。」

「不，今天你們不答應，我不會起來。」

雙方後來商議的結果，是當哥的拆了兩間屋，加上東討西借，湊足了二十擔穀的錢，總算把兩個妹接回了家。

就憑這一條，不管他如何戴綠帽子，但村裡人說起他還是翹一根拇指。不管他婆娘如何浪，如何野，如何傷風敗俗，村裡人說起她也沒太多惡語。因為夫婦倆硬是把兩個妹妹養大，讓她們補讀了幾年書，還給小妹治好了癩子，把她送去省城治好了眼疾。待她們成人，哥嫂倆分別給她們備一份嫁妝，一大櫃，一中櫃，兩挑箱，四床繡花被，把她們打扮成鏡子裡的兩朵花，風風光光嫁了出去。人們說，兩個妹妹出嫁時都是哭得昏天黑地，哭得送行的女人們無不撩起袖口或衣角暗自拭淚。

秀鴨婆為此欠下了不少債，包括一位堂叔的錢，利滾利，三年間滾成六百多元。這位堂叔幾乎引起鄉親們的公憤，但秀鴨婆一直認帳，堅持還完了最後一分錢。堂叔是一位孤老，死後還全靠這個侄子送終。他又出錢又出米，力排眾議，到處張羅，堅持要為堂叔「做七」，圓圓滿滿地完成了七天奠禮。「不是一家人，不進一個門——不管怎麼樣，他是我叔。」這是他事後對鄉親們的解釋。

我不久前遇到他時，他已經老了，還瘸了一條腿，已不能上房幹活，只是幫兒子看守一個煤氣站，賣罐裝液化氣的那種。遇到生意清冷，他就在屋後的湖邊釣魚。

他淡淡地說：「草木一秋，人生一世，這日子過得太快了。」

「梁隊長，你這一輩子可不容易。」

「也沒什麼，大家都一樣。」

「有些人不會這麼想。」

「做好人，當然是要吃虧的。」

「是這話。」

「有時候，會覺得很累，也沒什麼意思。」

「我相信。」

「一天天扛，總覺得自己扛不下去了。」

「人都沒有銅頭鐵臂，都不是神仙，都有扛不下去的時候。」

「你會不會鬮蝦子？」他突然換了個話題。

「梁隊長，我想起來了，當初就是你挑一擔行李，送我到公路口……」

「白露一過，蝦子就肥了，就呆了。」

他好像有點耳背，根本沒看到我的驚訝和激動，只是衝著我笑了一下，再次把魚釣甩出去。我久久地凝望水面，凝望水裡的青山倒影，水裡的白雲和藍天，還有一隻無聲飛過的孤單白鷺。

撿塊石頭來燒火呀，
篩子渡客好過河。
　白菜長得藤滿坡呀，
一只茄子擠破籮。
兩條蚯蚓比大腿呀，
三個蝨子比耳朵。
　四個和尚來打架呀，
頭髮都成野雞窩。
　我爹滿月我陪客呀，
回家我娘生外婆。
　扯根茅草三圍大呀，
吊起太陽往回拖。
　白雲割下醃酸菜呀，
抓把星宿下油鍋。
王母娘娘來洗碗呀，

玉帝幫我把背搓。

……

這是湖面上一些農民「趕魚」時唱的〈扯謊歌〉，我以前聽過的，梁隊長也唱過的。幹這種活多在秋天魚肥之時。農民一撒七八條船布開陣勢，在船上用木棒敲擊船舷，敲出日夜不息的「蓬蓬蓬」和「咚咚咚」，把魚轟趕到湖庫的某一角落——其他夥計正在張網等待的地方。他們敲得興起，便敲出不同節奏，一重一輕的兩拍，一重兩輕的三拍，一重三輕的四拍，如此等等。切分音符中似有敲擊者的醉態，有湖岸的此起彼伏、跌跌撞撞以及某種浪蕩輕浮。慢板和散板中則似有敲擊者的愁容，有恍惚和遐想。人們總是把水面上的月光敲得叮叮噹噹琳琅滿目，不知今夕何夕。

梁隊長說過，趕魚就要這樣唱，把魚唱得顛三倒四傻了一大半，牠們就會自投羅網，不用打魚人太費手腳。

他是一個同魚說得上話的人。

38

看到追悼會上的遺像，那個名叫郭又軍的微笑面孔，我略有幾分陌生感，這才發現自己很久沒與他往來了。

我是否該為自己的陌生感哭泣？

很抱歉，就算沒有馬濤坐牢那件往事，我也不大適應他家後來的那些麻將：有時擺一兩桌，有時甚至擺三四桌，於是小屋裡鬧哄哄的，煙霧騰騰，喧譁四起。這時候的他，可能耳朵上夾了五、六個曬衣夾，可能正在解手表或解鑰匙鏈，忍受輸牌後的各種懲罰，沒工夫起身禮遇我，只是揚一揚手，告知菸在桌子上，茶葉在盒子裡，瓜子在盤子裡……意思是你好好招待自己吧。

我來這裡一顆顆的剝瓜子顯得很傻。

我閒坐在這些牌桌邊，聽他們爭議某一位女歌星的嘴巴是大了還是小了，爭議彩票中獎號碼可能是雙數還是單數，爭議當年學校裡誰偷看了試卷，爭議當年班上誰的肺活量最大並且把水漂打得最多……是不是很無聊？當然，他們似乎只有這些事好談。他們如果不翻找出這些磨牙口的話頭，製造各種惱怒或開心的爭議，嚴肅或無聊的爭議，又如何把一天天的日子填滿？

那一次，他家裡只有丹丹在啃麵包和看電視，我用電話聯繫他，他說馬上就回家，說好了不見不散，但我一直等到他女兒看完兩個日本卡通片，眼看就要誤航班了，只好離開他家。有意思的是，他滿頭大汗在樓道撞上我，看到我手上的飛機票，發現實在沒理由留我，便回頭再次跨上自行車。

「你不是下班了嗎？」

「剛才手氣太臭，根本沒有吃牌的機會。」他撓撓頭，「今天非要報仇雪恨不可，把老子的米米贏回來！」

他連家門也沒入，甚至來不及打聽我上門事由，一頭扎入夜色絕塵而去，弓著背再度殺向某張麻將桌。

他不知道那是我最後一次想調解他與馬濤的關係。

他後來打過一次電話。

「小布嗎？」

「誰？」

「我又軍，郭又軍呵，聽不出來了？你這個鱉太沒意思了。」

我沉默一陣，不知該如何回答。

「不好意思，沒打攪你吧？你好久沒來玩了。」

「玩什麼？我不會打麻將，給你們傻傻地站崗？」

「你來了，我不玩就是。上次讓你白等了好久，是我的不是。再說，我可以教你玩呵，玩簡單一點的。我們也不玩大的，不會挖你的金礦……」

「對不起，你有什麼事嗎？」

「是這樣的，這樣的，這樣的……」他遲疑了片刻，假笑了兩聲，又遲疑片刻，「你大舅哥是不是還在懷疑我……下過眼藥……」

我怔了一下，不知最近又有什麼閒話嚼到了他耳朵裡。「什麼陳穀子爛芝麻，事情都過去了，說它做什麼？」

「不，我要說，我一定要說。小布你一定要給我主持公道，我再不是個東西也不會賣友求榮吧？我吃飽了撐的，當初會去寫那樣的信？這怎麼可能？」

「我相信你，真的，相信你。」

「不，你不相信。你對我一直有成見。」

「這麼些年了，我問都沒問，是覺得這事沒必要問。」

「不，你要是真相信我，就一定會來問我的。你和馬楠不問，恰恰是你們心裡有疙瘩。我沒說錯吧？」

這就有點糾纏不清了。我到底是該問還是不該問？我的追問就不會引來他另一套說法，害得他更加要死要活？

「小布，我真沒下過眼藥。」他的聲音接近哭腔，「我承認，當初我是有些怕馬濤。我也承認，那個什麼會我確實知情，確實參加了，警察後來找到我，我實在沒辦法，多少也吐了點黃水。但點眼藥真的與我無關。我在你這裡要是有半句假話，明天就在大街上被貨櫃車一頭撞死，我丹丹明天就……」

「對不起，我這裡有客人。」我打斷他，「這事以後再說吧。」

其實沒什麼客人，只是不想往下聽，更不願他把女兒押上來賭咒發誓。拜託了，他可能確實不曾告密，但事情過去了這麼久，另一個可疑的閻小梅已去世，當年的警察和案卷都不知所往，這事還怎麼可能真相大白？更要命的是，即便我眼下說一萬遍相信他，他能相信我的相信？即便他一時放下心來，一轉念不會又來憂心忡忡地嘮叨不已？

他後來還來過幾次電話，完全不聽我分說。我差一點衝著話筒大喊：郭大爺，你給我聽明白了，我寧可接受一個告密者，也受不了一個沒完沒了的清白混蛋！

不知這一聲大吼與他的病情加重是否有關，與他後來在筆記本遺囑裡無一字提到馬濤是否有關。不知從何時起，他不再自我辨白——是澄清無望，還是心虛默認，還是已疲憊得說無可說？我無從得知。

最後一次見到他，是在大年初四的聚會。他似乎很在意我，一反常態地不打麻將，不下棋，一直陪在我身邊乾乾地假笑，給我介紹一些新面孔。「我下次還要給你介紹一位，就是我說過的那個謝工，老大學生。他叔叔和表哥也都是大學生，你肯定感興趣的……」

他唯恐天下英雄不相識，最喜歡介紹朋友，比如他通過賣水果、搞裝修而新交結的一些要人。他特別願意鼓吹要人們的學歷和職稱——如果被介紹者不是博士，那他或她的親戚裡可能有碩士；如果他或她不是教授，那這傢伙以後或再以後一定是副教授。再不濟，他也要把車間副主任一類職務，去過韓國或香港一類非凡經歷，甚至兒女考試拿下名次一類盛大喜訊，作為隆重推介客人的理由，讓朋友圈子蓬蓽生輝，大家共享榮耀。

「我有一個笑話說給你們聽……」他不但營造了一個榮耀的團體，還要在團體裡大張旗鼓地營造歡樂，讓大家不得不進入某種表情預熱。「真是笑死人。真是太有意思了，特別有意思的，把我肚子都差點笑痛了。昨天來了兩個人，走我家門前過，左顧右盼的。你們猜他們是幹什麼的？猜不出吧？我當時看了他們好久，好久，好久呵。我以為他們是小偷，不是。我以為他們是水果販子，也不是。最後，我以為他們是便衣警察……」

旁人尚未笑起來，但已聽到他的咯咯咯，估計包袱可能就要抖開，於是全神貫注躍躍欲笑。

「你們猜一猜，他們到底是誰？猜不出吧？猜不出吧？操——我最後算是明白了，他們就是兩個打工仔，急得像熱鍋上的螞蟻……」

他把大家的胃口吊到最高點，讓聽眾的臉部表情緊繃在最危機一刻，眼看就要水落石出燦然一片，這才一舉抖出謎底：

「他們其實是找廁所。」

他笑得又捧腹又拍膝，得意於自己的快樂大酬賓。可憐身旁幾位上不著天，下不著地，臉皮怎麼也動員不起來。

「我的笑話完了。你們怎麼不笑？」

倒是這一句令大家發愣，然後哄堂大笑了。

「不對，你們是笑我，不是笑我的笑話。是不是？」

「不是，真不是。軍哥你聽我說，你今天真是讓弟兄們笑慘了……」

「那我再給你們講一個，再講一個。別攔我，別打岔，我一定要再講一個，保證你們個個笑得流眼淚……」

他取來一個小筆記本，急急忙忙地翻閱，大概那是他的笑話寶典，早已助他養兵千日糧草先行，今天非一鳴驚人不可。不巧的是，幾個新來的客人進門，一套寒暄攪散了他的後續節目。他幾次想開口，甚至已經開口了，「聽我說……」「聽我說……」「有一天是這樣……」但最終還是插不上嘴，只好去給客人沏茶水和削果皮，給兩個小孩吹氣球。

他是不是因此留下了一樁極大的遺憾？

眼下，再也沒有他在場的初四了，再也沒有他的焦慮、忙碌以及歡樂預告了。我是否欠下了他很多？欠下了一些約會，欠下了一些電話，欠下了可能談好和談透的某個雨夜，我至少還欠下了他一個大笑吧？——追悼會上，我走過他的遺體，看到他被整容師製作出來的紅腮和濃眉，聽到殯儀樂隊那幾個老頭照章辦事又吹又打——他已閉上雙眼無視這一切。但他的耳朵還張著，還支著，還在那裡綻放，在持久地等待什麼。那麼，我們所有朋友是否應該追補一次放聲大笑？「軍哥，你真是讓弟兄們笑慘了……」我們是否應該笑得渾身顫抖東倒西歪眼淚橫飛上氣不接下氣，讓九泉之下的聆聽者如願以償，最終適意地安睡而去？

39

小安子回國來，趕上了丈夫的葬禮，但一些朋友非議甚至憤怒的是，她戴的黑紗還未摘下，家裡居然就冒出了一個俄國帥哥，總是戴一頂絨線圓帽，穿一件方格大圖案的粗麻襯衫，沒事時就嘩嘩擰一個魔方。小安子的說法是，她想給女兒裝修一下房子，但她不會幹這個，伊萬就主動要求前來幫忙。

俄國帥哥果然很能幹，笑一笑，便刷好了牆。笑一笑，又重裝了便池和熱水器。再笑一笑，還淘來幾個配件給丹丹裝了一臺電腦——好像這世界上沒有他幹不了的活。他說不了幾句中國話，但似乎能聽懂不少，常用點頭或搖頭回應別人的言語。

丹丹倒是很開通，並不排斥母親的男友。見他來自俄國，還翻出很多書本來討教有關知識，比如她崇拜的托爾斯泰。

「騙子！」伊萬指著書中托爾斯泰的照片。

丹丹吃了一驚，又翻出屠格涅夫。

「騙子！」

丹丹又翻出詩人布羅茨基。

「騙子！」

「為什麼呀？」

伊萬聳聳肩，向小安子嘟囔了一句，小安子替他翻譯了：「他說，俄國就是被這些騙子給坑了。」

「你才是一個大騙子呢。你好大的狗膽，敢辱罵我的偶像……」丹丹忍不住大笑，掄起書本往對方砸去。兩人用漢語和俄語胡吵一通，打鬧成一團。

小安子懶得理他們，只是獨自倚門，拎一瓶子喝啤酒，間或撇一撇嘴，用嘴角吹出的氣流整理自己飄亂的鬢髮。自回國以來，她似乎不大適應家鄉的口味，很少吃飯，只是喝了一箱又一箱的啤酒。從她後來捎回的日記裡得知，她也不再適應家鄉的潮濕，覺得自己成天活在蒸籠裡。她更受不了街頭巷尾的髒亂，覺得自己成天活在一個垃圾場，再在這裡活下去一定瘋掉。她對熟人們（特別是男人）的挑剔一如既往，對我也大失所望。大概是我見面時伸手邀握，讓她頗不習慣，便在日記裡譏諷：陶幹部呵陶幹部，怎麼不加上一句「近來工作和學習怎麼樣？」那一天，她的手機沒電了，借我的手機用一用。我見她喋喋不休，忍不住插了一句：「國際長途很貴的，你快點說。」這就更惹來她的憤怒。她在日記裡毒舌如簧：還以為這傢伙仙風道骨，原來也是大俗物一個。幾年不見，怎麼都成這樣呵？我要是再多說幾句，不會把他急出腦溢血？……

說實話，她說的這事我幾無印象。好吧，就算有這事，就算我小氣，也算不了什麼大錯吧？犯得著她來耿耿於懷痛下惡語？她以為她是哪根蔥？她以為自己的睫毛還能攪翻一個世界？她以為天下男人都該像郭長子那樣任勞任怨？都該像伊萬那樣召之即來大幹快上無償奉獻活脫脫就是一個機器男？

她憑什麼還要把這樣的日記捎來給我添堵？

我越想越覺得自己不可能說那樣的蠢話。我肯定不會那樣小氣。但我這一不白之冤沒處說。

好吧，這隻越活越瘦的乾鴨子愛說不說，我不在乎。

她與伊萬在國內待了兩個月，據說打聽了一下絲綢、茶葉、工藝品的出口貨源，便返回了國外。後來，從她捎回的日記來看，這是她最後的一次回國。她的整個後半輩子漂泊在十幾個國家，打過八九種黑工，包括當理髮師、當馴狗師、做裁縫、在餐館導客、開花店、當保母、出租錄影帶等。她是否參加過一個叫「世紀之光」的疑似邪教組織，查無實證。她是否參加過哥倫比亞的一個反政府游擊隊，還遭遇過一次車禍，同樣查無實證。「知道我最想做的事情是什麼嗎？就是抱一支吉他，穿一條黑色長裙，在全世界到處流浪，去尋找高高大山那邊我的愛人。」我記得這是她多年前說過的話。

但「伊萬」這個名字似乎也不是高高大山那邊最後的一個，後來也消失在她的日記裡，由一個代號為「D」的取而代之——到底是她的同居者，還是她的朋友，抑或她的客戶或老闆，不大清楚。在國外見過她三兩次的大甲對D這個代號也一無所知。

D是華人無疑，也一定比她年長不少。因為照日記裡的說法，他當過國民黨的兵，是最後一批坐船離開大陸去臺灣的——就算當時是童子兵，現在也該是大叔級，比小安子大十幾歲吧。他曾經回憶，船離三亞港時，遭岸上的炮火猛擊，差一點丟了自己的小命。不過開炮的不是共軍，是國軍中那些上不了船的，大概不甘心自己被遺棄，一時氣不過，便調轉炮口猛開了一通火。

D叔後來在南非教過好些年的油畫，做過園藝，也做過生意，長期漂泊的日子裡不免懷舊思鄉。當時南非還施行種族隔離制度，公車上有白人專區，設在車廂前半截，有時那裡空了一片座位，有色人種也不得僭入。這一天，他照例往車後邊鑽，與一群黑人擠成了肉醬。不知什麼時候，一位白人滿臉笑容地走過來，拍拍他的肩，「先生，你好，你可以到前面就座了。」

他不明白對方的意思。

對方進一步解釋：「先生，你難道沒看今天的報紙？」

他從對方手裡接過英文報紙，這才發現頭版新聞標題赫然入目：「中國第一顆原子彈爆炸成功……」

他發現司機和其他幾位白人也看著他，擺擺頭，揚揚眉，示意他坐到前面去。他這才明白原子彈爆炸了，中國就是核大國了，從今以後他這張黃面孔就成了高等乘客，從今以後所有的華裔也可以讓人高看一眼——這個世界的邏輯是何其簡明，何其堅硬，也何其勢利。只是那些微笑的邀請者不明白，試爆原子彈的那個紅色中國其實與他沒關係，甚至是他多年來的敵人。他們還分辨不出不同的中國人。

「That's not my country（那不是我的國家）！」他慌慌地大喊了一句。

滿車人都驚詫無比地看著他。

「你不是中國人？」有人問他。

「讓我下車，下車——」

他沒有上前入座，而是走下車去，離開這一個他覺得進退兩難無所容身的車廂，一種他沒法面對的等級選擇。一張報紙在他手中抖動，說不清的淚水還是忍不住奪眶而出。他既為中國人感到屈辱，也為失敗的自己感到屈辱，覺得自己走在開普敦臨海大道上的雙腿沉重如鐵，一時不知該往哪裡去。

40

郭又軍的身影消失後，白馬湖知青的聚會也少了。依照老習俗，這種聚會以前總是定在大年初四。大家在一間借來的教室或會議廳裡，各帶一點吃的，說說笑笑，吃吃喝喝，相互進行皺紋的年檢。不用說，一旦女人們的話題轉向孩子擇校的費用，轉向柴米油鹽的價格上漲，這些臉就越來越不中看。

這種聚會一旦形成便不間斷地延續幾十年，倒也是個奇蹟。同學、戰友、老鄉、同事的聚會，好像都難以做到這樣。「你這小雜種躲到哪裡去了？」「死鬼你還曉得來呵？」「老子一看你就恨不得……」他們見面時總是習慣用這一類辱罵來表示親熱。慘遭毒蠍攻擊式的尖叫，大概也出自女人們的狂喜。

他們是被又軍吸附在一起的。軍哥的插齡其實很短，但不知為什麼一直擔任知青事務總管的角色，在縣城那幾年，他的住所就是知青接待站，來往食客特別多。調到省城後，他又成了個聯絡中心，哪個病了，哪個搬家了，哪個要結婚或要離婚了，哪個的父母或子女有事了，好像都在他的業務範圍之內。他騎一輛破自行車顛來顛去，對各路情況瞭若指掌全面關懷。幾個老姊老妹的最喜歡去他那裡，據說連婦科病的隱私也願對他嘮叨。

大家也是被白馬湖黏合在一起的。那麼白馬湖有什麼特別嗎？從這些人的表情和言語來看，過去的歲月黯淡無光，說起來簡直都是字字血聲聲淚。吃不飽呵，睡不夠呵，蚊子多得能抬人呵……

白馬湖是他們抱怨的對象，痛恨的對象，不堪回首咬牙切齒的對象。如果說他們現在下崗失業了，提拔無望了，婚姻解體了，兒女棄讀了，原因不是別的什麼，肯定就是白馬湖罪大惡極，竊走了他們的青春年華。

不過，在不經意時，比如對晚輩說話（他們有時混跡於這種聚會），他們也可能脫口而出：

「我們那時候，哪有你們這樣浪費？」

「我們那時候，一擔穀一百八還上坡。你哭都哭不動吧？」

「你們這些蜜罐子裡泡大的，根本不知道什麼是苦。」

「像你這麼大的時候，我一天打蛇七八條，不算稀奇。」

「我們那年月，連一罐豬油也是大家分，沒人敢獨吃。」

「給雞打青黴素，你不會吧？」

……

這些話值得稍加注意。從口氣上不難聽出，他們似乎在誇耀什麼。打針（知識）、豬油（情義）、打蛇（勇敢）、擔穀（體力勞動）……是值得誇耀的嗎？如果是，那麼另一個白馬湖就與前一個白馬湖混雜起來了。

比較而言，啟蒙前輩也好，衛國老兵也好，懷舊態度大多是單色調，只有自豪，絕少悔恨，幾乎是雄赳赳的一心一意。但從白馬湖走出來的這一群要曖昧得多，三心二意得多。他們一口咬定自己只有悔恨，一不留神卻又偷偷自豪；或情不自禁地抖一抖自豪，稍加思索卻又痛加悔恨。他們聚集在郭又軍這隻老母雞的翼下，高唱一首首老歌，津津樂道往事，結伴尋訪舊地，深情看望老房東或老鄰居，接受當地新一代官員的歡迎和讚美，甚至編影集、排節目、辦展覽，籌建紀念碑……一切英雄懷舊的外形都有了，但他們的表情始終要低幾度，口氣總是要帶點飄忽，有點強打精神的意味，似乎是對一筆虧損的生意，不便大吹大擂和戀戀不捨。他們的自豪與悔恨串味，被一個該死的白馬湖搞得心情失調。

還有一些人，從不參加這種懷舊。因為在外地，或因為失去聯繫，或因為不感興趣，一直是初四的缺席者。

黃，六隊的，曾強烈要求把自己的姓名改成「誓將無產階級革命進行到底」。領導不同意，是覺得「誓」這個姓太怪，名字也太長，再說占了那麼多好詞，萬一這傢伙將來犯錯誤，大家要罵要咒要「打倒」，不大方便吧？他後來餵過豬，每次都動用肥皂、刷子以及梳子，把集體的豬侍候得乾乾淨淨，得到農民的讚歎也讓農民困惑。嗯，學了毛主席的著作硬是不一樣，養豬都養得這樣客氣。不過把豬娃都養成了相公少爺，以後牠們要不要上床來睡覺？

顧，三隊的，臉色透青，幾乎不說話，活得像個啞巴，更像若有若無的一個幽靈，小小年紀就習慣於從眼鏡框上方看人，後來在文藝宣傳隊跑龍套時演過一個帳房先生，雖無一句臺詞，但大家都覺得他神形畢肖。有一次，幾隻雞誤食打過農藥的稻穀，被毒倒在田邊。他不知從哪裡學來一招，找一把剪刀，用火消消毒，剪開雞的食袋，以肥皂水沖洗，再用針線將傷口縫合，居然使兩隻中毒的雞活了過來，讓村民十分驚喜。他回城後混得不是太好，在蔬菜公司早早辭職，捲鋪蓋回鄉下養雞去了，一幹就是十幾年。他的回鄉與當年那一次妙手救雞可能不無關係。

鄭，一隊的，給人的最深印象是個子特別高瘦，走路時搖搖晃晃，好像重心不穩，行走成了一種飄蕩。有人說他偷過東西，有人說他沒偷過。有人說他同某女談過戀愛，有人說他沒談過。有人說他在鄉下幹了三年，有人說他幹了五年。有人說他畢業於五中，有人說他是十八中的，只是隨姊姊混進了五中這一群……總之，有關他的事大多歧義叢生，本身就是一大特點。說起來，與其大家說對他感興趣，不如說對他老爸感興趣。那位老人每次寫信，都是寫在報紙中縫，於是寄報就是寄信。好處是報紙屬於印刷品，郵資三分錢，比信函省了五分，而且讓兒子多看報，好歹也能溫習幾個字。不知是不是老人這一手見了成效，兒子後來考上了大學，去了大西北一個石油基地。

……

日子久了，更多人成了聚會的缺席者，甚至也進入歧義叢生的狀態，比如說：還活著嗎？已經死了嗎？是不是真活著？是不是真死了？

人們說，你就要離開村莊，
我們將懷念你的微笑。

……

我很久沒聽到這種歌聲了，以後能否聽到，也不知道。國有企業和集體企業的倒閉大潮，使這裡的多數人喪失了唱歌的興趣。相反，他們聚在一起的時候除了打麻將，喝小酒，鬥嘴取笑，更多的只有抱怨。「地獄」「勞改」「大迫害」「大騙局」「水深火熱」「暗無天日」「九死一生」「萬劫不復」……這些出現在媒體上的流行用詞，對於他們來說最為順耳，最為解氣，最能記住。他們幾乎不假思索就認定：說得太好了！事情難道不是這樣嗎？若不是因為下鄉，若不是因為白馬湖，他們哪會淪落到眼下這個地步？他們不也能在北大、清華那種地方混個三進兩出？不也能與那些戴上鑽表、開上豪車的成功人士們有得一拚？

我也參與過這種抱怨。

幾乎忘了的問題是，白馬湖的農民會這樣說？他們當然也覺得知青崽苦，離鄉背井更是可憐，但再苦也就是幾年，頂多是服了幾年兵役吧，而他們在白馬湖活過了世世代代，甚至一直活得更苦和更累，那又怎麼說？他們甚至不能享受知青的「病退」和「困退」的政策，沒有招工和升學的優先待遇，但一眼看過去，土生土長的萬千農民中不也成長出好多企業家、發明家、藝術家、體育明星、能工巧匠、絕活藝人，還有一條短褲闖出國門卻把生意做向了全世界的傢伙？憑什麼說三五年的農村戶口就坑了你們一輩子？

恰恰相反，是「城市戶口」這種保護傘，是「國有企業」這一類安樂窩，養懶了你們的一身肉吧？廢了你們的武功吧？你們這些「國」字招牌和「城」字招牌下的紅色破落戶，二等八旗子弟，國家糧養出來的病秧子，一旦失去保護傘和安樂窩，就只是打麻將喝小酒了？你們開罵也不妨事，但冤有頭，債有主，端起城裡人的小架子，往自己身上貼幾枚假傷疤算怎麼回事？

我猜想不少鄉下人就是這樣想的，只是沒說出來。即算說出來了也很難被媒體放大——媒體畢竟都是城裡人辦的。

我也說不出來，不僅因為自己有幸上了大學，還混成了副教授，混成了科長、處長、廳長什麼的，涉嫌人模狗樣，能給這個那個辦點小事，能給朋友的聚餐買一兩次單，在物質優越的同時收穫精神優越，自得於一種雙重的富有——這種人最容易站著說話不腰疼。更重要的，我發現自己說不出口是因為曾在街頭突然見到一個女同學的骯髒、憔悴以及過早蒼老，驚愕得退了一步，不相信自己的眼睛。我說不出口是因為一位我熟悉的哥們沒錢給兒子所在的學校「贊助」，被兒子指著鼻子大罵，只能暗地裡自抽耳光。我說不出口是因為一位曾與我同臺演出的姐們，失業後幹上了傳銷，逢人便推銷淨水器，便發展斂財的下線，以致喋喋不休翻來覆去百般糾纏廉恥盡失。我說不出口是因為一位曾幫我拉過車的老同學太窮了，去校園裡撿垃圾，順手偷竊球鞋和球衣，落了個當場敗露，被一群大學生無比正義地暴打。我說不出口。我一次次想說卻說不出口。我說不出口是因為剛剛參加了郭又軍的追悼會，會上諸多熟悉的面孔都容顏漸老，不是掉牙就是謝頂，卻閃爍著小動物那樣的眼睛，透出溫順和驚亂，正在有關明天的恐慌前不知所措。他們是一些知識精英昨天認定必須趕下崗的人（據說是為了效率），也是同一批精英今天鼓吹必須鬧上街的人（據說是為了公平），是某種流行理論時厭時寵的那些影子。

他們其實不是影子，是人。他們不想下崗，也不想上街，只是需要一個理由，使自己稍微寬慰一點，輕鬆一點，能有勇氣活下去——哪怕這個理由是一枚假傷疤。

這有什麼過分？

正因為這樣，他們才從四面八方奔赴初四聚會，奔赴一張友情的老照片，在一張立體化與活動型的照片裡，在一張褪色發黃的集體留影裡，在每年一度定期出演的溫暖定格中，給自己的神經鎮痛。他們的抱怨是相互溫暖的一部分。

顯然，對於他們來說，謊言是必要的鎮痛劑。在這個時候，謊言是另一種形式的真理，不真實是真實的一部分，正如真實也可以是不真實的一個面具。

我連這一句也說不出口。

就在不久前的那個初四，他們包乘兩輛大客又去了白馬湖，享受了鄉政府的招待酒飯，各自接受了茶場餽贈的兩袋茶葉。據說因籌建紀念碑的事商議太久，三五位有見識、有閱歷、有行政經驗的男士們各有主張，理應讓老友們刮目相看，於是在碑址選擇和碑文內容方面爭執不下，耽誤了大家的返程，晚上只好臨時就餐在路邊一飯店。軍哥忙於錄相，交代另一位收飯錢，每人二十元。不料大家抹嘴巴剔牙齒走出飯店時，收款卻差了一大截。「我們流血流汗那麼多，還要交飯錢？」這一條好像說不過去，畢竟店主與茶場沒什麼關係。「這個廚師也太不行啦，飯都沒怎麼蒸熟。」這一條好像也不上道，再糟糕的飯不也是吃了麼？到最後，還是有些人瞪大眼，乾脆交出一臉的無辜：哎，哎，不是說不收錢麼？對呀，你們什麼人在這裡假傳聖旨！

誰說不收錢？張某說是李某說的，李某說是吳某說的，吳某說是邢某說的，邢某說是洪某說的，洪某說不知是誰說的……一個查無來處的謠言被這些人堅信，被這些人熱心傳播，被幾個鐵桿信謠者七嘴八舌再一次強辯為真實，倒是軍哥的闢謠被很多人懷疑，似乎只有他一個人不知情，在這裡瞎操心。

沒辦法，面對氣呼呼追出大門的店主，又軍只好押下自己的身分證，打下一張欠條，答應過幾天來補齊欠款。

汽車開動了。又軍沒再竄前竄後地給大家錄相和說笑話，只是坐在最前的座位上，一聲不吭捧住腦袋，好像睡著了。

與來時滿車笑語的情況不一樣，這次是出奇的沉默，大家也久久地不再說話。

41

丹丹與笑月就是在父母們聚會時認識的，靠爭糖果和互相化妝結下了交情。丹丹這孩子倒是講義氣，讀大二那年曾喬裝打扮，為笑月去代考，結果被監考人員當場查獲。若不是靠一場裝模作樣的大哭，博取了對方同情，被放過一馬，那事的後果肯定很嚴重。

笑月的成績還是上不去。聽說賀亦民教子有方，教出了一個名校學生，我也曾去討教經驗。我在他的小公司裡轉了一圈，順便求他一事：若笑月這次再考不上，就請他留下這孩子，在公司裡描描圖紙或做做模型都可以，算是有口飯吃，也能學些技術。我最怕她去社會上閒混，尤其怕她一不小心吸上毒品。

亦民一張臉笑得很下流，「你就放心讓她來？萬一她愛上了我怎麼辦？我們以後一不小心結成了親戚怎麼辦？」

「臭疤子，你就不說說人話？」

「沒辦法，我這人就是有桃花運。我意志薄弱，最容易憐香惜玉了。」

「你這傢伙不怕下地獄呵？」

他仍然嘻嘻笑，不願意接球沾包，只是從抽屜裡抽出兩紮鈔票，算是他贊助家教費，要我請幾個大牌的老師，給笑月好好地補課。

一個小矮子，當年的一個垃圾生，眼下把鈔票當磚頭甩，在寫字檯那邊人模狗樣，不能不讓我刮目相看。想當年同學們大多不知他的姓名，更不知他父親其實姓郭，只是習慣叫他「疤子」，緣於他右耳下方有過一塊傷疤，是打鬥留下的一處痕跡。

因為個頭矮，他是班上一片人頭中的塌陷區，又經常缺課蹺課，是大家視野中的缺損區。用他自己的話來說，他幾乎沒同學，差不多是一個隱身人。他成年後還說過，他幾乎是被打大的——如果哪一天沒挨打，原因只會有二：他父親病了，或他病了。

父親一直惱怒於他的矮，還有他可疑的長相，似乎不相信他是自己的骨肉，只是一份恥辱，一個喪門星，一個應該在鞋底輾掉的臭雜種。因此，一旦哪天父親忘了打他（父親在廠裡得獎了，入黨了，或賭贏了，這種事偶有發生），疤子就條件反射，覺得自己應該發燒，應該咳嗽，應該拉肚子或暈過去，否則這一天肯定不大對頭。

他從未穿過新衣，總是接哥哥不再合身的舊衣，爛布團一樣滾來滾去，以致有一次全班上臺唱歌，按規定都得白衣藍褲。他沒有藍單褲，只有藍棉褲，雖被老師網開一面，自己到時候卻熱得滿頭冒汗，在夏日的陽光下兩眼一黑中暑倒地。他倒在〈美麗的哈瓦拿〉優雅的歌唱中。但他不敢休息，一醒來便飛跑回家，撲向父親下達的生產任務，給一種叫蟬蛻的藥材去頭去尾——加工一兩，獲利三釐。藥廠職工們大多這樣，把加工業務領回家，多少貼補一點家用。

這樣，他幾年下來業餘上學，作業本一頁頁大多擦了屁股，當然得不到老師的好臉色。同學們看包場科普電影，每人交三分錢。他哭了兩天也未能從父親那裡討到錢。老師不相信這是事實，一口咬定他不愛學習，拿錢買東西吃了。同學們也大多換上了老師的機警目光。有一次，班長收到他上交的一毛錢，據說是路上撿的，本應該表揚他，卻冷冷一笑，「就一毛錢？騙誰呢？都交出來吧。」這個小幹部見他哭了，又拍他的肩，「疤子，你不要哭，只要承認了錯誤，我們不處分你，也不批判你，還可能讓你戴紅領巾。」

疤子覺得自己渾身長嘴也說不清，急得一頭撞到牆上，流出的血嚇得同學們尖叫。又軍這才聞訊趕來把他接回家。

這是一種徹底的孤獨和恥辱。班上當然還有窮學生，但那些人多少還有些自我加分的辦法。有一位家裡是擺米粉攤的，他可以經常偷來酸菜，就是湯粉的作料，洋洋得意地分給大家吃。有一位家裡是拉煤的，每逢全班運送垃圾，他可以拉來一輛膠輪板車，光榮地成為勞動主力。還有一位，儘管他手心冒油汗，放屁特臭，穿媽媽的紅色女式套鞋，但他打架時的個頭大引人注目，還是很有面子。只有郭亦民——不，賀亦民，他執意改用母親的姓——是爛中的最爛，破中的最破，廢中的最廢，哪怕做壞事也沒人邀上他。男生們的鐵環隊、彈弓隊、摔炮隊、水槍隊、高馬隊，都會把目光從他頭上越過。理睬他的唯有又軍，有時從家裡偷一個饅頭塞給他，或下雨時給他送來一把傘。

他沒考上中學，倒是讓父親如願以償，大概是覺得小雜種給自己省了錢，居然沒想到要打他。兒子為此大感失落——他最想挨打時反而沒人打，只能羨慕其他那些落榜生，雖鼻青臉腫眼淚嘩嘩卻有一種挨打的溫暖。他覺得自己很沒面子。「那個老雜種只差沒拿刀來殺了我！」他甚至對另一個落榜生吹噓，好像自己慘得並不遜色。

又軍倒是把他揪到河裡，把他的腦袋按入水中，灌了他幾口渾水。「你這樣下去，只配做個流氓！」

「你管不著……」

「數學只打十八分，你好意思還是我弟？」

「我本就不是你弟。你姓郭，我不姓郭。你淹死我吧！」

「你以為我不敢？」

「我就是要你淹，你不淹死我就不是人！」

又軍又是一頓老拳，打得他顧頭不顧臀，打著打著還把自己打哭了。兩人在河邊呆呆地坐了一個週末的下午。一隻帆船滑過來，又飄走了。另一隻帆船滑過來，再次消失在水天盡頭……暖洋洋的日光下，一塊朽木被波浪推到了岸邊，一隻水鳥在木塊上左顧右盼，啼叫出漸濃的暮色，終結了一個沉默的告別式——其中一個將要離開校園，不再與對方在放學回家的人流中相遇。

後來的一天，父親下班回來，發現小兔崽子居然窩在家，沒去挑土，沒去拾荒，也沒去車站推上坡車（兩分錢推一次），還人模狗樣的捧一本書。父親一把奪過他的書，在空中摔出一個弧線，落到陰溝的爛泥裡。

「錢呢？」父親是指他每天都應上交的五角錢。

陰溝裡那一本《小學生優秀作文選》是又軍交給他的，也是迄今為止他唯一收到過的禮物。這一天他不過是看天快下雨了，便沒去車站推車，翻出書來看一看。

「不交錢，想吃飯？告訴你，少一分也不行！」

他斜看著陰溝已經破裂的書封，淚水一湧而出。

「聾了麼？再不走，就是六角！」

他還是一動不動。

「再不走，七角！」

……

接下來的情況他也無法解釋。他不知自己為何那樣無法無天，那樣出手歹毒，突然抄起一條長凳，朝奪書人的背影狠狠砍下去，只聽見背影「呵」了一聲，頓時左低右高，歪了幾分，再歪了幾分，終於斜倒在地上。

他在一片尖叫聲中跑出大雜院，跑到街口還振臂高呼一句：「郭家富你去死吧——」

他父親就是這名字。

他一路奔跑來到又軍所在的中學，想解釋一下自己的暴行，解釋一下那本書不是自己扔的，更不是自己撕破的……他在校門外等了很久，總算遠遠看見又軍拍一個籃球，同幾個球友汗流浹背談笑風生地走出校門，把口哨吹得十分嘹亮，將一個個書包旋舞得十分囂張。遇到一位男老師，他們那一夥沒大沒小，攀肩搭臂，七嘴八舌，爆出一陣熱烈笑聲。他突然覺得自己已經離校園太遠，沒勇氣走上前去丟人現眼，被他們打量爛布團的目光千刀萬剮。

他只會讓他哥又氣惱又難堪吧？於是他揪一把鼻涕，嚥下一肚子話，躲入街頭熙熙攘攘的人流，默默地走遠。

「你就是一個王八蛋！你就是一個屎殼螂！你從來就沒有哥……」他在心裡對自己這樣大喊，把一個消防栓猛踢，踢到膠鞋破綻腳趾流血為止。

踢到自己昏頭的時候，他突然朝一輛汽車迎頭撞去，聽到了汽車尖銳的煞車聲。「孩子，你家住哪裡？你聽見我說話嗎？……」他隱約聽到了有人問話，睜開了眼睛，看見了一個中年婦女的臉，在依稀逆光中有耳際的一縷頭髮飄動，有美麗的下巴和脖子。

他太想大聲喊出那兩個陌生的字，不，哪怕是猶豫的一個字，哪怕是含糊的半個字：「媽……」

42

漂泊生涯從這一天開始，從他的一雙破膠鞋開始。他睡過車站、公園、防空洞，還開始偷東西——那時候多見「大統樓」，多家合住一層，廚房是合用的，或乾脆在走廊上。等主人們白天上班去了，他就去那裡順手牽羊，有一次喜出望外，撈得一隻燉雞，吃得自己滿嘴流油，還把一只鋼精鍋賣了八毛錢。

他把一些贓物換成香菸，結識了不少菸友，經常扎堆街頭吞雲吐霧。其中一位大哥，家裡無長輩，進出很方便，於是成了天然的賊窩和賭場。他就是在那裡玩上了撲克、牌九、麻將，而且師從大哥很快學會了賭場作弊。這事其實簡單，比如剪一硬紙片卡在酒杯裡，酒杯實際上便成了兩層。當骰子在上層搖得嘩嘩響時，下層的另一顆骰子卻被莊家暗暗卡住並未真正搖動，於是出杯時的骰面朝向，一直得到暗中掌控。光是這一招，他和大哥就把一些老傢伙贏得暈頭轉向。一個修鐘表的，一個拉煤車的，還有一位被紅衛兵強逼還俗的和尚，都在這裡輸得脫褲子。

聚賭滿足不了爛仔們的胃口。不久，他越玩膽越大，終於玩到了大街上，出落成一個扒手王。最威風那一陣，他戴上小墨鏡，邁開八字步，麾下有二十多個小夥計，橫行五一路和南校場那一片，鬧得很多行人神色惶惶。他其實用不著身體力行，經常把辦公地點設在街心公園，選一涼爽的樹陰處，呼呼睡上一覺，安心等待小嘍囉們上稅。他被手下人恭敬地低聲叫醒，打一個哈欠，掰開錢包，取走大頭，留下一口捽回去，如此而已。有時碰到一個毫無油水的衛生錢包，他還會很不耐煩地將其摔在來人的臉上，「你那個豬蹄子怎麼還不剁掉？」

這時的對方就會諂笑，會點頭哈腰，會屁滾尿流地一溜煙跑開去，投入更為艱鉅的戰鬥。

王者當然也不白吃白喝。一個城市的扒手往往分成不同團夥，根據相互間不成文的約定，分別經營不同的街區。一旦有人越界經營，相當於偷別人的飯，相當於國家間的主權糾紛，戰爭便難以避免。在這種情況下，會騙不如會打，一個扒手王如果還想混下去，就必須有效庇護臣民，用拳頭、磚塊、鐵棍一類履行神聖的王者之責。「五（一路）幫」與「八（角樓）幫」的群毆就是這樣發生的。賀疤子是「五幫」頭，每一次都是最先出手，每一次都叫得最凶，「今天要搞死你」一類，「老子要挖死你」一類，在江湖上名聲大震——其實他後來對我說，打要巧打，叫在先和打在先很重要，如此氣勢洶洶才能讓人們印象深刻和遠播威名。真正打開了以後呢，肯定是一場混戰，誰都顧不上誰，勝了也是慘勝，你最好腳底下抹豬油——溜！

江湖名聲也會引來麻煩。這一天，南北兩派還未交手，就聽到四周哨音大作，手電筒光柱亂射，原來是警察和民兵早已設伏，把這一帶團團包圍了。「條子糕呵——」賀疤子喊出撤退暗號，立馬折入一條小巷，撲向路邊一張納涼的竹床，摟住一個睡熟的孩子，閉上眼睛，憋住呼吸。不一會，一串腳步聲從旁邊經過，感覺中有燈光在他身上照了照，還有人在竹床邊停留了片刻。大概抓捕者以為他真睡了，或把這個小矮個看成了小孩，就過去了。

他的部下卻大多落網。聽到這消息，他覺得自己很沒面子，太不像一個好漢，便一路打聽來到警民聯防的治安指揮部。

「你就是疤司令？」一位民兵頭很吃驚，「還曉得來自首？」

「自什麼首？我又沒犯法。」

「沒犯法？一切情況我們都清楚。每次都是你最先動手，每次都是你下手最毒。難怪你父親三次登報同你脫離關係！」

「那是打壞人，為民除害。」

「你還狡辯？」

「我是替你們維護社會治安。」

「這是什麼地方？由得你來三句半？——跪下！」

他堅決不跪，死死揪住一張高靠背椅以為支撐。結果，他被四個民兵拳打腳踢，從椅子這邊轉過去，又從椅子那邊旋過來，與椅子死死糾纏，人椅連體盤根錯節，一塊滾刀肉似乎不大好對付。漢子們氣喘吁吁，搓揉自己的手，有點打不下去了。

「打呀，再打呀，莫停手。求求你們，今天非把我打死不可，千萬要把我打死。」他吐出一口帶血的唾沫，「你們不打死我，那就不好辦，我要是活著出去了，回頭就要一個一個來搞死你們，先從鐵路局八棟的開始。」

其實他並不知道在場的哪一位來自鐵路局，只是剛才昏天黑地時，好像聽到有人說到鐵路局宿舍八棟打來的什麼電話，便暗暗記下了。

這一招果然管用。四個民兵互相看了一眼，再也不打他了。後半夜有人來點了一支蚊香，送來兩個饅頭和一壺水，大概也與鐵路局的暴露有關。

按當時的懲罰規則，疤子和他二十幾個小兄弟被民兵武裝押送，掛黑牌遊了兩次街，又去挖了二十天防空洞，暴讀三百遍有關的黨報社論，就給釋放了。放他的這一天，一個漢子（大概是家住鐵路局的，他現在才真正看清了，認識了，對上號了）塞給他一包菸，說那天晚上的事麼，動手是公事公辦，沒辦法。

疤子抽燃一支菸，冷笑一聲。「大哥，我這個人最不記仇，但以後要是鐵路上有事要辦，你不能不幫忙呵。」

「好說，好說。」對方居然一個勁地點頭。

43

人只能活在自己的身體裡——這聽上去像一個病句。我的意思是，人的心再大也得接受身體之囚。帕華洛蒂沒法同時擁有喬丹的長腿和夢露的大胸。一個人也不能把自己的眼睛留在唐朝，把耳朵留在民國，把手足或腸胃留給未來。

人的身體不僅有一次性和個人性，還有普遍性——這意思是說，穩定的基因遺傳決定了全人類的形體大體相近，除了膚色有異，至今無人能長出牛角或羊尾。

這一事實很神奇。

但基因的大穩定下隱伏了豐富的差異和變化。有的個高，有的個矮；有的音盲，有的色盲；有的恐高，有的恐蟻；有的乳大，有的乳小；有的嗜肉，有的喜素；有的花粉過敏，有的乾果過敏……這一切似乎與生俱來，原因不大明瞭。更容易忽略的是，聖女德蕾莎和魔頭希特勒是否基因圖譜相同？如果不同，這種差異是先天決定還是後天決定？該由他們的祖輩負責，還是該由他們自己負責？

二〇一二年三月十一日英國《星期日泰晤士報》文章稱：很多科學家認為，「西方的個人主義與亞洲的集體主義……從根本上要歸因於基因差異。」「文化價值觀與攜帶五-羥色胺的基因密切相關。」這是一個驚人的說法。翻一翻美國《心理學家》之類雜誌，可知不少專家還把偏激、懶惰、惡毒、共和黨立場等都看成基因的產物。如果這些說法屬實，那麼迄今為止的各種政治、道德、文化的革新運動，看上去都像是無事生非，是鬧哄哄的外行越位，只配基因專家們搖頭冷笑了。

不過，對基因專家們的質疑是：世界上哪有一成不變的基因？如果基因是動態的，是可以改寫的，那麼它還算不算「基因」？還僅僅是一個實驗室的問題？這種被生存環境和歷史過程不斷改寫的基因，比如被德蕾莎們或希特勒們嚴重改寫的五-羥色胺，換一個角度看，是否也該稱為「基果」？

事情可能是這樣。「基因」也是「基果」（至少應有這樣的中文詞）。每一個人都亦因亦果，是基因的承傳者同時也是基因的改寫者，即下一段基因演變過程的模糊源頭。生存環境和歷史過程作為一種更為強大的實驗室，正在悄悄實施各種基因改造工程，正在編織一份個人亦即群類的、穩定的、頑強的亦即多變的生理未定稿——這聽起來又像一個病句。在這個意義上，文學「回到身體」一類口號，顯然不宜止於春宮詩和紅燈區一類通俗話題，而應轉向每一個人身體更為微妙的變化，轉向一個個人性的豐富舞臺。

賀亦民的一份基因未定稿，不妨舉例分說如下。

關於腿與腰

中國南方人普遍偏矮，其中一些高個頭也多是腿短而腰長，長在一條腰上，比較合適幾千年來的農耕事務：便於彎腰，便於上肢接近土地和莊稼。賀亦民的不幸在於，他屬於矮中更矮，不知前輩們何時何地的一次精卵結合，在隔代遺傳或鄰代遺傳之後，使他的身高大約是一點六米，相當於時尚標準下的半殘。

一種猜測是，北方以及更北方的那些游牧人，在遼闊的歐亞大陸打望牛羊需要高，遠眺風雲和敵人需要高，登上駿馬更需要高，屈就地面的活動較少。於是，一種拔高的心理期待成就了遺傳選擇，給後代們留下了修長雙腿。通過移民或戰爭，通過情願或不情願的交配，這種長腿也逐漸出現在某些農耕地帶，成就了賀疤子眼下左側的那個人——廖哥，一個山東小伙，正在用砂輪磨刀具。

廖哥是高中生，擁有這個街辦小廠的最高學歷，最喜歡說數理化，最喜歡別人叫他「廖工」。亦民向他打聽收音機是怎麼回事，還用小學生的算術方法解出一個方程式題，得數似乎沒錯，但廖哥還是抹了他腦袋一把，抹得眾人哈哈笑，一句讚揚也沒有。沒人把他古怪的演算法當回事。

一天，他發現廖哥不吃飯，頭髮搭拉在額前，不時哀聲嘆氣。一打聽，才知對方失戀了——那個電工班的廠花，能拉手風琴的團支部書記，把廖哥偷偷遞去的情書揉成一團扔回機修班。

「秋瞎子呵，」賀亦民想給廖哥出氣，「狐狸精一樣，要她做什麼？送給我也不能要。」

「疤鱉你少吹牛。」一位工友說，「不要再刺激我們的廖哥了。」

「我吹牛？只要我願意，手指頭一勾，花姑娘一堆堆的來，踢都踢不回去。」

「你勾幾個母蚊子還差不多。」

「小看人？要不，我今天同你打個賭。」

工友們一起起鬨：「你要是釣不上魚，以後天天請我們吃包子。要是釣上了，我們放你的假，三個月裡替你頂班。」

賀疤子覺得自己把話說大了，只能硬著頭皮上。他騎上腳踏車去一位鄰居家借來《紅樓夢》，還有兩三本文學，放在柴油機旁，布下高雅的誘餌。接下來的安排，是他在電閘那裡做點手腳，構成電工必須來檢修的理由——報修時間當然必須在晚上，在廠花當班之時，以曖昧的月光朦朧為背景。

挎著電工袋的廠花就這樣入套了，檢修電閘時發現了《紅樓夢》，發現了知識和藝術的亮點。亦民與她搭訕也很順利，於是對方的工具櫃裡，從此有了一本接一本的名著，包括中國的、俄國的、法國的、英國的……疤子其實根本不懂那些天書，不過是掏錢買菸，每次都求鄰居火線補課，讓一個中學教師告訴他各書的要點，由他滿頭大汗地強記下來。主題、人物、風格等，這些奇怪詞彙被他硬吞強嚥。

「你看書這麼快？是不是一目十行？」廠花吃了一驚，對這位才高八斗的文藝青年大為崇拜。

「這些書哪夠我讀的？都差不多讀過兩三遍啦。」

「我以為你不識繁體字。」

「不好意思，我本來打算研究一下甲骨文。」

「我以為你只會打架。」

「沒書讀的時候，不打架幹什麼？」

「像你這樣聰明的人，應該去上大學，應該去深造。你去北大呵、清華呵，或早稻田，我姨外婆那裡。」

亦民以為「早稻田」是鄉下什麼地方，稱自己最討厭下田，絕不下鄉當知青。幸虧他這幾句說得含混，沒怎麼引起對方注意——他後來得知「早稻田」是日本一所著名大學，嚇出了一身冷汗。

他們開始出現在電影院陰暗的觀眾席——亦民提前通知工友，讓他們到時候去電影院見證事實，把以後的肉包子備好。不經意之間，他目光離開銀幕，瞥一眼身邊的廠花，覺得這份戰利品還真不是什麼狐狸精。水汪汪的眼睛，翹翹的小鼻子，臉上兩顆不大明顯的雀斑，說錯話時的摀嘴巴或伸舌頭都居然令他心動。壞了，這差不多就是戀愛吧？就是重色輕友的開始吧？可憐的廖哥眼下不知在哪裡抓狂，會不會捶胸頓足噴一口鮮血？

他想拉住對方的手，但剛碰到一個指頭，對方立刻觸電一樣把手縮了回去。兩人好像什麼也沒發生，繼續聚精會神於電影。

工廠附近兩個高音喇叭不見了。警察們沒費太大的周折，就在亦民的狗窩裡發現了贓物，把他抓進派出所一關半個月。工廠也立即罰他每天去掃廁所。他再見廠花時，還沒來得及控訴那個喇叭的可惡，沒來得及說明自己下手是想給對方買一架手風琴，對方已煽了他一個耳光。

「你聽我說，對不起……」

「我不聽！」

「我是為了你……」

「你騙誰呢？我都知道了，你是為了吃包子。」

對方把一摞書狠狠地砸在他身上，然後哭哭啼啼地歪斜著身子跑遠了。他只能撿起幾本書回家。在清理自己的工具櫃時，他還發現了一張紙條，上面是熟悉的筆跡：

臭矮子，你是個無可藥救的混蛋！

他後來再也沒見過那個身影。據說廖哥也辭職了，與廠花相約去了另一個工廠。夥伴們見他愁悶，都笑他癩蛤蟆想吃天鵝肉，還真把自己當一回事。照他們的分析，看兩場電影不算什麼的，真要談婚論嫁，光是他這三寸烏龜腿就過不了丈母娘那一關。人家是幹什麼的？團支部書記，工程師家的千金，即便被文學灌暈了，哪天一個噴嚏打醒了自己，也不願意挎一個馬桶上街吧？不願以後生下一窩小馬桶吧？喂，你腦子被門板夾壞了，還打算送手風琴，不如給弟兄們買包子呢。

亦民摸摸臉，沒說話，再次看了看那張字條。

「臭矮子」——這一句很傷他。他記得廖哥也偷過廠裡的輪胎（比高音喇叭還要貴），也受過處分（開除團籍的處分比他掃廁所還重）。如果廠花能夠原諒廖哥而不能原諒他，那麼事情顯然另有原因，遠非《紅樓夢》什麼的可以解釋。

關於手

早在出入拘留所時，疤子就發現電工最舒服，最神氣，哪怕蹲在牢房，也常被警察叫出去修電扇或修路燈，從來不必真坐牢也不必幹重活。這樣的高等囚犯有時還以購買零配件為由，騎上自行車上街去，叼一支菸吞雲吐霧——不知道的還以為來了便裝警察，在執行什麼祕密任務。

他拜一個瘸子為師，說什麼也要當上一名電工，裝出一臺師傅家裡那樣的電子管電視機。但不論他給對方做了多少煤餅，挑了多少井水，買了多少白菜和蘿蔔，對方還是不讓他碰一下萬用表，只是丟給他幾本中學物理課本。

他不服氣，帶上一個以前的小嘍囉，決心自己去偷一個萬用表。目標已確定，就是附近的一家電器廠。他去那裡踩過點，發現側門是一個可以利用的缺口，偷偷將鎖門的鐵絲剪斷，再虛虛的搭上，製造出門禁正常的假象，以便自己晚上下手。沒料到人算不如天算，他拎一只麻布袋再去時，門上的鐵絲不見了，竟然已換成一把新鎖。但箭已離弦不可回頭，他只得踩著同夥的肩，翻牆上房，踩椽木前行，再揭瓦而下（利用自己以前當泥工的知識），溜入材料庫房，用鴨嘴鉗和鋼鋸打開鐵皮櫃（利用自己以前當鉗工的知識），展開一次瘋狂的打劫。

事前估計不足的是，他劃完所有火柴後只找到了萬用表和電焊槍，圖謀中的變壓器、三極管、可變電容等卻不知在哪裡。

「有人來了，來了……」

小扒手再次發出警告，嚇得他慌慌逃離現場。嘩啦一聲，一腳踩偏了，幾片瓦掉下去。兩捆漆包線就是這時掉下去的，讓他事後心痛不已。

他的豪華型、浪費型、破壞型的電工學習由此開始。大半個麻袋的元器件，他拿來就拆，拆不動就撬，撬不開就割，與其說是當電工，不如說更像殺雞破魚，各種試驗完全不計成本。當然，對於一個小學生來說，最要命的難點還是讀書，是搞清楚這些雞呀魚呀的來龍去脈。他的決心是，人家一天讀十頁，他十天讀一頁總可以吧？人家讀中文或英文，他湊上一點「賀文」也無妨吧？——「賀文」就是他的錯別字，只有自己能夠懂的那些王八蛋。以致很久以後他還把「絕緣」讀成「絕綠」，把「高頻」讀成「高頁」，把A和J讀成撲克牌裡的「尖」和「鉤」。

他慘遭電擊無數，麻木和暈倒是家常便飯。奇怪的是，他的兩手似乎開始變化，對電越來越沒感覺，二百二十伏的家用電到了他手裡，有時只有一點毛毛熱。工友們不知他的身體有什麼特別。一個小馬桶，沒鬍子和頭髮稀的傢伙，沒有銅頭鐵臂也未見嚼鐵吞鋼，頂多只是皮粗骨硬一點，憑什麼幹活不用絕緣手套和電工鉗？憑什麼可以經常帶電作業野蠻操作，根本不需要拉閘？有一次，連他自己也好奇，一手抓零線，一手抓火線，把兩線頭越捏越緊，眼睜睜看見自己嘴咬的一支測電筆亮了，更亮了，更亮了，引來夥伴們一片驚呼。他的手指頭怎麼沒冒煙，也沒見閃閃光弧？

夥伴們扒了他的衣服，發現他身上也沒什麼機關。用萬用表測過他的全身，發現他帶電時的鼻子電壓超過一百一，肚臍電壓超過九十，陽具更不得了，電壓超一百三十……簡直是根電棒，可以點亮電燈泡了，直接插到路邊去當路燈。

一位教授前來仔細觀察他的帶電實驗，說奧祕可能在他的手上。這雙傷疤暗布和老繭相疊的手，相當於戴了膠皮手套，形成了電阻，雖能顯現電壓，但大大化解了電流強度，對身體形成了保護。

疤子倒是不大相信教授這一解釋，更願意這是自己變戲法的運氣。他後來轉向微電子，搗騰三極管一類，就是擔心哪一天運氣到了頭，電流翻臉不認人，突然把自己燒成一團焦炭。他提醒自己還是離這傢伙遠一點好。

關於腦

賀電工受廠部推薦去工人技術大學讀書。當時很多高級技工都出自這種學校。不過他沒怎麼珍惜這脫產的三年，沒上過多少課，一直在社會上走穴混錢，東一鋤頭西一棒子的什麼業務都敢接，什麼工程都敢碰，只差沒在客戶面前拍胸脯接下原子彈和核潛艇的訂單。至於那張文憑，用他的話來說，紅布殼子算是他的，證書芯子是同學們的——二十多門考試大多靠弟兄們幫忙才得以蒙混過關。他差不多據此可以寫一本《舞弊大全》。

也許正是這種廣泛流竄的經歷，這種電工、裝配工、鉗工、車工、銑工、模具工、電鍍工、鑄造工、永磁磨工、木工、泥工、縫紉工等什麼都混過的野路子，使他的技術見識極為古怪和狂野，腦結構異乎尋常。這個腦袋戳在肩膀上，裝了一钁子溝紋密布的酸菜或豆腐（他吃得最多的東西），如果也算得上一個電器件，那麼它的短路點不勝枚舉，但也有反常的並聯或串聯，有胡亂搭接的密集電路，一塌糊塗的同時卻靈感迭出，低效率和高性能並行不悖。

這個腦袋裝不下很多重要的科學公式，裝不下中學生的語法，甚至裝不下小學生的九九乘法表——他脫口而出就是「四七二十六」或「六八四十二」，見別人大笑才急忙更正，而且經常一錯再錯，說出來的變成「四七三十八」或「六八四十六」。他不可思議的困惑，是不知大家如何都能熟記九九乘法表，眨一眨眼，摸一摸頭，佩服得五體投地。

但這個腦袋裝下的東西千奇百怪。隨便一個什麼工件，他拿在手裡不用看標牌，幾乎只是摸一摸，甚至是嗅一嗅，就能判斷出是不是德國貨（在他看來工藝水準最高，這些狗納粹不讓人活了），或是美國貨，或是日本貨，或是中國貨……憑藉一種無法言傳的猜讀法，他讀不懂中學的英文課本，卻能在網上猜英文，猜德文，跟蹤世界最新技術。有一次，聽說我去美國，便委託我去矽谷買晶片，是他在網上查到的一款。我取道矽谷，走街串巷七彎八拐，好容易找到那家設在地下室的ＳＭＲ。洋經理看到訂貨單時大為吃驚——ＳＭＲ在美國也沒沒無聞，他們剛剛開發的這一款新產品，連美國同行們都不大知道，如何這麼快就被一個中國人盯上了？這位中國知音是何方神聖？

經理一再查看護照，覺得我至少也應該是來自臺灣。我解釋了好一陣，才讓他明白「民國」和「人民共和國」之間的英譯差異。

其實哪是什麼神聖？充其量就是一個技術魔怪，沒有任何頭銜、學位、職稱、單位的個體戶。用他的話來說，物理這東西簡單得不能再簡單，無非是聲、光、電、磁、核這幾種解決手段。人不能被尿憋死麼。人家用聲，你為什麼不能用光？人家用光，你為什麼不能用磁？人家用磁，你為什麼不能用核？……面對再大的難題，只要你善於急轉彎，就可能別出一格，一舉摳底。他首創全世界的Ｋ型水表，就是發現專家們一直著眼於降低葉輪的摩擦，著眼於葉輪重量，一條路走到黑，而他不過是斜出一招，在圍棋盤上走象棋，在水面上跑火車，打一打磁懸浮的主意，葉輪重量和摩擦銳降為零的結果便令業界譁然。

好幾位大學博士前來取經，他結結巴巴說不清，在廁所裡躲了好半天，走出廁所時也只憋出一句：「你們呀，就是書讀得太好了。」

這話很難讓人理解。

想了想，又憋出一句：「要解決問題，有時候就得長一根斜筋，一根橫筋，一根反筋。」

博士們面面相覷，還是一臉困惑

他的意思是指現代院校分科太細，博士們讀成了「窄士」，不容易跨學科打通？我可能沒說對。他那六十多項發明專利，來自怎樣的思想狂飆和技術胡鬧，我更無從理解。據他供述，他砍瓜切菜般的發明史源於最初一次驚訝。那還是他初當電工不久，拆解了一大堆電表，無意間發現全世界的電表都有一個重大漏洞。這可能嗎？天下還有這種驚天祕密滾到他的腳下，等待一個小電工撿便宜？一代代人殫精竭慮的技術改進，居然在一個毛小子面前露出了大屁股？

他帶有幾分自疑，在電表上三下五除二，發現電表當真不再走字了，或者說只按他的命令走字了。這讓他震驚不已，一激動，便站在走道上大聲吆喝，宣稱他的電爐大開放：「社會主義的大鍋電，不用白不用呵——」

老人要熬藥的，女工要烘衣的，青年要燉肉的，都興沖沖來到他的房間，差點把小屋子擠爆。賀電工乾脆把門鑰匙多配了幾片，給這個那個胡亂分發。第二天，供電所的抄表員來查電表，眼睜睜地看見屋裡的電爐紅紅火火，樓梯間那裡的電表就是不走字。「偷電就是盜竊國家財產，就是違犯國家電力法，你曉得不？」他在電工班找到賀亦民，口水四濺地大叫。

「你說偷電就是偷電？」亦民不拿正眼看他，「總得拿一點證據吧？我文化不高，法律還是懂一點的。」

「電爐就在那裡，還要什麼證據？電爐在燉肉，電表不走字。怎麼回事？」

「玩戲法麼。」

在場工友們哈哈大笑，氣得抄表員臉上紅一塊白一塊，「好吧，你玩，好好地玩，公安局會找你玩的。」

供電所長和警察來了，探頭探腦一陣卻沒什麼下文。接下來，市局的總工程師也來了，帶來技術工人和各種設備，在這個廠區宿舍查了個天翻地覆。先是嘗試整區停電，然後試一下分樓停電，最後試一下分層停電⋯⋯結果並未發現任何偷埋的暗線。電線槽板和總配電間被戳得稀爛，到處都有破壁殘垣和滿地渣粉，像剛剛經歷過一場巷戰。各種電表也換了十來個，各種檢測工具輪番上，還是給不出一個說法。

總工程師提上兩瓶酒和一大盒點心，只能在電工前滿臉微笑。「小同志，局領導研究過了，只要你告訴我們偷電的辦法，我們既往不咎，從輕處理，把你以前的欠費全免了。你看怎麼樣？」

「哎，哎，什麼叫偷？沒有物證，沒有資料，一個總工程師說話就這樣跑火車？」

「好，好，不說偷，就說是用，這總可以吧？」

「你們的電價也太高了吧。我一個月工資三十多塊，要養老婆，要養仔，不玩點戲法怎麼辦？你們供電局是管飯，還是管尿片？」

「我深表同情，深表同情呵。這樣吧，我再同領導說說，只要你配合，你以後不管用多少電，我們一律免費。好不好？」

「要是你們換領導了，到時候我找誰去？」

「算了吧。」高工再一次諂笑，「你看我，比你大了二十來歲。」

「西門慶比我還大了幾百歲呢。」

「亦民同志，這樣說吧，這樣說吧。國家現在這麼困難，百廢待興，電力先行，每一個公民都應該承擔一點責任。大家各退一步，都過得去，好不好？我知道你是一個有責任感的好青年，又是廠裡的技術革新能手，值得我好好學習。我們的共同目標，就是要為國家用好電，管好電，對不對？」

亦民是個順毛驢子，聽不得軟話，接下了酒和點心，同意以後每個月交兩塊錢電費。

從這個月起，他交的電費永遠是兩元，直到多年後家境改善，直到他日夜享受中央空調，才主動改交電費每月一百。歷屆供電局領導不但接受這種霸王價，還經常登門送禮，對他千恩萬謝。畢竟，他信守承諾守口如瓶，未讓偷電技術擴散成災，沒把供電局活活地整垮，已是刀下留人皇恩浩蕩。他們聽說過，境內外有些商家曾出價七位數乃至八位數，希望購買他的祕密然後壟斷全球新電表市場，但都被他拒絕。「放心吧，」他拍拍新局長的肩，「就算你是我老丈人，把三個女兒都嫁給我，我也不能告訴你呵。」

局長感動得眼淚都要出來了，「你真是我們電業系統的衣食父母，不，你是整個國家的大英雄，大恩人！」

一個神電工，從此在江湖上爆得大名。在不少人看來，這傢伙發現的祕密無人破解，各方專家莫奈其何，實在太神了（作為他的朋友，我有幸探知其中奧祕，但不得不在這裡說到做到嚴格保密）。至於八位數的進項打不動他，幾句奉承話倒可灌翻他，則有幾分神經。一個人的「神」與「神經」，差別可能本就不大罷。很多人說，少半步的「神」就是「神經」。多半步的「神經」就是「神」。

關於舌

傳說一夥土匪綁得幾張肉票，想辨出倒楣蛋們哭窮的真假，便做一桌飯菜看他們如何吃。一般來說，口味重的是窮人，口味淡的是富人，其中的道理，是窮人出汗多，需補充大量鹽分；吃菜也少，菜裡鹽分相對集中，濃度必然提升。口味與身分的關係最先被這些土匪一眼看破。

賀電工的一條舌頭差不多也是下賤標誌，與妻子俞豔萍格格不入。婚前的窮日子似乎從兩方面改變了他的口味：一條是多吃生厭，比如喝粥太多，使他眼下一見稀粥便噁心，飯粒要越硬越好；另一條是多吃成嗜，重口味一旦成為積習，重鹽重油就成了他的命，大酸和大辣也必不可少。

他用滿屋子神奇的自製電器和幾項專利把女警察哄得五迷三道，但拐騙得手後，真要過日子了，兩人吃不到一起去。警花對照書本科學配餐，在丈夫眼裡那是拿草料拌白水，無異於逼他出軌。他裝上一盆飯，總是端到鄰家去吃，到這個姊姊或那個妹妹那裡快活去了。男女的笑鬧聲總是從鄰家飄來。

妻子一次次氣得臉色發綠。

亦民賺了幾筆專利費後，與一個香港人合股在深圳辦了家公司，算是躲開了家裡的餐桌戰爭。他覺得副董事長的職位很爽，沒什麼事，成天泡茶館，看電影，打遊戲機，洗澡按摩，找女服務生開開玩笑，還可花錢如流水，把故舊親朋全請來吃海鮮。請到沒人可請了，拿起電話不知往哪裡打，便把自己以前的廠長也請了去。他說當年自己被對方扣獎金，到對方家裡強吃賴喝，實在對不起。對方也一笑泯恩仇，說過去的事都過去啦。

亦民拍拍胸口，「等我發達了，先把廠裡欠下的電費和材料費統統付清，再給你們蓋兩幢大樓。」

廠長也很激動，「那就好，那就好。苟富貴，勿相忘。」

小俞也來深圳探親。深圳是個大洋場，車水馬龍，燈紅酒綠，商界各路豪傑都不知來處，見面時總有暗暗的互相度量，互相揣摩，互相提防。在這種富人如林的地方，小俞一再為丈夫暗暗焦急。拜託了，你遞出去的名片上是副董事長兼發明家，但動不動說粗話，動不動把褲腳摟到膝蓋，把領帶扯得像根吊頸繩，是不是還要當眾摳腳趾？更戳心的是，到了高檔餐廳裡不懂蛋乳凍、冷凍慕斯、水果沙司、橙汁三文魚也就算了，怎麼連鮑魚汁拌飯也不會吃？一舉筷子就只知道紅燒肉和鹹魚煲，甚至還要腐乳，搞得服務生好為難。你好歹也算是個老闆吧？怎麼像個剛剛越獄外逃的走私犯？

一些客人不時暗中交換眼色，亦民沒看見，小俞可全看在眼裡，回到住處忍不住一關門就叫：

「五星級餐廳裡要腐乳，骨子裡都是窮酸氣，虧你想得出！」

「怎麼啦？」

「你不吃腐乳會死？」

「我出錢，顧客是上帝，他們憑什麼不給？」

「你最好要他們給你一團鹽。」

「他們的菜是太淡，不下飯。」

「你這人，真是沒文化。沒看見報上說嗎？英國科學家研究的，每個人一天頂多只能吃六克鹽，這才是科學，對心臟、對大腦、對肝腎，都有好處。你連這個都不懂，虧你還是什麼副董。是不是在街上撿來幾張名片就到處發？我坐在你旁邊都臊得慌，一張臉算是丟盡了……」

「嘿，俞神經，嫌丟臉你就不要來呵。這不丟臉的滿街是，圓的扁的，長的短的，型號應有盡有，你快去挎一個呵。」

兩人惡吵了，惡摔了，還惡揪惡打了。警花當下淚水狂湧收拾衣物就走。可惜幾件旗袍、抹胸裙、吊帶裙，剛剛掛出來萬紫千紅，還沒穿過一回，又一古腦收進了拉桿箱。

一年後，公司破產，賀副董身無分文，灰溜溜地回到家鄉。他對破產的原因其實不太明白，只知道公司做過電器，也曾投資玉石，最後栽在一塊地皮上。他完全看不懂財務平衡表，聽別人說破產了，大概就是破產了吧。看陌生人來給汽車貼封條，那麼自己就該走路了。見取款機一再回吐他的信用卡，那麼自己就該吃泡麵了。

他發現老婆對他很冷淡，但梳妝檯前的香水瓶、護膚品、化妝品卻多了不少，家裡的香霧若有若無，不是什麼好兆頭。妻子的姊姊約他見面，在一個餐館叫了幾樣菜和一瓶紅酒。給他的兩個紙袋裡都是男式新款襯衣。

「我看你們過下去活受罪，不如好說好散。這件事我也不能不負責到底。」作為當年的媒人，大姊拿出幾頁文件擺上桌面。

「你們不要太勢利。我這次確實栽了，但你們要相信……」

「我同你提過這事嗎？說到了一個錢字嗎？」

「你們也不要輕信謠言，以為我在外面如何。我其實滿純潔的。」

「你覺得我會信？」

「我切一根指頭給你，發個毒誓，以後再也不打她了。」

「你早幹嘛去了？」

「嘿，她還真要散呵？腦子沒被驢踢壞吧？你去告訴她，現在的中年單身漢都是寶，全國抓一把，至少一億在我的選擇範圍。她呢？」

「那就祝你好運！她的事，謝謝，你不用太關心。」

將近一個小時的交涉下來，賀亦民費盡口舌，未能軟化對方，見文書上已有老婆的簽字，一生氣，拿起筆也在那裡戳幾下，差點把紙頁戳破，然後拿起帳單頭也不回地去了收銀臺。

「有財產分割事宜呢，你怎麼不多看一下？」大姊追了一句。

他回頭道：「我被老婆休了，臉皮就是屁股皮，還要什麼財產？你們要踹就踹徹底，把東西統統拿走，掃地出門，斬草除根！」

關於耳

自兒時唱過一次〈美麗的哈瓦拿〉，賀亦民再未唱過歌，對唱歌也毫無興趣。這樣，老婆生下的一個兒子，功課都還不錯，可惜是一個音盲，一開口就是踩在西瓜皮上，溜到哪裡算哪裡，翻到哪裡算哪裡，專往不該去的地方去，每一句澎湃激情都給人吊頸或割肉的危機感，存心讓聽眾抓肝撓肺。

丈夫連聲說唱得好，唱得好。

老婆氣不過，「這還叫好？你豬耳朵呵？人家的孩子不是鋼琴五級、就是小提琴八級，有了你這樣的爹，我家兒子能把普通話說對，就是祖宗那裡燒高香了。」

老婆堅決相信這是一個遺傳問題。鋼琴買回來了，音樂家教也請來了，老婆希望對兒子的後天有所彌補。但丈夫沒覺得那位上門的音樂副教授唱得怎麼樣，「馬」來「馬」去的，「魚」來「魚」去的，說是唱音階，怎麼聽也就是一河馬的水準。他更不明白老婆對那位小捲髮為何眉開眼笑，又是切瓜，又是煲湯，又是開易開罐，還一次次出門遠送。那傢伙的什麼「美聲」，什麼「磁性」和「穿透」（均為老婆用語）無非就是嘴裡含了個熱蘿蔔，把每一句嚎得圓滾滾胖呼呼，糊糊塗塗的聽不明白。這一鍋熱蘿蔔為何就能把一個女人迷得像個小老鼠？這隻快樂小老鼠吃錯了什麼藥？

他在電話機裡稍動手腳，讓電源線變成載波的電話線，這樣家裡打出的任何電話，他在數百步之內凡是有電源插座的地方，接上一個話機都可隨意監聽。果然，像他猜測的那樣，他在鄰居家聽到老婆與副教授的電話，早已超出「磁性」和「穿透」，早已甜蜜無比。什麼「明月松間照」，什麼「春來江水綠如藍」，哪來這樣一些順口溜？什麼地中海，什麼北海道，什麼北歐人反皮草的綠色運動，那傢伙到底是教音樂還是搞旅遊的？怎麼一說就扯上十萬八千里？

「宇宙這麼大，個人這麼小；時光這麼長，生命這麼短……這些話我都能背了，煩不煩人？」

亦民這一天忍不住插了進去。

「喂喂，怎麼串線了？」男聲不無驚慌。

「要上床就上床。上床只有陰道，扯什麼北海道？」

「喂喂，你是誰？」

「上床只有活塞運動，扯什麼綠色運動？」

老婆的尖聲冒出來：「賀亦民，你這個臭流氓——」

關於生殖器

賀亦民創造了或販賣了「泄點」與「醉點」的概念。照他的說法，這兩種性高潮的情況大不相同。前者只相當於飲食中的「吃飽」，是個動物都能懂的，在正常人那裡不足為奇；但後者相當於飲食中的「吃好」，即便在美食家那裡也可遇難求。他認為要死要活的一「醉」才真正幸福，或者說「性福」。

揣測他的意思：情欲不僅是生物性行為，不僅是床上的動作片。要達到如醉如癡、極樂極狂、欲仙欲死、心身俱空、天塌地陷的高潮奇蹟，常需要特定條件，特定的某種心理軟體和文化密碼，是好不容易才能中的一個大彩。比方說吧，他與第二任妻子的日子還過得去，激情雖然漸弱，但臥室裡的家常便飯還算正常。給他印象深刻的只有兩次例外：一次，是妻子執意把他前妻的警服照放在床頭，執意不叫他「老公」而叫「妹夫」。說也奇怪，在另一個女人的虛擬到場之後，在妻子把丈夫虛擬成他人之夫以後，她表現出少見的亢奮，表現出一種對陌生身分的大喊大叫和放蕩不休。

第二次，是妻子夜裡接到上司的電話，在電話裡回答某個聯合國貸款專案的問題。說也奇怪，他摟住一個正在辦公的女人，一個正在與上司交談的女人，一個正在言說鋼材、航運、監理、圖紙這些乏味公事的女人，卻有一種突如其來的奇妙感，似乎無意間闖入一片神祕荒原，迸發出探險的渾身激情。這時候的老婆幾乎煥然一新，成了另一個陌生人，一份與辦公樓、大專案、國家「十一五」規劃等密切相關的莊嚴和威權，一種女王甚至女神的神聖感和禁忌感。他情不自禁地熱血沸騰和猛烈攻擊，直到對方臉上痛苦地扭曲了一下，一邊斜靠寫字臺搶救電話筒，一邊用手胡亂推擋，推他的臉，搗他的嘴。這種越搗越想叫直到最後叫開來的一片混亂，大概也是雙方的「醉點」了。

他還說過，他後來發現自己就是喜歡在車間、汽車、會議室、辦公室裡鬧（工作環境中），在對方敲電腦、描圖紙、簽文件、打電話時鬧（工作狀態下），與強勢者鬧（比如個高，能幹、警察、副局長等）或有強勢背景者鬧（與前述條件有這樣或那樣的關聯），如此才有騰騰燃燒的欲望，才有陽具的雄風凜凜，一發不可收拾，連自己也暗暗吃驚。他那位穿警服的俞豔萍最終受不了他，原因之一就是認定他變態。

這算什麼變態？照抄作業的動作片才是病態吧？征服一種身分和有關身分的想像，一種社會和歷史中的幻境，也許才是人類的隱祕特權。

困難的是，沒人知道這樣的幻境到底有多少，又分別埋藏在哪裡。

關於心（或X）

直到很晚近的年代，人們受教於解剖學，才知道「心」不等於心臟。「良心」「善心」「好心」「熱心腸」「惻隱之心」……這些詞語不過是一種指代，落在一個「心」字上並不完全合適。前人想必是從怦怦怦的心跳發現了描述良知的最初依據，卻不知良知遠比那個泵血器官複雜得多。

測謊儀對前人的說法提供了部分支援。這種機器測出心律、血壓、汗腺、胃液、淚囊等在良知甦醒時的異常，相當於觸摸到人體內的隱形上帝。人體同則人心同。人體略同則人心略同。就基本面而言，正如腸胃定制了食欲，生殖器定制了性欲，心律、血壓、汗腺、胃液、淚囊等方面的異動，即每個人的貼身上帝，一種或可稱為X的遺傳物，一種內在於身體裡的靈魂，常在不經意間閃現和爆發，則成為人們意識最深處的呼喚，成為道德的一種生理性發動。這種發動甚至常在理智控制之外，不為當事人所覺。

在這個意義上，身體不僅僅藏有欲望——人們常說的上帝X並不在聖山之上或西天之遠，倒是在所謂「自私的基因」之內。

作為初級的監測手段，測謊儀當然也有不太靈的時候。亦民當扒手小霸王的那陣，在警察和民兵面前說慣了假話，開口就編故事，不編故事還幾乎開不了口。如果當時動用測謊儀，說不定他心律正常時說的話最假，倒是臉紅、眼眨、汗流、結結巴巴之時，說出來的倒有幾分真。

測謊儀一類也常常困於人們鬧心、噁心、驚心情況大不相同的難題。賀亦民鬧心的，俞豔萍不一定鬧心。賀亦民和俞豔萍都鬧心的，其他人可能不鬧心。民族、宗教、性別、職業、個性等方面形成的諸多變數，需要監測者小心甄別和修正。這一天就是這樣：兒子過十歲生日，一家三口吃完生日蛋糕。為父者咳了一聲，再次說出一通混帳話。「小子，再過八個生日，就是你是十八歲。你給我記住，從那以後，除非你有本事繼續升學，老子一分錢都不會給你了。你是你，我是我，各找各的飯吃。」

兒子嚇得臉色發白。

「如果我以後看見你在街上討飯，我不但不會給你錢，不但扭頭就走，說不定還要踹你一腳。同樣，如果你以後看見我討飯，你也不要給我錢，也要扭頭就走，最好還要狠狠地踹我一腳。記住沒有？」

老婆幾乎跳起來大叫：「姓賀的，世界上哪有你這樣的爹？」

亦民眨了眨眼，「我怎麼啦？」

「什麼討飯不討飯？」

「一個人不會勞動，不就得去討飯？一個討飯的兒子，還算什麼兒子？一個討飯的爹，還有資格當爹？」

亦民覺得自己說得合情合理絲絲入扣。相反，慈祥老師們說的那些「自我」呵，「成功」呵，「追夢」呵，「放飛人生」呵，「自由發展」呵，「把快樂進行到底」呵……在他聽來沒幾句上道，差不多就是自己當年對付警察的忽悠，是存心給人下套。不是嗎？他哥郭又軍的那個丹丹，那一個被愛得不耐煩的大寵物，把這個世界當寶寶樂園，成天叼一個關愛的奶瓶，總是等著兔媽媽鹿阿姨鵝大姊餵笑臉，將來不會是一個廢人？又軍那個鱉腦子被醬油浸透了，以為女兒的幸福是愛出來的而不是拚出來的？

郭又軍來找過他，大概下了很大決心，在小飯店裡坐下後又臉紅又搓手的，說得結結巴巴。他告訴弟弟，他那個國營大廠徹底完蛋了。想不通呵想不通——汽車、發電機、鍋爐、機床什麼的都拿去抵了債，一些客戶也拿蘋果或大蔥來抵廠裡的債。工人領不到錢，只能一人領兩筐大蔥，把大蔥吃得要嘔，以致公共廁所裡都是滿鼻子大蔥味。廠裡把最潑、最浪、最爛的女工都派出去催帳，在欠款方那裡跳腳罵街，臥地打滾，叩頭苦求，掛繩子威脅上吊，甚至幫人家端茶掃地洗短褲，權當自己是丫鬟使女……但一切都成效甚微，討不回幾個錢。工人們跑到廠長家裡逼要工資。那廠長呢，上任還不到一年的倒楣蛋，在手表、自行車以及西裝革履被工人們哄搶一空之後，覺得無臉面對家人，一時想不開便臥軌自殺了，怎一個「慘」字了得。

「亦民，你混得好，腳路寬，給哥找點什麼活吧。」又軍鼻子一酸，搖了搖頭，「我什麼苦都能吃，有的是力氣。我做菜的刀功是一絕，我做衣的裁片也是一絕。你不知道吧？我當了五年的先進工作者，不會是個懶人吧？就算你讓我扛包——當年我們車間為了給廠裡省下裝卸費，大家都是義務裝卸，煤、沙子、水泥、圓鋼、生鐵，什麼沒扛過？三伏天裡，悶罐子車皮成了個大烤爐，人人都烤出了一身痱子，累得躺在地上爬不起來，有誰要過獎金嗎？」

亦民說：「我也栽了，眼下還不知道誰來雇我。」

「要不你借我一點錢？」

「我沒錢。」

「我只借三個月，頂多半年。我保證，你嫂子一寄錢來，我就……」

「哥，不是那意思。我是說，就算我有錢也要有個借的理由。你在外面打腫臉充胖子，回頭找我來割肉，這事是不是有點扯？」

「下不為例，下不為例，好不好？看在我們兄弟的情分上——就算你不認我們的爹，但看在娘的面子上，你幫我過了這個坎……」

「慢點，慢點。」弟弟一抬手，「郭又軍同志，郭又軍先生，郭又軍老兄閣下，話別扯遠了。我的意思是，你一不缺手，二不缺腿，憑什麼我要借給你？我是很想借給你，但得找個道理吧？是法律還是政策，規定我必須為你的送溫暖工程買單？」

又軍怔住了，認真地看了他片刻，突然抽了自己一耳光，有一種腹痛難忍閉眼咬牙的表情。

「好，算我沒說，算我沒說。你也確實不容易……」

弟弟還是一臉平靜，起身離去結帳。只是結帳時女掌櫃拒收他一張破鈔票，惹毛了他，與對方大吵一架，還差點大打出手。幸虧又軍趕上去勸開了手執菜刀的廚師，說了一大堆好話，掏錢付了餐費，把弟弟推出店門。

兄弟這一別又是很久沒來往，連電話也沒有。他們多年來大多如此，過得似乎有點沒心沒肺。這一天，亦民騎一輛破摩托經過香樟路，打算去二里橋淘一淘電器元件，再會一位老客戶。天氣晴朗，風和日麗，街市如常，上班的上班，上學的上學，購物的購物，一眼看去毫無異常。孩子放風箏和少女赴約會就應該選這樣的日子，談論生命的意義也應該選這樣的日子吧。他賀疤子也沒有任何理由在這樣的一天與自己過不去。他事後一直不明白，過路口時自己為何朝右邊多瞥了一眼，於是看見了一些城管隊員執法，看見了幾個大蓋帽的那邊，有一張熟悉的面孔。

竟然是又軍，是他護住自己的一個水果攤，向大蓋帽們求告什麼。一個大蓋帽奪走了他的臺秤，拎走了他的化纖袋。另一個大蓋帽正在拉扯他的三輪腳踏車，大概惱火於拉不動，把幾塊隔板踢得稀哩嘩啦。又軍忙給對方賠笑和敬菸，不料對方一揚手，把整個菸盒打飛了。又軍雖然身坯夠大，但被對方連推帶扯，腦袋搖得像根彈簧，一頂棉帽滾落在地上。「你們不能這樣，不能這樣……」他的聲音又癟又尖，像出自一位老太婆沒牙的嘴，「我不賣了還不行嗎？我這就收攤還不行嗎？」

「告訴你，我不是好欺侮的！」他的乞求最終轉為威脅，「要打架呵？要動手嗎？好，我認識你們王書記的老師。我要給報社的何主任打電話。你也不去打聽打聽，理工大學的齊博士，還有黃教授和游教授，都是我什麼人……」

對方似乎不懼怕他的知識界，還是不打算放一馬，推得他偏偏欲倒，又一抬腳踢翻了貨筐，於是蘋果什麼的滿地亂滾。

賀亦民全身血湧，腦子裡突然短路了一般，二話沒說跳下摩托，在路邊撿起一塊磚便衝上去，朝那個矮胖子的背影高高地劈下。

他後來也不無吃驚，磚頭居然就那樣高高地劈下了，煞不住了，收不回了。

磚渣四濺，發出沉悶的一聲。

然後是一片寂靜。所有的目光都投向那個大蓋帽，只見他沒怎麼動，保持兩手前伸的僵硬姿態，一條腰身緩緩地旋轉，還未轉到可以後視的角度，便兩眼翻白嘴角歪斜，嘩啦啦翻倒下去。周圍的驚呼聲四起。

「殺人啦——」

「出人命啦——」

沒有任何人上來。相反，人影四散，很快給賀亦民留出一片開闊地，如同讓一個節目主持人獨占巨大舞臺，聽任他丟了磚塊，拍拍手，拂拂衣，從容走回自己的摩托，慢騰騰發動了機器。他騎車離去時也沒發現什麼人阻攔或追趕，引擎聲轟然震天，電喇叭長鳴不止，大有一種獨行天地之間的自由自在，甚至有幾分放浪和張狂。

只是回到住所後，他打開電視機，才發現螢幕下方飄出了警方通緝令：

犯罪嫌疑人男性，身高不足一米六五，四十五歲左右，分頭，扁平臉，戴墨鏡，穿麻灰色夾克，騎一輛無牌照的嘉陵牌黑色摩托，在今天的香椿路口暴力襲擊執法人員，然後朝沿江大道方向逃竄……

電話響了。他看了一下來電顯示，發現是又軍那個呆貨打來的。他實在不願接這個電話，把被子一拉，睡了。

他像在同自己賭氣，對自己的出手有些意亂心煩。

44

我來到這個北方城市，發現這裡雖有很多路牌，但計程車司機大多說不出路名，也不習慣說路名，只是說部門的名稱，比如「設備部」或「井測公司」，「採油五局」或「建工八處」。如果我說出朝陽路什麼的，他們總是要翻譯一下：「你是說建工八處吧？」或者說：「你是說採油五局吧？」

這樣，我覺得自己不是身處一個城市，而是一個有廣場、有路橋、有酒店、有公園、有警察、有車站和機場的公司帝國，在一個已經擴散為廣闊城區的辦公場所，靠計程車奔跑於部門之間。

住上幾天後，我在這裡也有職員之感，出入賓館不過是上下班，哪怕走進酒樓和舞廳也像是公事公辦，處理什麼跨部門業務。酒宴不過是升級版的食堂飯，迪斯可不過是升級版的工間操，星級賓館不過是升級版的車間工休室……採油的叩頭機冷不防出現在身旁，在窗簾那邊上下搗騰。

我是來找老孟的。他是地球物理科班出身，在一些全國性行業會議上見過我。後來他調來油田當副總，我曾邀請他參加過幾次專案評審。

賀疤子知道我有這一層關係，要我陪他來一趟。其實，我來此後才發現，他根本不需要我拉關係，已是這裡的知名人物。一些賓館服務生都熟悉他，連賣菸的有時也拒收他的菸錢，計程車司機有時也拒收他的車費，他們都從宣傳欄和報紙上見識過他的照片，知道老總們在機場鋪紅地毯迎接他的新聞。「打工爺」、「電器王」、「發明帝」……這些綽號對於他們來說並不陌生。

我與他在飯店吃飯，常遇一些陌生人前來敬酒。有一天，靠大門那邊圍了三桌的漢子們，大概是哪個鑽井隊的，在那裡拍桌子，敲盆子，跺腳，酒興大發地唱歌，把一首首老歌吼得聲浪迭起，引來門外一些閒人探頭觀望。有兩位大漢脫下外衣，對打響指，即興起舞，有搓背的動作，有揉面的動作，有蹲馬桶或抹脖子的動作。他們把碗筷當碰鈴，把餐巾當手絹，把頭盔當手鼓，使出了牛鬼蛇神的各種把戲，於是衝壓機或夯地機一般的歌聲節奏進入了排山倒海的高潮。

咱們工人有力量——嘿，
每天每日工作忙——嘿，
蓋成了高樓大廈，
修起了鐵路煤礦，
改造得世界變呀麼變了樣……

這首歌在我聽來幾如出土文物，奇怪的是，在這裡卻脫口而出其勢洶洶。一位敬酒人宣布，這一首是獻給「發明哥」的。「弟兄們，我這姊夫賀亦民，也是一個老粗，一身黑汗，一身驢皮，給大傢伙長臉啦。」

「姊夫隨意，我先乾了！」

「姊夫喝好！」

「姊夫保重！」

……

他們紛紛上前，把賀矮子灌得滿臉通紅，傻呵呵地笑，一句話也憋不出，活脫脫一個混跡於成人堆裡的超齡少年。

不叫「大哥」叫「姊夫」，大概是這夥人的新發明，是這裡的新時尚，不知有何用心。讓自己與對方的關係隔一層，也許有一種低調和謙虛的意味。扯一個女人進來，似乎自己的體貼也更加到位。

「疤子，你姊夫都當不過來，還拉上我做什麼？」

「你不明白，這些瘋子只會灌酒，沒權批字的。」

「長官對你也不錯呵，三天一小宴，五天一大宴，把你整得像個慈禧太后，差不多每次都是滿漢全席。」

「屁，那都是鴻門宴。」

這話的意思，我後來才慢慢有所理解。

他是油田偶然逮住的技術外援。自K型水表被專業期刊介紹，他的相關發明運用於油表，解決了油田一大難題。他後來受邀參與油田的另外一些技術攻關也是名聲大震，以致他閉上眼睛也能畫電路圖的絕活，不用儀表測試就一口準的資料直覺，一時傳為美談。當然，也有人瞧不上他的學歷，聽不慣他古怪難懂的普通話和二流子腔。測試二院的總工毛雅麗，一個女博士，剛從英國回來不久，對他就一直不冷不熱，看他的目光如同打量送外賣和送快遞的傢伙。專題碰頭會上，毛總說到深井資料的上傳速度，那個最牛的HD公司已達到一百K每秒，我們僅有二十K，實在讓人頭痛。

亦民見與會者都在憂慮HD不賣技術，吃飯時間又快到了，便插上一嘴：「求人不如求己，自己搞一下算了吧。」

女博士不理他，「陸工，你看能不能組織隊伍，再攻一下？」

陸工面露難色。

「依我看，搞到一兆應該沒問題。」亦民又插一句。

女博士還是沒理由在乎這個瘋子。一兆是什麼意思？一兆相當於HD公司速度的十倍，相當於把世界第一檢測巨頭的專利權就地槍斃三次。

「我是說真的，搞就搞一兆。放一隻羊也是放，放一群羊也是放。難得擺一個陣，挖就挖它一瓢狠的。我沒開玩笑呵。」他很委屈。

會場上出現一片低聲竊笑，有點談不下去了。女博士只好宣布散會，回頭在走道裡拉住幾個高工，商議能否在法國、俄國、日本方面找到合作夥伴。亦民走過這些背影，只能獨自去飯堂。

他離開油田時，既沒有餞行宴也沒有官員送，只有一個眼生的司機開來東風大貨，看上去是去機場拉貨的，順便把這個神經病打發走。他沒說什麼，但三個月後打電話告訴毛總工，資料傳輸的新樣機已經搞定，分包和自理的幾個部分已由他組合總裝。

「十五還是五十？你說清楚一點。」對方肯定認為他說亂了。

「我再沒文化，十五和五十還是能分清吧？告訴你，不是十五，不是五十，不是五百，是五千！五千！五千！」

「你是說五兆？你是說五千個——K？」

「你耳朵還掛在那裡吧？」

對方掛機了，大概覺得這傢伙瘋得更不像話。

瘋子沒好氣地又把電話撥過去，「喂，你掛什麼機？」

「你還要說什麼？」

「你先說Sorry。一位女同志，喝過洋墨水的，動不動就掛機，怎麼這樣沒禮貌？你是賣大蒜還是賣豬腳的？」

「好吧，Sorry，賀先生。」

「這還差不多。」亦民算是消了氣，「這樣吧，你明天帶人飛過來看樣機。」

「賀師傅，我們都很忙，真的很忙。再說，科學技術研究是十分嚴謹和嚴肅的事，容不得半點馬虎和輕率，一切都要靠事實說話，靠資料說話。我知道你很聰明，有很多發明創造，是一個自學成才的好技工。但你也許還不明白，深井不是在地面，因此地上那些技術統統沒用。光纜用不上，大口徑銅纜也用不上。這個難題是全世界的……」

「毛阿姨，拜託了，你把舌頭捋直了說好不好？你不就是不相信嗎？你不就是需要檢驗報告嗎？」

「當然，檢驗是最低門檻。」

「那你說，要哪一級的檢驗？技監局？中石院？國家科委？……」

「不是不相信你，賀先生。但我們以前確實上過一些當。有些檢驗，後面經常有權錢交易……」

「你們親自檢驗一下不行嗎？你們直接拿到井下去試不行嗎？毛阿姨，毛大媽，毛大奶奶，要是驗不過關，我當你的面一口吃了它！」

女博士這才頓了一下，有了點笑聲，說：「好吧，你先把資料發過來。」

亦民不耐煩等，不知對方何時才能看完資料，當晚就趕往飛機場，第二天一早就出現在總工辦公室前。裝入兩個木箱的樣機也隨身抵達。女博士嚇了一跳，但態度已大變，因為她從郵件中已大體得知對方的思路。簡單地說，舊思路相當於在一條道上盡力提高車速和車載量，賀瘋子的辦法則是同時開放幾十條道（當然還是在一根電纜上），讓資訊在起點拆整為零，分道暢流，但每個資訊都穿上不同波頻標號的馬甲，到終點後再接受識別和整編，依序歸位，合零為整。這種「兩分（分散、分段）一集放（集中放大）」的方案，從根本上繞過了車道擁擠的難關。

果然，井場實測的結果是接近六兆，國外最牛ＨＤ公司指標的六十倍，油田現有指標的兩百倍！毛總工嚇得臉都白了。工人們爭看螢幕上的圖象，其新鮮感相當於醫生們丟掉了聽診器，直接換上了胃鏡、腸鏡、胸腔鏡以及膠囊攝影，第一次看到了來自上帝肚子裡的肥皂劇，出神入化驚天動地的畫面真是看得過癮。他們當場就歡呼雀躍，把賀姊夫拋向天空，搶了他的皮帽，扯走他的圍巾，摳一把油泥往他臉上抹，在他背上重捶幾拳。

「姊夫！」

「姊夫！」

「姊夫！」

……他們整齊地喊叫，抬著大家的魔法師和財神爺，圍繞井架遊了好幾圈，以致賀姊夫事後好幾天還腰痠背痛，說這群瘋子手腳太重，差一點把他整進了骨科醫院。

毛總工在最豪華的御園單獨宴請他。她抹了口紅，掛了耳環，披一條藍花雪紡大披巾，破例抽了一支菸，眉飛色舞地敬過一杯酒，建議對方看緊電腦，是一種很貼心的建議。要不要找個律師來詳說一下智慧財產權？要不要派個外語強的姑娘來當情報助理？……說這話時也是一種自家人的口氣。

「不用，不用。」亦民連連搖頭，「我是猴子摘包穀，做一件，清一件。資料你們全拿走。我又不要職稱，從來不寫論文。」

對方瞪大兩眼，以手掩嘴，差一點發出驚呼。「你怎麼可以不寫論文？」

「我是那條蟲嗎？我能吃的菜，就是解決具體問題。第一，想辦法。第二，畫圖樣。第三，做出來。完了。」

「天啦，我們……不知該如何感謝你。」

他們說到油田決定的兩百萬獎金，說到新技術下一步的延伸運用和跨行移植……疤子談得興起，見對方問他還有何要求，也就不客氣了，「真要我提？你還真能做主？那好……加獎金就不用了，陪我睡一晚吧。」

對方手裡的刀叉叮噹落下，「你說什麼？……」

他哈哈大笑，完全是一副黃世仁強逼喜兒的淫威，立即讓對方翻看自己手機中的幾條短信，都是另幾家客戶開出的洽購天價。在這一刻，二流子原形畢露仗勢欺人，大概覺得女人的語無倫次和走投無路最為賞心悅目，覺得技術女皇滿頭冒汗花容失色轉眼間成了一隻急得團團轉的小兔子，實在大快人心。

女博士有點呆，不得不結結巴巴。「你剛才說，你不會對我做壞事，是不是？你是說，只要說說話，聊聊天，是不是？」

她是指對方剛才對睡覺的潔版解釋。

「當然。」

對方再一次臉紅，「那好，你得答應我，我不脫衣，不脫鞋。你還得答應我，我要隨身帶點東西……」

疤子壓低聲音：「你扛來機關槍也無妨，只是不准帶老公。」

「你太不正經了，太不像話了。這談話哪裡不能談呢，定要那樣談……有點過分吧？……」女博士得到再次承諾，還是兩手顫抖，大口出粗氣，不時拍打胸口看看天，完全是準備英勇就義的姿態。她出去轉了一圈，大概是買好了剪刀一類利器，大概是為自己的學術前途和全公司的利益猶豫再三，人在屋簷下，不得不低頭呵，最後只能心一橫，挺身而出，赴湯蹈火，一步步跟隨對方上樓。

賀疤子一路暗笑，進門後故意刷牙，洗澡，拉窗簾，插上了門栓又拉上門鏈……釋放了大量下流信號。其實他一直在琢磨英語的「回家」怎麼說，英語的「走」怎麼說，準備到時候來一句高雅臺詞：親愛的，you can go back home now。

不知何時，他好容易說出這一句，發現身邊沒回應，坐在床頭雙手捣臉的那個人一動不動，看上去有點異常。

他再說了一遍，還是沒得到應答。拉開毛總的手一看，發現對方緊咬牙關，一臉慘白，早已暈過去了。

「毛總！毛總！毛雅麗！你別裝死呵……」他拍打對方的臉，手忙腳亂地跳下床，趕快撥打電話一二〇。

45

賀亦民一步走得太遠，反而陷入了麻煩。老孟後來私下對我說，據他初步了解，因為這一塊肉肥，簡直是塊唐僧肉，很多人便主張要慢吃，就像跳高運動員，超一毫米是破紀錄，超五毫米也是破紀錄，那麼能拿五塊金牌的，為什麼只拿一塊？

想想看，只要把一根肥腸切成N段，一步步細嚼慢嚥，就可以在國家那裡多撈幾輪科研經費和技改資金，也可以在市場上多掏幾輪客戶腰包——只有二傻子才會忘了這一層。這還不是麻煩的全部。還有人主張把唐僧肉當肉餡，成為某個母項目下的子項目，以餡帶皮，以葷帶素，集中打一個包，於是受獎、提薪、上職稱、拿經費的受益面就更寬了。數以百計的專家都是哥們兄弟，無不嘔心瀝血，無不任勞任怨和摸爬滾打，只是很多人運氣不佳，沒挖到金子而已。通過這種組合，讓他們也搭搭車，算是你二院和賀亦民扶貧濟困了，算是顧全大局了，不能說很過分吧？幾十年來風風雨雨，大家在一口鍋裡刨食，不都是這樣風雨同舟的？

更難擺上檯面的微妙意思（老孟反覆申明這只是他的猜測），專案組合打包以後，總專案負責人肯定就不是賀亦民了，就得請大領導掛帥了。即便大領導不想摘桃子，下面的人也得為首長考慮一下不是？首長也是人，也辛苦，也參與和服務了，就不想得一份獎金？就不願在專業領域裡有點動靜，比如當個院士什麼的？

這些問題，當然都得好好研究。

個體戶當然很難理解這一潭深水。亦民聽完我的轉述，還是半信半疑的斜眼看我，一聲不吭大口吃泡麵。不會吧？主要是缺錢吧？……他氣呼呼地一口認定，專案之所以遲遲不驗收，不結項，不運用，不公布，活活悶在資料櫃裡，原因不會是別的，「無非是姓華的那隻老鱉」——不知道他是罵誰。「他肯定是HD打進來的內鬼！」他的想像力接下來更為豐富：「他前妻是個賣水貨的，肯定不是什麼好鳥。他二舅在國外混了二十年，從來說不清自己是幹什麼的。那個妹夫還是個最無血的酒鬼……」這一扯離題萬里，恐怕任何人也跟不上這種派出所水準的內查外調。

石油城的時間對於他來說一定太漫長了。他每次來這裡，都是飯局和飯局，睡覺和睡覺，唯有腸胃在忙碌，沒等到什麼痛快話。無聊之餘在其他幾個項目那裡搭搭手，還是心事重重。他畢竟是一個編外「顧問」，對很多事不知情，不論在身分上還是習慣上都是雞窩裡的一隻鴨。有些專家令人敬畏和佩服，但理論和洋文那一路，讓他插不上嘴，不容易走近。還有些人太在乎什麼智慧財產權，動不動就保密，一見他來了就合夾子、鎖櫃子、關房門，防賊一樣的緊急行動，氣得他想罵娘。這一天，一個小白臉前來討教辦法，但一說到要解決的問題，似笑非笑欲言又止，說這事涉及課題機密。「賀顧問，不是不信任你，專案組確實有規定。我既不能給你看資料，也不能同你說資料……這個道理你肯定明白，對吧？對不起，對不起，請你千萬諒解。」

「你腦殘無極限呵——」亦民氣歪了臉。

「你……你這是什麼意思？」

「是你要治病，不是我要治病，是吧？你舌頭不讓我看，脈也不讓我摸，要我抓一把空氣，揉一揉，搓一搓，就治好你的婦科病？」

「賀顧問，你如何這樣說？」

「今天不是你該去醫院，那就是我該去醫院了。」他跳起來，砸出一隻皮鞋，砸得對方落荒而逃。

他的脾氣越來越環，得罪了一些人，使情況變得更加複雜，連毛總臉上也常有難色。以前他總是「三老婆」前「三姨太」後的稱呼對方，玩笑意味明顯，對方也不大生氣。但毛雅麗終於有一天鄭重通告：「亦民同志，這種玩笑再也不能開了。你別給我搗亂。」

不知這一變化後面發生了什麼。

他一頭霧水，陷入了一種看不清、摸不到、想不透的十面埋伏，只能從一張酒桌走向另一張酒桌。他從來不怕爬山，但一張張酒桌組成的是海綿山，他根本沒法爬，只能忍看自己一步步陷進去，最後變成一個無。他的酒友中有一位處長，最擅長為領導擋酒代飲的，最喜歡用手機編四六句子讚美油田的，暗地裡卻形跡可疑，早就閃閃爍爍談及中國或外國的幾家公司，勸他另擇高枝的意思明顯，自己居中牽線的意思也很明顯。酒友中也有不少私商。一位廣東佬曾扛來一箱錢，說這還只是「點頭費」，整個技術轉讓款將另議。另一位上海佬當面攪局，「五十萬也拿得出手？把我們賀工看成什麼人了？」這些奉承都讓他受用，但也很受煎熬，不知該說什麼好。

與我通電話時，他說自己苦等了兩年，還是不願失信於油田。他，賀亦民，別說黨員和團員，連紅領巾也沒摸過的二流子，其實就是想為國家出一把力——國企不就是他心目中最具體、最實際、最有手感的國家嗎？這個石油城是他的一個遠方童話。他放棄好多業務，一頭撞入這個大夢裡，差不多是向自己的命運叫板，守住一個羞於出口的祕密，一份二流子的隱私。但這種事如何說得出口？在這樣一個時代，任何下流話都可以說，反而是「愛國」成了酸詞，「忠誠」呀「正義」呀成了瘋話，對於很多人來說大有痲舌、硌牙、封喉之效，怎麼過不了口腔。這些官腔輪得上他來說？他在燈紅酒綠下一說便假，在豪男奢女前一說便倒牙，只能使他做賊心虛，守口如瓶。操，喝酒吧！

一張蛤蟆臉及時地傻笑，他只能把自己灌醉了事。

趙老闆陪他喝得最多。此人好像是做電源的，又像是做工程機械或航空器材的，身分一直不大清楚。亦民再婚的那年，對方扔來一個十萬，說是小意思，道個喜。疤子以為這是人情鋪墊，下一步就該是生意了。奇怪的是，十多年過去，趙老闆似乎真像他說的那樣只是仰慕好漢，交個江湖朋友，從來沒說過正事。聽說兄弟在油田過得無聊，趙老闆立即驅車兩晝夜趕過來鐵桿陪酒。兩人喝多了就吵架，為了一個屁大的事，無非是國產相控陣雷達缺陷何在的事，兩人都像互掘祖墳，拍桌子，扯嗓門起高調，臉紅脖子粗，差一點動手打架。賀工沒吵過對方，一股邪火沒處發，順手抄起一輛自行車把臨街櫥窗砸得玻璃碎片四濺。沒打擊夠，又掄起一立架廣告瘋了似的撲向另一個櫥窗……趙老闆的酒量顯然大一些，此時還能明白櫥窗是怎麼回事，趕緊從皮包裡掏出兩紮鈔票，朝前來的保安們一個勁地搖晃。「他是個神經病，身上綁了炸藥包，你們千萬不要惹，不要管，隨他去！你們的損失我賠……」

保安們和業主們嚇得應聲而逃，讓賀工出足了一口惡氣，把趙老闆騙人的雷達（顯然是看錯了）砸了個遍地狼藉。

第二天，兩人說不能再喝了，便去夜總會。趙老闆邀一位洋妞跳舞，一曲下來有點無酒自醉，手位有點偏下，偏到了對方的屁股上。

「Bitch——」疤子還沒看清是誰，便被一個大漢撞了個趔趄。大漢衝過半個舞場，一直衝到趙老闆面前揪住了對方胸口。

舞場立即亂了，保安們慌慌地趕來，把爭鬥雙方東拉西扯，盡可能隔離開。「他說你摸了屁股……」一位旅遊團的導遊給趙老闆翻譯，讓他知道事情的原因。

「我摸了嗎？我什麼時候摸了？」趙老闆整整衣領，臉上紅一塊白一塊，「再說摸了又怎麼樣？這些羔子，豈有此理，剛才不也摸了中國屁股嗎？」

周圍一些人忍不住笑。牆角那邊的暗影裡還傳來口哨，傳來一陣起鬨：摸得好，摸得好，再摸一個……

姊夫你大膽地向前摸呀，

向前摸，向前摸……

起鬨者們又唱起來。

歌聲和笑聲緩解了氣氛。經導遊一番勸解，那位胸毛茂盛的猛男放過了趙老闆，摟著女伴走向座位。但不知是誰嘟囔了一聲「中國豬」，雖是洋文，雖是低聲，賀亦民卻聽懂了。他頓時脖子一歪，歪歪地支一個腦袋，脖子岔氣僵硬了一般。「喂，你——」他用一個酒瓶指定那個光頭。

光頭看看他，又看看別人，不知他在罵誰。

「就是你！禿瓢！孫子！你剛才放什麼屁？」

對方不懂中國話，但能感受到明顯敵意，立即弓下腰身雙手握拳，一前一後的跳躍試步。「You want fight? Then fight!」與他扎堆在一起的幾個洋哥們也立即跳出來，各自選擇位置，或緊握一個酒瓶，或操起一把椅子，擺出了交戰的陣勢。保安們一看形勢不好，再次一窩蜂撲上來，在對峙雙方之間組成一道人牆，拚命奪下賀師傅的酒瓶，又拉又推，連哄帶勸，差不多是把一個歪脖子患者架出舞場。「大爺，你出氣不要緊，會砸掉我們的飯碗呵。」一個小保安苦苦央求，「你就當他是真放了個屁吧。」

另一個保安說：「這個旅遊團是個司機團，沒什麼文化的。」

「老子同樣沒文化！」疤子對地下一指，「我就在這裡等他，今天非同他練一把不可！」

趙老闆前來相勸，也沒把他拉走。一個傻子，賓館大廚的孩子，總是跟著賀師傅討菸抽的，則摩拳擦掌，忙得團團轉，為他找來一大堆磚塊，還找來一根粗木棍。「打呀。」「打呀。」「怎麼還不打呢？」傻子興沖沖地抹了好幾次鼻涕，去舞廳裡偵察了好幾輪，最後一陣哇哇大叫——意思是導遊已把那些人從側門帶走了。

46

不知是不是那個未能砸下去的酒瓶一直堵在心裡，賀亦民後來給自己取了個網名，就叫「中國豬」。

無聊的時間被他大把地消耗在網上，消耗在五星紅旗的自選圖示之下。凡是為汪精衛翻案的，為八國聯軍擺功的，反對中國「兩彈一星」的，把官場黑錢和二奶偷偷轉移到國外的……無不被「中國豬」切齒痛罵，一個大齡的愛國憤青由此登場。

可惜他錯別字多，標點符號老錯，好容易憋出一篇咆哮貼，一篇鐵血文，一篇張牙舞爪的討逆狀，跟貼者卻寥寥，不免有些冷清。到後來，好容易有些跟貼了，但大多是挑剔他的文字，特別是標點符號。別人說對的他都覺得錯，別人說錯的他倒覺得對，時政話題往往成了死纏爛打的語法血拚。

也有一些網友覺得他大腦鈣化，說這個扒糞佬說是愛國，為何如此仇官仇富仇教授，罵來罵去豈不是盡給國家抹黑？

「小布，你得頂我一下。我這一篇的標點符號肯定都對了。」他不惜深夜打來長途電話，把我從被子裡揪出來。

「你是不是太閒了？打這些口水仗，有什麼意思？」

「不瞞你說，我在這裡坐牢。不灌水，不罵人，就只能看黃色網站。」

我在電話裡說到了Linux，說到它首創者林納斯——那個開放原始程式碼的芬蘭人，叫板微軟、英特爾以及一切市場規則的IT好漢。我的意思是，如果他賀疤子真不在乎錢，那麼魚死網破也是一招，可強迫油田技改加速。不料他斷然反對，說一旦技術公布，他的錢就算是扶貧了，那倒沒什麼，但西方公司鼻子靈，手腳快，規模大，油水一定肥了他們的田。那時候他還能在壇子裡混？「中國豬」不成了網友們輪番狂踩和剝皮抽筋的一堆中國爛鹹肉？

「壇子」是指他那些混熟了的網上論壇。

這一天終於到來了。我事後才知道，那天冰天雪地，他受邀去石油技術學院講座，一開始就覺得有點不對勁，左眼皮跳了好幾下，走到報告廳門口無緣無故摔了一跤，不是絆倒，不是滑倒，似乎是被不明來歷的電擊拍了個狗啃泥。總是跟在他屁股頭的那個小傻子樂得拍手大笑，也模仿他摔了兩跤，在雪地裡打滾。

亦民事後很久才把一連串異兆與報告廳裡的三個人聯繫起來。他當時沒在意這三人的到場，不時揉一揉下巴和手腕（摔痛了），繼續講解他的快速充電方案。他講得有點亂，有點信天遊和十八扯，不像一場學術報告。脈衝電流與材料疲勞的關係還沒結巴完，就說到德國民用和美國軍工是兩隻技術真老虎（好像有點離題），說到猴王如何稱王（意思不大明確），說到三十多年前的《農村電工手冊》是本好書，兩毛錢的大寶貝（好像是懷舊了，或是不滿眼下很多專業書籍華而不實，專利知識保密太過），又說錢是個王八蛋，把中國人的思想都搞亂了（聽上去有些片面），說好多人鑽技術，其實是愛錢不愛技術，就像當婊子冒充情人（太粗魯吧）……「嘿，國家把你養得白白胖胖，養出你一身好膘。你領帶會打了，汽車開上了，方帽子也戴上了，怎麼就沒一點碗大（遠大？）的理想和缽大（博大？）的胸懷？……」他一急，普通話走形，不得不輔以手勢，做出一個展臂擴胸的動作，示意他的「博」是這樣大，不能誤解為小小的「缽」。「特別是你們這些政府和國企的官爺……」他的目光投向前排座的一些中年人，一些方頭大耳人士，「在辦公室坐出了一個大屁股，在館子裡吃出了一肚子好下水，愛一下國就這麼難？現在一沒要你去炸碉堡，二沒要你去堵機槍，每天上班八個鐘頭，你拿一個鐘頭來愛一下行不行？拿半個鐘頭來辦正事會死呵？……」

很多聽眾感到困惑，分泌出一片嗡嗡低語，匯成嘈雜的聲浪。主持人忙遞上紙條讓他注意用語禮貌並且重返脈衝的話題。

他咳了一下，抹一把臉，發現退場的人更多了，空座位的藍色面積再度擴展。一對對男女學子牽的牽手，摟的摟腰，去尋找更合適培育愛情的場所。另一位青年甚至站起來大聲接聽手機，把周圍的目光吸引過去。

他覺得自己很失敗，沒法再講下去，滿頭大汗走下講臺來到貴賓室——三位便衣警察在這裡已等候多時，向他亮出了證件。

「你就是賀亦民？」

「嗯。」

「知道我們為什麼找你？」

「你們……肯定找錯了人。」

其實，對方的南方口音讓他一聽就明白，肯定不是看黃色網站的事，肯定不是毒罵官員的事，想必是幾年前自己沉入一口水井的摩托，意外地重見天日，把警察的狗鼻子引到這裡來了。

「跟我們走吧。」

「憑什麼跟你們走？」

「老實點，別耍花招！」警察猛推了他一把，手銬也掏了出來。

「我有高血壓，有心臟病……你們想在這裡逼出人命是吧？這裡是大學，我是他們請來的教授。」

對方猶豫了一下，「嚇套鞋呵？你今天就是癌症晚期也得跟我們走。」

「我要通知我的律師……」

「不行，你現在什麼也不能做，一切到了局裡再說。」

亦民發現自己的手機和便攜電腦已被收繳，發現手銬已套上手腕，情急之下突然冒出一句：

「你們違反《公安六條》！」

「公……」對方有點懵。

亦民其實也不清楚什麼六條，只是自己當年蹲拘留所時聽說過，好像是一個什麼鎮壓反革命的文件。但他從對方的遲疑中發現了機會，發現了信口胡說的強大威力。「沒聽說過吧？難怪你們只會粗暴執法，沒有任何人權觀念。告訴你們，公安部就是要整你們這樣的傢伙。我的律師肯定要投訴你們……」

對方大概以為什麼最新法規出臺了，對他們有些不利。大個子警察紅了一張臉，「鬧什麼鬧？公安六條我們也學過的，你以為只有你知道？別說六條，就是六十條，就是六百條，也保不了你！」

話是這樣說，但對方總算溫和了不少，沒給他馬上戴手銬，見他奪回手機也未加阻止，大概是允許他通知律師。

這已經足夠。賀亦民立即用手機上網，三下五除二，一鍵確認，把已完成和尚未完成的幾項發明資料打成文件包，全部發送上網，其准入密碼全部取消。依靠「公安六條」所保障的權利，他還給老婆寫了封短信，也給我發來一句話：

我只能當人肉炸彈了謝謝姊夫還有孟姊夫

我明白這一句的意思。

我久久說不出話來。我一次次面對他手機、電話、博客、微博、電子信箱裡的緘默或空白說不出話來。我不知自己是否該為我這位小學同學深深一嘆，在今夜狂醉不醒，在大雨中遠足不歸，去敲遍和捶破所有朋友的家門，卻不知自己是來幹什麼的，該說些什麼。一鍵之下，事情結束了，他終於成為了中國的林納斯，一顆共產主義的技術炸彈——他其實不太願意充當的角色。在那個石油城，他差不多曾是一個特別顧家和戀母的孩子，採來一朵鮮花，一心獻給母親，但敲了好一陣家門卻遲遲未聽到開門聲，只能重新走上流浪的道路，聽任花瓣在風中飄散四方。

我想像他戴上手銬登上囚車時，周圍沒有熟悉的面孔，更無親友相送，只有一個同他玩得最多的傻子捶胸頓足，噴著鼻涕哇哇亂叫，在囚車後的雪地裡追了好久。我想像那一天漫天大雪，一如老天做了什麼以後不無心慌，於是噴出洶湧的泡沫，塗抹足跡，掩蓋車轍，填埋各種氣味和聲音，正偽造一個白茫茫大地真乾淨的人間現場，不留下任何往事的物證。我想像一個當事人在顛簸和昏暗的囚車中蜷縮於一角，全身哆嗦，眼含淚花，目光死死盯住車頂，像要把那塊鐵皮看穿、看透、看爛、看碎、看得目光生根，其恨恨不休的神情讓警察略感怪異。我相信他那時回望自己的一生，最可能頓足大喊的一句是：「郭家富你聽著，我還會有機會——」

警察都凍得鼻尖紅紅的，不會明白這話的意思。

補記

郭丹丹在法學院畢業，沒有接受她媽一位國外朋友的資助去美國留學。她留下來接手的第一個案子就是叔叔的殺人案。她的一些學友也提供援助，共組了一個律師團。他們辯護的主要理由是：一，死者本身有心臟病發作的病史，外力擊打並非唯一死因；二，本案當事人是在親哥郭又軍嚴重受辱的情況下動手，屬激情犯罪，事出有因，理應輕判。他們同時代理一樁民事官司：油田二院方面訴賀亦民獲取對方的津貼和獎金，因此其成果係職務發明，個人不具完全智慧財產權，單方面公布成果是嚴重侵權。油田雖可從中獲益，但商業利益已大受損害，必須依法索賠……

丹丹還得說服她爺爺，一個雙目失明的七旬老人：罪是沒法頂的，不管是坐牢還是槍斃，老子也不能代替兒子。

她不知已說過了多少遍了，世上不可能有這樣荒唐的事。

再補記

此處本來有另有一章，說到馬濤受累於一位夏先生，涉嫌「危害國家安全罪」被拘，經律師澄清與交涉，兩個多月後得以獲釋。他在拘留所與賀亦民恰好同居一室。兩人半熟半生，意外重逢，終於同病相憐。亦民幫對方搶飯和打架，馬濤教對方標點符號和打橋牌，如此等等。

下一步的情節虛構是：亦民向對方坦承，當年把對方送進監獄的那一封告密信，扯不上閻小梅，扯不上郭又軍，其實是他幹的。

這個謎底令人驚訝，卻正是一種情節收網所需。筆者的猶豫只在於，生活其實充滿了殘缺和散亂，通常是一張收不了的破網。這種殘缺與散亂是否需要文學的修補，接受作家的強勢操作，以確保情節完整，並非不是一個問題——因此這裡四千多字的虛構最終還是被刪除。當然，刪除不一定就好。不了了之不一定就好。喜愛常規小說模式的讀者，不妨越過筆者的猶豫，接受這一囚室裡的巧遇，順著這個線頭往下走，自行添上文字數頁或數十頁。

賀亦民當年為什麼告密？這一原因當然需要交代：

一，身為小蟊賊，他當年偷過學校的自行車和軍大衣，好幾次被紅衛兵群毆，因此一旦從他哥那裡探得一絲口風，便頓生報復之心——特別是要報復參與密會的一兩張熟面孔，他記得最清楚的王八蛋。

二，事情也可能是這樣：他一腦子漿糊，完全不懂政治，不知事情後果那麼嚴重，正如他後來不知油田井測技術這潭水有多深。他以為那只是一個小情報，可拿來與警察交易，讓對方恩准他和弟兄們少挖三天防空洞。

三，事情還可能是這樣：他的承認不過是又一次信口胡說，只是同情他哥被一個告密的疑團壓了半輩子，死了還不明不白，老是到他的夢裡來喋喋不休，那還不如自己去頂下屎盆子算了。他反正一輩子名聲臭，多頂一兩個屎盆子沒關係。

……

還有其他可能嗎？

最可能的告密原因到底是什麼，最可能的告密者到底是誰——空白頁紙在這裡等待讀者們的想像。

47

我一直說服自己把下面這件事看成一個夢。夢中的主角是我的侄女，可憐的笑月。她骨傷痊癒後考入大專，只是畢業後不願出國去父親那裡，寧可在北京漂一把。這次馬楠去北京把她帶回家是要張羅一次相親——據說男方是一個博士，雖年齡偏大，但相貌、身材、性格等方面絕對上乘。當姑姑的已去對方的公司踩過點，狗仔隊一樣拍回了很多照片，正面和側面的，遠景和近景的，只差沒雇一私人偵探去審查帥哥的婚戀史。

我相信這是一個夢，是因為博士似曾相識，倒是笑月的模樣難以辨認，事情一開始就這樣顯出幾分蹊蹺。她瘦得全身冒出更多銳角，耳邊掛了兩個三角形大耳環，牛仔褲的兩個破洞暴露膝蓋，腳上的鞋子支一個倒翻的鞋頭，像古代波斯人的海盜船，怎麼看都是疑點重重。更重要的，是她說話時我幾乎聽不到聲音，她感冒時我幾乎在她的額頭上摸不到溫度，她沖咖啡或噴香水時我幾乎聞不到氣味，……至少在我的記憶裡是如此。那麼這種記憶怎麼可能是真實？一個大活人，不是紙人，不是雷射造影，怎麼可以沒有聲音、溫度以及氣味？如果水果刀劃破了手指，她會不會出血？

她的房間還保留以前的模樣，連書架上的卡通書還排列整齊，連牆上那些她貼的小紙花也保存如舊。她最喜歡的大絨兔和大布熊也由姑姑洗乾淨了，放在它們經常出現的床頭，手裡各有一面小紅旗，上面分別是：「歡迎月月回家！」和「月月姊要好好吃飯哦！」但笑月對姑姑一心守護的這個童話毫無反應，從頭到尾不曾笑一下。這怎麼可能？

她像一個幽靈飄來飄去，不是把自己倒鎖在閨房，就是外出很晚回家，一天下來難說幾個字，頂多是含含糊糊地「嗯」一下或「不」一下。這怎麼可能？

「我身上有猶太血統嗎？」她突然問我。

這個問題無比怪異。

類似的疑點還有：

「明天不會發生地震嗎？」

「你們怎麼不住到愛爾蘭去？」

「以後的基因技術，會不會讓歌手們長出八張嘴？胸口長四張嘴，背上長四張嘴，一個人不就把八部和聲全唱了？」

……

這些沒頭沒腦的話只能使人發愣，不知該如何應對，如同兩個沒法相容的軟體，一撞上就是死機。談話的重啟也很困難。

這樣吧，讓我撥開記憶裡這些來歷不明的聲音，把剩下的印象碎片盡可能拼接，以形成接下來的大致情節。我終於找到一個機會，與她談了談往事，包括再一次解釋當年為什麼沒讓她去電視臺，為什麼說那是一個凶多吉少的陷阱。電視臺臺長貪腐窩案後來的東窗事發，大概證實了我以前的估計。

她一直沒說話，最後只有一句：「姑爹，我沒怪你。」

「你以後有什麼打算？還準備在外面漂嗎？郝志華你是認識的。她那裡最近剛好需要一個助手，我想……」

「姑爹，我真的沒怪你。」

她眨了一下，眼皮垂落得稍有誇張，沒回答有關應聘的話。

相親似乎不順，博士生那裡一直沒回音。儘管馬楠成功地勸說小侄女換下了波斯海盜船，把大耳環換成小耳環，把牛仔褲換成了花長裙，把黑唇膏換成了紅唇膏，再加上一件橘色束腰風衣，甜甜的，暖暖的，一種淑女風格逐漸成形，但另兩場相親也沒什麼下文。笑月閉門不出的時候更多了，據說糖尿病也加重——她三天兩頭給自己注射「胰島素」，我居然信以為真，不知道糖尿病患者大多胃口好，不會像她這樣厭食。我也沒想到她的冒虛汗、打哈欠、全身撓癢等情況同樣反常。

馬楠有點急，建議我帶孩子出去散散心。正好我要去C市參加一個研討會，於是駕車出城取道西南，前往一片最新發現的風景區。一路上，笑月說這家飯店的湯太辣，說那家旅館的被子太潮，說我的老捷達她開不順手，車載音響設備也是垃圾檔和侏羅紀的……反正沒幾件高興事。好容易到了一個她略感興趣的鱷魚園，她嫌觀眾太多和環境太髒，剛入園就不願走了，讓我一個人去檢閱鱷魚——否則繞道這一百多公里算怎麼回事？兩張入場券不成了愛心捐贈？

回到入口處，我發現她頭戴耳機坐在樹陰下，一隻小皮鞋踩出節拍，全身骨肉蕩出節拍，把一支什麼曲子聽得很High。我懷疑她是一心High給我看，一心在沮喪的姑父面前炫耀得意，偏偏要在這一刻搖頭晃腦和手舞足蹈。

「我要去看鱷魚！」等我看完了，她倒興沖沖地要去了。

我在汽車駕駛座打盹。不料她沒去多久，忽然慌慌地撲回來，一把拉開車門奪走後座上的手袋。「你剛才翻我手機了？」

「來過兩次電話，我沒接。」

「你一定翻了！」她幾乎叫起來。

「我只是看了下來電號碼，看是不是你姑姑來的。」

「我討厭！」

「笑月，你沒事吧？」

她走到不遠處檢查手機，打了一陣電話。

我以為事情就這樣過去了。我以為這個我以前抱得最多的孩子不過是脾氣壞，不過是心結太深。我以為世上很多傷口不過是需要時間來平復和彌合。第二天，我們去看了附近一個天坑，是她從網上查到的，不算很出名。一道地縫長約幾百米，最寬處約三四米，藏在老山裡黑森森的深不可測，扔一個石頭下去很久還沒聽到聲音，不能不讓人悚然心驚。靠近天坑處的氣流很涼，一浪一浪的幽幽逼人。大概是遊客們很少，石徑上已密布青苔，兩個粗糙的路標東偏西倒，幾個泥沙半蓋的空瓶子和包裝袋也無人清掃。

我選定一個老樹蔽日的景點拍照，用鏡頭聚焦逆光中的笑月。我突然發現有一顆黑斑在取景框裡越來越清晰，越來越奇怪，越來越逼近和壯大——總算定焦了，看清了：竟是黑洞洞的槍口。

「你——」我的眼睛離開取景框。

「姑爹，對不起了。」她的聲音有些顫抖。

「你哪來的槍？」

「這你就不要管了。」

「你瘋了嗎？你確定這不是開玩笑？」

「沒辦法。我是被你逼的。與其讓你把Roger送上死路，不如你先走一步。這個選擇對於我來說很殘酷，但我別無選擇，對不起了。」

「Roger是誰？我怎麼聽不明白？」

「你裝吧，裝得更像一點，就當我還是一個傻子。」

我突然想起了什麼，「笑月，我昨天真沒翻你的手機。我不明白你說的Roger是誰，也不知道你們有什麼祕密。相信我，哪怕有天大的事，姑爹也願意幫你。我們談一談，好好地談一談。」

「幫我？」她發出一聲冷笑，「姑爹，你自己說過的，八年前你不是幫過我嗎？我太了解你這種人了。關鍵時刻你丫的出手多狠！你毀了我的初戀，毀了我的前程，逼得我在河邊一直哭到深夜，最後被四個流氓拖到林子裡輪姦。輪姦——在兩個垃圾袋邊，就枕著垃圾袋——你知道嗎？」她突然咬牙切齒地大喊一句。

我腦子轟了一下，「對不起……」

「其實輪姦也沒什麼。」她哈哈大笑，「也是一種玩法。你參加過輪姦沒有？對不起，你從來就不想強姦我？」

「笑月，你胡說什麼！你就不能說些人話？」

「人話？」她的一張臉猙獰得完全變形，一步步黑下去，「你要我說人話？你和我那個爹，都是這個世界上的大騙子，幾十年來你們可曾說過什麼人話？又是自由，又是道德，又是科學和藝術，多好聽呵。你們這些傢伙先下手為強，搶占了所有的位置，永遠是高高在上，就像站在崑崙山上呼風喚雨，就像站在喜馬拉雅山玩雜技，還一次次滿臉笑容來關心下一代，讓我們在你們的陰影裡自慚形穢，沒有活下去的理由。」

「笑月，這裡有很多誤會……」

「不准動！退回去，退回去！」這個黑臉人用槍口指揮我，「你們上知天文下知地理，無所不會無所不能，活得很得意是吧？你們左右逢源牛頭馬面，精英感覺超爽是吧？告訴你，你們也是一些人渣，只是運氣太好了。你們沒有餓得眼珠子發綠，所以你們躲過了殺人，用不著去超市偷麵包，不會在夜店裡被人煽耳光。你們沒有被高利貸老闆派人用板刀追殺，所以你們躲過了販毒。你們有爹，有媽，有朋友，一路春風一路笑，也沒遇上殺人不眨眼的高考。你們甚至沒遇上過一次沉船，沒有撅起屁股只顧自己逃命，沒一腳踹掉你老娘，再一腳踹掉你老婆，奪走最後的一塊救生的木板。不是嗎？難道不是嗎？」

「笑月，我不知道你心裡有這麼大的憋屈，你不妨慢慢說。我承認，你的尖刻裡不是沒幾分道理。每個人其實都很脆弱……」

「這個世界太不公平了。」

「這個世界任何時候都會有不公平，但不是任何時候的人都在沉淪，都有毀掉自己的理由。你說我們是人渣，這沒關係。但你痛恨人渣，是不是？這說明你在心底裡並不願當人渣——這是你的意思？」

「人渣不人渣，我根本不在乎。」

「笑月，這不是你的意思，不是。你這樣說讓我太吃驚了。我同你楠姑幾乎一直把你當自己的孩子。我們當然不是最合格的家長……」

「放心，我以後保不準心血來潮，也會想念你們一下。可惜你們不習慣K粉，要不我上墳時可以帶上一點……」

「你得想清楚，你眼下在幹什麼。」

「姑爹，別廢話了，再見吧。」

「你要明白這件事的後果。」

「姑爹，我愛你。」

「笑月……」

「你不要上來，不要上來，不要上來——」

叭——槍響了。

我覺得槍聲很不真實，似有似無，如同綻開了一顆小花苞，掉下了一顆小露珠，冒出一個小泥泡，在這個老樹蔽日的風景裡完全微不足道。一片濃淡相疊的綠色一動不動。一片濃淡相疊的綠色靜止如常。一片濃淡相疊的綠色看來將地久天長萬世永存下去——只是正在漸漸失去聚焦。

但我發現聚焦仍然清晰，發現自己並沒倒下，倒是黑臉女孩把燙手一般的手槍丟在地上，捣住了臉，雙膝開始彎折，身體癱軟下去。顯然是聽到了我的腳步聲，她突然跳起來，驚魂失魄兩眼大睜，沒命地扭頭就跑。

我太無知，不該去追她，不該大聲呼喊她的名字。我不知這種緊張感只能加劇她的心亂，使她腦子裡一片空白，幾乎無意識狂奔向前。這位動不動就給自己割肉放血和稍不如意就爬窗跳樓的姑奶奶，眼下有什麼不敢幹？她毫不猶豫地翻越欄杆，一頭扎向了她心目中最安全的地方——那一道無限幽深的天坑，一張輕易吞下她的大嘴。

「笑月——」我喊塌了、喊碎了、喊黑了黃昏時的全部天空。

只有一瞬，事情就這樣發生了，已經發生過了，無可挽回的在那裡了。只有一瞬，在欄杆的那一邊，一道橘色曳光在我眼下的電腦鍵盤前迅速微縮，在讀者們的目光下頃刻湮滅，在今後的書架或書庫裡倏忽而去，在今後的塵封故紙或翻騰紙漿中無影無蹤，久久地沒有聲音，沒有聲音，還是沒有聲音……只有兩三隻受到驚擾的蝙蝠飛出坑外，旋繞在我久久僵持不動的滑鼠四周。

坑邊的灌木叢中掛一塊橘色布片，像一隻巨大的蝴蝶停棲枝頭，大概是她風衣上被扯破的一角。

一朵留給人間最後的微笑。

媽媽，我們開始捉迷藏，
媽媽，你睜開眼把我尋找。
我躲進了東邊的肥皂泡，
我躲進了西邊的彩虹橋。
你找不到，找不到。

媽媽，我們開始捉迷藏，
媽媽，你睜開眼把我尋找。
我躲進了南邊的百靈鳥，
我躲進了北邊的小花苞。
你找不到，找不到。

……

在今後塵封的故紙和翻騰的紙漿中，這一曲笑月常唱的兒歌也必定消失無痕，再也不會咿咿呀呀飄來我的窗前。

原諒我，孩子。

原諒我，我甚至不知道這是不是你。

我多少次咬痛手指，想把自己從這一個噩夢中咬醒，但還是只能看見停棲枝頭的那隻橘色蝴蝶。對不起，孩子。

48

笑月這娃很小就喜歡畫。最簡單的作品，當然是用紅彩筆塗抹太陽，一張紙上畫一個大紅餅，很快就畫出了一大堆。她要我把這些太陽種到地裡去。

「為什麼要種太陽？」

「你們說過的，種蘋果就會長蘋果樹，種桃子就會長桃樹。」

「月月的意思是，要長出好多太陽樹，是嗎？」

「對！」

她拍著小巴掌，滿臉憨笑，無限憧憬往後的果園豐收。「以後太陽樹上結出好多太陽。遇到停電的時候，我們就去送太陽，給每家送一個。」

大家都笑了，覺得這孩子找到了一個對付停電的好辦法，也是幫助各家各戶省電節能的天才想像。

大甲叔叔帶她去大院裡挖坑，種下了好幾個紅太陽。在她的指揮下，大甲在那裡挖坑，給太陽澆了些水，培了些土，施上了肥——她蹲下來撒了泡尿，當即被大甲叔叔譽為「行為藝術」。從這天開始，她每天早上一睜眼，就要爬到窗口去打望。「姑爹，太陽樹發芽了嗎？」「姑爹，太陽樹怎麼還不發芽呢？」「太陽樹什麼時候才能開出太陽花呀？」「我們是不是還要去澆一點水？」……

她噘起小嘴，失望地遠眺窗外那一片風景。

49

我其實剛剛誕生。無論我活了多久，一旦面對浩瀚無際的星空，我就知道自己其實剛剛抵達。我還是一個粉粉的肉團，站不起來，更不能邁步，但我已睜開了雙眼，看到了一片徐徐洞開的光明，迎來了一個萬物湧現的炫目之晨。

這個陌生的世界實在太奇妙。一朵花居然是紅色的，另一朵花居然是藍色的，更多的花居然是黃色、紫色、橙色、粉色的，讓人目不暇接。一片葉子居然是三角形的，另一片居然是八角形的，更多的葉子居然是蹄形的、劍形的、扇形的、線形的、瓢形的。天啦，一個動物居然有靈活的尾巴，另一個動物居然有神奇的翅膀，還有一些東西居然可以在海洋中潛游，在草原上奔跑，在泥土裡掘進，千奇百怪的式樣，該出自何等精巧的設計。再看看，天上居然有一個燦爛的發光體，人們叫它太陽，方便人們白天的勞作和行遊。天上居然還有一個溫柔的發光體，人們叫它月亮，方便人們夜晚的休息、閒聊以及遐想。太奇怪了，我從未見過這種地方，一條條江河波光閃爍地流淌，慷慨滋潤著土地和莊稼。我也從未見過這種地方，春風及時化解冰封，秋露及時澆滅酷熱，生命中最珍貴、最甜美、最溫柔的空氣，竟是透明無形，無償地隨風而至浩浩蕩蕩，公平地撫慰每一棵嫩芽和每一個嬰兒。

那是什麼？那種直立行走的活物是人嗎？那些天真的、嫵媚的、剛毅的、慈祥的並且唯一能哭泣的動物，就是叫做人類的東西嗎？噠噠嘀，嘀噠噠，乖乖隆的個咚——難怪一個孩子會發出如此含糊不清的驚歎。難怪這個孩子會著迷於人類鮮豔的薄片（叫做衣服吧）、溫暖的盒子（叫做房屋吧）、躺在地上也能奔跑的巨大鐵鍊（叫做火車吧）、飛向天空的一隻銀色大鳥（叫做飛機吧），對這一切驚訝不已，深感困惑，覺得完全不可思議。

這就是傳說中的天堂嗎？

當然就是你們的天堂。

多麼美好。

作者附注

本書寫作得助於小安子（安燕）的部分日記，還有聶泳培、陶東民、鎮波、小維等朋友的有關回憶，使書中某些故事獲得原型依託。寫作中有時難免雜取合成，也望得到這些朋友的理解。在此一併表示感謝。

當代名家・韓少功作品集4

日夜書

2013年11月初版　　定價：新臺幣280元

著　　者　韓　少　功
發 行 人　林　載　爵

出　版　者　聯經出版事業股份有限公司
地　　　址　台北市基隆路一段180號4樓
編輯部地址　台北市基隆路一段180號4樓
叢書主編電話　(02)87876242轉203
台北聯經書房：台北市新生南路三段94號
電　　　話：(02)23620308
台中分公司：台中市健行路321號
暨門市電話：(04)22371234ext.5
郵政劃撥帳戶第0100559-3號
郵撥電話：(02)23620308
印　刷　者　世和印製企業有限公司
總　經　銷　聯合發行股份有限公司
發　行　所：新北市新店區寶橋路235巷6弄6號2樓
電　　　話：(02)29178022

叢書主編　胡　金　倫
校　　對　吳　美　滿
封面設計　顏　伯　駿

行政院新聞局出版事業登記證局版臺業字第0130號

本書如有缺頁，破損，倒裝請寄回台北聯經書房更換。　ISBN　978-957-08-4302-6 (平裝)
聯經網址：www.linkingbooks.com.tw
電子信箱：linking@udngroup.com

國家圖書館出版品預行編目資料

日夜書/韓少功著．初版．臺北市．聯經．2013年
11月（民102年）．328面．14.8×21公分（當代名家・
韓少功作品集4）

ISBN 978-957-08-4302-6（平裝）

857.63 102022069